时光对照记

张嘉丽 著

杭州 | 浙江工商大學出版社
ZHEJIANG GONGSHANG UNIVERSITY PRESS

图书在版编目（CIP）数据

时光对照记 / 张嘉丽著 . — 杭州：浙江工商大学
出版社，2019.4
ISBN 978-7-5178-3168-6

Ⅰ . ①时… Ⅱ . ①张… Ⅲ . ①散文集 – 中国 – 当代
Ⅳ . ① I267

中国版本图书馆 CIP 数据核字（2019）第 042487 号

时光对照记

SHIGUANG DUIZHAOJI

张嘉丽　著

责任编辑	刘淑娟　陶舒亚
责任校对	穆静雯
装帧设计	林朦朦
责任印制	包建辉
出版发行	浙江工商大学出版社
	（杭州市教工路 198 号　邮政编码 310012）
	（E-mail：zjgsupress@163.com）
	电话：0571-88904980，88831806（传真）
印　　刷	杭州宏雅印刷有限公司
开　　本	880mm × 1230mm　1/32
印　　张	9.5
字　　数	243 千
版 印 次	2019 年 4 月第 1 版　2019 年 4 月第 1 次印刷
书　　号	ISBN 978-7-5178-3168-6
定　　价	68.00 元

《时光对照记》小引

张嘉丽的《时光对照记》即将出版，文成县图书馆的同仁托我过目，并交代写几句话。这使我感到意外。

我孤陋寡闻，并不认识作者，甚至连她的文章以前一篇都没有看过。所以不敢马上答应，拿到书稿之后，急不可耐地展卷拜读。

这部书稿是《今日文成》报《地方记》专栏文章的结晶。自2014年3月起，在四五年时间里，作者和同事走访了100多个山村，在《今日文成》报推出地方文化专版160余期，前后刊登介绍当地历史、地理、人物、民俗、古建筑、传统手工艺等方面的文章200余篇，其中作者的文字占了大致一半的比重，可见她工作的专注与投入。

正如作者在后记里吐露的："一路走来，感慨颇多，古村落不仅在上千年的历史中发生着变化，在我们走访的过程中也在不停地变化着。尤其让人痛心的是，一些古村落、古建筑与古遗迹在不断地被消失。走访的过程中，往往前一天还在走访的村落，第二天就遭到人为破坏；两个月前还保存完整的村落，两个月后竟悄无声息地消失了；还有一些古建筑与古遗迹，因不能一一列入文保单位及时保护，而被拆除或遭到灾难性破坏。每听到一处遭到破坏的古村、古物时，我都心痛不已。不仅仅为它们的消失心痛，也为不可还原的文化痛心，它们的消失，让我觉得自己无比渺小，对它们的书写与保护也显得苍白无力。"这是作者知难而上，接受挑战的一份难得的自白。

文成是边远山区，作为建制县的历史不过短暂70年，交通相对落后，条件比较艰苦。作者是位女性，又属新温州人，她为此付出的辛劳不言而喻。

作者的文章充满激情，充满对第二故乡的眷恋，充满对乡土文化的敬畏之心，感人至深。书中《下河 文成打铁第一村与高温下的打铁匠》《郭山 一人一台戏 一人一个团》《南坑垟 微醺的村庄，酝酿着不一样的乡愁》等篇笔触生动，足以体现作者在这方面的努力与追求，令人过目难忘。

作者以前写小说，近8年供职于文成县新闻中心，结合工作需要，自觉转向乡土文化的挖掘与探寻，取得了可喜的成绩。这条路子走对了，既顺应时代需求，又满足了社会需要。最近几年，温州陆续涌现了曹凌云《走读瓯江》（春风文艺出版社，2016）、周吉敏《斜阳外》（四川美术出版社，2015）、蔡榆《瓯·阅：温州乡土文化小览》（古吴轩出版社，2014）、《瓯·记：温州地域风情小览》（古吴轩出版社，2017）等一批乡土读物，既不乏文献梳理的案头功夫，更有田野考察的走读功夫，文章各有侧重，各有亮点，大多扎实而有新意。这种现象绝不是偶然的，身处社会大变动的时代，一批作者不约而同地致力于地域文化的探寻与记录，不正说明乡土记忆的抢救与传承时不我待，任重而道远吗？

与曹凌云等几位资深作家相比，张嘉丽的文章难免有稚嫩之嫌，对征引文献的消化偶尔尚欠火候，但只要路子对头，假以时日，必将有更成熟的作品奉献给广大的读者朋友。

意外之余，写下这一番话，权当引言。

温州图书馆研究室
卢礼阳
2018年11月6日

CONTENT

目 录

1

飞云江（夏肇旭摄影）

武阳
一代国师刘基故里

南田镇武阳村因是明朝开国元勋刘基故里而闻名。

刘基（1311—1375），字伯温，浙江青田南田山之武阳村（今属文成县南田镇）人。明朝开国元勋，中国历史上杰出的政治家、军事家、文学家。刘基通经史、晓天文、精兵法，与宋濂、叶琛、章溢合称浙东四大名士。辅佐朱元璋完成帝业、开创明朝并尽力维护国家的安定，因而驰名天下，被后人比作诸葛武侯，有"王佐""帝师""千古人豪"之美誉。在民间更广泛流传着"三分天下诸葛亮，一统江山刘伯温。前朝军师诸葛亮，后朝军师刘伯温"的说法。刘基不仅以神机妙算、运筹帷幄著称于世，在文学史上，还与宋濂、高启并称"明初诗文三大家"。

刘基作为我国历史上一位"立德、立功、立言"的三不朽伟人，去世 600 多年后，人们对他仍津津乐道，其后裔对他的丰功伟绩更是感到自豪。武阳因是刘基故里也成为人们景仰的一个地方。

武阳村位于南田镇北十里，武阳尖之南麓，海拔约 800 米的高山上，村子山势北高南低，水势由西向东逐次汇流。武阳的来历颇具传奇性，传说武阳村原名"五羊村"，是因刘集的一个梦得名。

刘集为刘基五世祖，受父亲刘尧仁影响，没有出任官职，将家由竹洲（今丽水）迁至青田武阳，于是刘氏以青田人自称。刘集以实践仁义为自我要求，敦勉子孙遵行祖先与先圣先贤所训的仁义之道。传说当年刘集一夜梦见五只山羊在南山觅食，因道家视羊为"落地之龙"，故思此梦为"大吉之兆"。梦见五羊后，次日刘集便上山寻找，果真在山谷寻得五羊。于是就地选址，筑

刘基故居

宅而居,定名为"五羊"。从此,"五羊之地"发展成村,后人按谐音改为武阳村。

关于村名,还有一说:话说南宋末年,蒙古大军南下,浙东受扰。家居处州竹洲(今丽水)的刘集为求得安居,到丽阳山神庙祈祷,当晚梦见在一片风光优美的田野里,一位仙风道骨的老人执羊头而挥舞。后来,刘集游南田山,上岭至武阳,发现此处层峦叠翠、古木参天,不仅周围自然植被良好,山中有平原,原中水草鲜美,犹如世外桃源。随后又见一群山羊在田野里嬉戏斗闹,宛如梦境。刘集问道:"此为何地?"当地人回答:"武阳。"听到"武阳"两字,刘集恍然大悟,原来"武阳"与"舞羊"谐音,梦中"舞羊"就是今天所见的"武阳"。他认为"舞羊之梦"是丽阳山神显灵,上天恩赐风水宝

地之祥兆。不久，便举家迁至武阳，在此卜地肇基，繁衍生息。

对此传说，刘基二十裔孙刘祝群在《南田山志》里也有记载："宋武僖王刘光世子尧仁自临安徙居丽水竹洲，尧仁子集欲卜迁，祷于丽阳山神，梦见执羊头而舞者，旋游南田山，上岭至一处，问地名，或告曰'武阳'，恍然悟梦所示舞羊，遂自竹洲徙居此。集生宋翰林掌书濠，濠生元太学上舍庭槐，庭槐生遂昌教谕爚，爚生明诚意伯基。世称武阳为诚意伯故里。"

自此武阳便名声在外了。

倘若追溯刘基生平，刘氏家族成员便不得不提。刘基出身于儒生世家。刘集之子刘濠为刘基的曾祖父，南宋末年官任翰林掌书，曾因义救反元义士林融及多位义民导致自家烧毁。之后人们曾预言，这样的义行，将会为后代子孙带来福泽。

刘基祖父刘庭槐。十分博学，广涉天文、地理、阴阳、医卜等，曾任元朝太学上舍的官职。

刘基父亲刘爚曾为遂昌县教谕。"教谕"是宋代在京师设立的小学和武学中的教官。元明清县学皆置教谕，与训导共同负责县学的管理与课业，官为正八品，掌文庙祭拜，教育所属生员。

刘基故居的石器

刘基故居的喂马槽

　　刘基是刘氏家族里被神话的一位。刘基自幼聪慧过人，14岁入郡庠（府学），不但学通了《春秋》，而且遍涉《诗》《书》《易》《礼》。19岁中进士，任江西高安县丞，不久调任江浙儒学副提举。他在任上看到官场腐败，上书论御史失职反遭抨击，一怒之下辞职还乡。后师从铁冠道人，在青田县石门洞专研天文、术数、兵法诸学，并在家乡撰写了《郁离子》一书，提出了他盛世文明的社会理想，为后来辅佐朱元璋平定天下奠定了思想基础。

　　后刘基辅佐朱元璋完成帝业，可谓为明朝江山立下汗马功劳。明洪武三年（1370），刘基被封诚意伯，故又称刘诚意。武宗正德九年（1514）追赠太师，谥号文成，后人称他刘文成、文成公。因此，文成于1946年从瑞安、青田、泰顺三县边区析置而成时，便以刘基谥号"文成"为县名。举国上下，以名人谥号命名的县

武阳村

并不多。文成县以刘基谥号命名，多年来，不仅刘基后裔以此为荣，文成也以刘基为荣。

武阳作为刘基故里，总有人慕名前往。现村中仍保留有刘基故居、武阳书院遗址、天葬坟，以及后辈为追思刘基而建筑的施茶亭等。对于武阳，多年来，我也怀着无比崇敬的心情一次又一次前往。

武阳坐落在南田山中环境优美的山谷里，千百年来，村内阡陌纵横，鸡犬相闻。近年来，武阳村为保护名人故里，进行了全面改造。因此，刘基故居、武阳书院等与刘基有关的古建筑得到了前所未有的开发与保护。如今村内不仅刘基文化受到关注，而且古朴典雅的民宿，以及夏季成片绵延的荷塘均吸引着游客前来休闲观光，俨然成为一处旅游胜地。

进入武阳村，首先看到的古建筑便是施茶亭。施茶亭位于武阳村金龟山山麓，处于上通瓯括、下达瑞平的古道上，由刘基第六世孙刘启节始建于明嘉靖四年（1526）。刘启节购置亭田，其田租收入专门用于雇人为路人施茶。因年久失修，民国二十八年（1939）此建筑得到重建，于民国三十一年（1942）冬建成。施茶亭由正屋、厢房、天水桥、过廊组成合院式木构建筑。正屋建于块石垒砌的台基上，地面高于过廊，面阔三开间带左右耳房，进深五柱七檩，屋面悬山顶，明间前设单孔石质天水桥，桥面置十四级踏跺作为甬道连接过廊。

过去施茶亭东侧梢间设有神龛供祭祀，西侧次间设厨房、小戏台。逢集市时，有木偶戏在此演出。茶亭左右厢房各两间，厢房下设马厩，是为过往行人提供投宿的地方。古道从过廊内经过，出入口为石拱门，一侧廊有靠背式座位，作为行人休憩之用。如今廊内尚存碑刻两块，一为重修武阳施茶亭记，立于民国三十六年（1947），青石质地；一为武阳堂碑，立于清同治十二年（1873），花岗岩质地。

如今施茶亭虽失去原有功能，仍不失为一处人文景观，前来武阳的游人总会到亭内参观参观。

　　刘基故居位于村中。故居为五开间，后靠寿桃山，房前有一片田园，分布着七个大土墩，似星宿般有序排列，乡人称为"七星落垟"。刘基上五代均住于此。1311 年 6 月 15 日，刘基生于此，1375 年 4 月 16 日卒于此。《明史·刘基传》中曾有记载，刘基洪武四年赐归老于乡，"惟饮酒、弈棋，口不言功。邑令求见不得，微服为野人谒见。基方濯足，令从子引入茅舍"。由此可见刘基当时住房的简陋，以及品格的高尚。

　　出于对故里的记忆，当年刘基曾为家乡作《题富好礼所畜村乐图》一诗，诗中写道："我昔住在南山头，连山下带清溪幽。山巅出泉宜种稻，绕屋尽是良田畴。家家种田耻商贩，有足懒踏

施茶亭

县与州。西风八月淋潦尽,稻穗栉比无蝗螽。黄鸡长大白鸭重,瓦瓮琥珀香新篘。芋魁如拳栗壳赤,献罢地主还相酬。东邻西舍迭宾主,老幼合坐意绸缪。山花野叶插巾帽,竹筋漆碗兼瓷瓯。酒酣大笑杂语话,跪拜交错礼数稠。或起顿足舞侏儒,或坐拍手歌瓯窭。倾盆倒榼混醯酱,烂煨沾渍方未休。儿童跳跃助喧噪,执遁逐走同俘囚。出门不记舍前路,颠倒扶掖迷去留。朝阳照屋且熟睡,官府亦简少所求……"诗中刘基将家乡描写得犹如画卷,宛若桃源。

刘基故居后因后辈迁出,原屋不再,仅存有刘基 48 岁归隐后修建房舍的碑志、石臼等用物。近年来,文成为弘扬刘基文化,在原屋址上还原其故居建设,供游人参观怀念。

从刘基故居处往里走,不多远,便是武阳书院。书院位于武阳中村水井后,设立年代无考。刘祝群在《南田山志》里对此曾有记录:《明代遗编》载,"武阳中村水井后书院基,东至水井后路直入,南至刘浩舍人墙,西北并至人行路,此段系大三分之业",下署名"永一官人、永七中丞、永十镇抚"。永七即诚意伯,永一为诚意伯兄舒,字伯洋,永十为诚意伯弟升,字伯演,官陕西镇抚。书院仅载地基,又曰"大三分之业",想来书院应为诚意先世宋元时所立。

如今书院经多次翻建,成为武阳村的另一处人文景观。书院隐在一处幽静的山岙里,周围古树参天,院外有清泉流过,门口有荷塘一湾,一年四季游人不断。

除此之外,武阳村还有武阳岭、云来亭、弓箭山、金龟山、宝剑山、天葬坟、马尾瀑,以及有关刘基家族的众多神奇传说。每到一处,回首观望,似乎都有一个伟岸的身影。

南田
由《卖柑者言》想到的

在南田参观刘基廉政文化教育基地时，有个人轻轻地问我："你知道'金玉其外，败絮其中'的出处吗?"

"当然。"因为几天前我还想到这个词哩。那天，在路边看到色泽亮丽的柑，虽然并不便宜，还是忍不住买了几个回去。剥开鲜亮的外皮，里面却像一堆破棉絮，再剥一个，依旧如此。懊丧的同时，不禁想起《卖柑者言》里那位买柑者。"杭有卖果者，善藏柑，涉寒暑不溃。出之烨然，玉质而金色。置于市，贾十倍，人争鬻之。予贸得其一，剖之，如有烟扑口鼻，视其中，干若败絮……"这则寓言讲述的是买卖坏了的柑橘引发的议论，作者假托卖柑者的嘴揭露元末统治者的弊政，抒发了愤世嫉俗之情，同时对高官显贵的欺世盗名也予以讽刺与批判。

此文通过故事告诉人们，做事情和看人都不能只看表面。表面漂亮的，内在不一定好，要认清事实，不要被假象所欺骗。我的境遇竟与那买柑者相差无几，区别在于我未曾寻那卖者理论。

说到《卖柑者言》，自然而然我们就会联想到作者刘基。

刘基一生为官清廉、勤政为民，其有关廉政的论述内涵丰富、思想深刻，对于当今社会廉政建设具有重要的现实意义。

历史上，刘基在政治、学术、谋略和法治思想上，都有着精深的造诣，并做出了卓越的贡献。他不仅在辅助朱元璋推翻元朝、消灭群雄、建立明朝的历史活动中发挥了智囊作用，而且在元明时期的文学史上，也是一位举足轻重的大家，其诗文理论力主讽喻之说,提倡理、气并重,重视时代风格,既有社会认识价值,又有艺术审美价值。他的讽刺小品在当时也起了先导作用,同时,为明初新一代文风起到了开道的作用。

刘基所著的《郁离子》更是影响深远。《郁离子》不仅集中反映了刘基作为政治家治国安民的主张,也反映了他的人生观。李向荣在《廉政思想对当下反腐倡廉的启迪》中写到,《郁离子》倡导为官要廉洁清正;万事有道,道不可逆,遏制腐败要从完善制度上预防;明志建立廉洁清正的理想社会。丽水学院教授吕立汉也说:"它的重要性不仅仅在于其牢笼万汇、辩博奇诡的文学审美价值,更重要的还在于其中闪烁着刘基治国安邦的思想光辉,以及对特定时代的社会认识价值。"

《郁离子》中有几个故事特别深刻。如《郁离子·虞孚·狸贪》中的夜狸偷鸡,讲的是郁离子居住在山上,夜间有只狸猫偷他家的鸡,他起来追赶,但没追上。第二天,仆人在狸猫钻进来的地方安置了捕兽工具,并用鸡作诱饵。当天晚上就捉住了那只狸猫。狸猫的身子虽然被缚住了,但嘴和爪子仍然紧紧地抓着鸡。

刘基庙广场

仆人一边打一边夺,狸猫却始终不肯把鸡放下。郁离子叹了一口气说:"为钱财利禄而死的人们大概也像这只狸猫吧!"

刘基通过猫狸的贪婪告诉人们:要勇于抵挡诱惑,敢于放弃非分之利益,否则贪小失大,后果必然可悲。

《郁离子·玄豹·贿亡》讲的则是麝的故事:东南的名产,有荆山的麝香。当地有人追猎麝,麝被追得急了,就揪下肚脐下的麝香扔到草丛里,追猎的人奔着麝香去了,麝因而得以逃跑。这个故事的寓意和上一个故事恰恰相反,是通过麝敢于取舍自救,告诉人们:有时候只有敢于舍得,敢于放弃,才能获得新生。

类似的故事还有很多,如《西郭子侨》中的子侨包藏祸心,害友不仁,诱人与己同流合污,实不可交。《食饴》中儿子明知不可为而经不住诱惑偏要去,不能自律,只能自食其果。此举犹如"不作死就不会死"。《郁离子》中许多故事都包含着深刻的寓意,读后让人受益,引人不断思考。当然,我们不得不又回到刘基的身上。

"刘基生平的廉政事迹,充分展现了一个廉洁奉公、执法如山、不徇私情、不畏权势的'廉吏'形象;其诗文中嫉恶敬贤的胆识、为邦贵知本的意识、以德去刑的主张、用得其当的人才观,都蕴含着丰富的廉政思想。"一位专家说,"刘基不仅仅是一位历史文化名人的称谓符号,还是浙南乃至中国东南地域廉政文化教育的一面旗帜。"

刘基作为文成地方一位重量级历史人物,当地也不忘传承和保护其文化。为更好地弘扬刘基廉政思想,2008 年,文成围绕刘基庙、墓(纪念馆)创建了浙江省廉政文化教育基地。基地由刘基庙、刘基墓、刘基纪念馆、刘基故居、武阳书院、郁离子长廊、铭廉壁等部分组成,总占地面积近 100 亩[1]。基地自创建以来,年均参观人数达 30 万人次,而且呈上升趋势。

由于工作需要,我也不止一次去过刘基廉政文化教育基地

---

[1] 100 亩约为 6.67 公顷。

参观。基地内刘基纪念馆集中展示了刘基的家世生平、主要事迹和廉政主张；武阳书院是刘基辞官归隐、创作《郁离子》等著作之地；郁离子长廊则通过图文并茂的形式，描述刘基廉政寓言故事，全长 118 米；铭廉壁主要镌刻刘基有关廉政的论述及后人赞颂刘基的名言，均由全国著名书法家书写而成，高 9 米，长 53 米，气势雄伟。尽管经常去刘基廉政文化教育基地，每每去每每受到触动，加上每次同去的人不同，每次的感触也有所不同，但是有一点是不变的，就是总被这位极具人格魅力的先贤所深深折服。

众多有关刘基的故事与传说也在引领着我们，启发着我们，让我们时刻在思索、思考。每个来到世上的人，无论为民为官，面对生活中的种种诱惑，面对形形色色的糖衣炮弹，也只有在清醒、清白、廉洁，在不贪、不嗔、不恶的良好心态下，才不会犯愚蠢的错误；也只有如此，才能在选择的时候做出正确的抉择，才能走好人生的每一步。

刘基庙

夏山
刘基墓之谜

　　刘基的死因一直有多个版本,主要有被胡惟庸毒死、朱元璋指使胡惟庸毒死和正常死亡即病故三种说法。前两种说法曾遭到明史专家的反击,他们认为,刘基不是被胡惟庸毒死,也不是被朱元璋害死,而是被谮忧愤而死。但民间却又有一些不同的说法。

　　文成民间就有一个传说,刘基有 36 座墓。据说当年刘基给太子授课时,听到号叫声,太子问他什么声音,刘基告诉太子是杀猪的声音。由于"猪"与"朱"同音,朱元璋疑心刘基要杀他,便想除掉刘基。马皇后暗中给刘基送了一盘枣和一盘桃,意思让他早逃。为逃避官兵追杀,刘基最终吞金而亡。追兵便把刘基的头颅带到金陵,献给朱元璋。后来朱元璋知道自己错怪了刘基,为了弥补过错,赔了刘基一个金头。安葬时,刘氏家族担心有人偷窃金头,便造了 36 座墓。送葬那天, 36 具棺材来去穿梭以迷惑外人,然后才分批下葬。按说 36 具棺材,就应该有 36 座墓才对,那么刘基墓有没有 36 座?文成除了南田夏山刘基墓外,境内也有几座疑似刘基墓,国内也有多个刘基墓。那么这些墓与36 座墓的传说有没有关系?我对刘基墓展开了探访。

　　刘基墓位于南田石圃山麓的夏山,俗称"九龙山",也叫"西陵墓"。石圃山距离南田约 5 千米,此山正面有 9 条山脉延伸至此,分支的山脉像 9 条腾飞的巨龙,所以有九龙山之誉。在正中的那条龙脊上,左右又各有 4 条龙。墓的正前方有一座圆形的小山包,似龙珠,九条龙都向着这颗龙珠,因此,墓地有"九龙抢珠"之称。资料记载,"西陵墓"是刘基与两位夫人合葬的地方。"西陵墓"前有田,形似墨砚;左方还有一品字山丘,形似笔架。墓地地形好,春夏秋冬景色各异。

然而当我们来到被列为全国重点文物的刘基墓园一看,却吃了一惊,园内满目苍凉、杂草丛生。满眼皆是所向无敌般倔强生长的荒草,它的旺盛看得人心里跟着发慌。

荒草中的墓前竖有一碑,上刻着"明敕开国太师刘文成公墓"11个大字。据介绍,"西陵墓"原没有这块碑。刘基第二十世孙刘祝群根据《明史·刘基传》"公之子琏、仲璟,以是年六月某日葬公于其乡夏山之原"的记载,在西陵村夏山的山坡上找到刘基墓地,发现已被徐姓人家占为耕地。为要回墓地,刘祝群曾与徐家打官司,多次对簿公堂后才要回。由于找不到原先立在墓前的墓碑,只好为刘基墓重新立碑。墓碑立于民国期间。

看到墓碑,不禁让人惊讶,数百年来,一代豪杰刘基的墓为何未作任何修葺,且四处荒草丛生,简陋到还不如平常百姓的坟墓?据说,刘基去世前,子刘琏、刘璟呈上有石马、石狮、石将军把门,条块石铺成的三过三圈坟墓图,被刘基撕得粉碎,并劝诫儿子说:"墓字上草下土,承受阳光雨露。若用石铺,如何生草?古人造字,大有讲究,人不能靠造坟墓立牌坊流芳百世。"遵其遗嘱,刘基之墓不放条块石,砖室封土,无附建物,由坟坦和墓冢组成。墓地也只在每年清明前后由后人清理杂草一次。因此,这里长年芳草萋萋,若长久无人问津,四周便荒草遍布。

虽然年年有刘氏后人前去祭拜,但是,仍有不少人对"西陵墓"表示怀疑,他们认为墓地被村民占为耕地,是一件不可思议的事,说明在历史上该墓曾经因多年无人祭扫而被遗弃过,否则不会被人占为耕地。既然是刘基墓,为什么从未见过墓碑?"西陵墓"里面葬的到底是不是刘基?除《明史·刘基传》与刘氏族谱那寥寥几笔记载外,无从考证。

后来,有人在西坑畲族镇黄坑村石马坟发现了"明开国文臣刘公墓"的墓碑。有人说，"明开国文臣"无疑指的是刘基，石马坟才是刘基真正的归宿。据说，当年墓前甬道两旁有石马、石猴、石龙、石羊、石俑等，还有一座牌坊，规模相当壮观。

来到石马坟，我们发现，许多石像与建筑已被破坏殆尽，我们只在田地里看到一对石马。随后在田埂的荒草中看到，一块青石在草丛里若隐若现，用树枝将荒草扒开，草丛中现出了一个石龟。龟背上有一长方形石槽，里面存满了积水，不知先前石槽做何用途。在上方的田埂里，两块石柱和断石则散落一地，我们围着石柱转了一圈，没有看到任何文字记载。

一位徐先生说：他第一次来石马坟的时候，墓前甬道两旁有石马、石猴、石老鼠等，都散落在田里，石柱旁还有两个石将军把守。听村里的老人说，石像原来是十二生肖，成双成对，相对而立。后来，要开田地，便把它挖掉扔在了田边。等他第二次来的时候，许多石像就不见了，两个石将军的头也不翼而飞。

随后我们在荒草中看到了墓碑，上确刻着"明开国文臣刘公墓"。碑的后面是一座石头垒起的石堆，并不像一座墓，由于被盗墓贼多次光临，墓被破坏得极其严重，到处堆积着乱石。

根据这些残留的石像、石碑、石柱，可以判定当初这里应该是一座规模较豪华的墓地。按常人理解"明开国文臣"应指刘基，按理说，石马坟与刘基的身份更为相符。这里更应该是刘基的墓地。

然而，石马坟是刘基曾祖刘濠与后代刘瑜的墓地。石马坟坐东朝西，占地总面积有 2700 多平方米。初时，神道两侧确立有石翁仲、石马、石狮、石羊等各一对，还有柱础等建筑物。而我们在田埂草丛中发现的那只石龟则是驮碑的石鳌，先前鳌背的石碑上刻有"谕祭"字样及图案。

《南田山志》记载："宋翰刘濠墓，在南田西十里之黄坑水口。十二世孙瑜袭封诚意伯，袝葬墓前，俗称石马坟。"刘濠，字浚登，刘基曾祖，累官翰林掌书。刘瑜，刘基的九世孙，弘治年间掌南京前军都督府事，袭封诚意伯。

刘基墓

西陵园刘基墓碑

这一资料记载，似乎又否定了石马坟是刘基墓。有人说，刘基死后民间曾有御赐金头的传闻，是否怕有人偷盗，才用这种真真假假、虚虚实实的做法来混淆刘基的真墓呢？

刘基文化研究会副会长刘日泽是刘基第二十二世孙。据他介绍，他也曾听说文成的黄坦、西坑、七甲寺等地有刘基墓。"我去七甲寺看过，那儿只有一个石头的墓洞，没有任何文字记载，谁也不能确定就是刘基墓。"他说，"西坑石马坟也只是一个墓碑，也不能证明是刘基墓。其他地方的墓，也是有墓无碑，更不能证实和刘基有关系。"

也有人说，曾耳闻国内有多处刘基墓，他先后去过几个地方，在山西平遥、江苏苏州、江西等地也看到过所谓刘基墓。这么多刘基墓，哪一个是刘基的真身墓？又为什么会有那么多的墓？这个问题也让许多人一直心存疑惑，这些墓与传说中的 36 座墓有没有关系？

"传说刘基有 36 座墓，但只是限于传说。资料记载的刘基墓就是位于南田西陵村夏山的刘基墓，也叫'西陵墓'。"县分管文物工作的张璐说，"1980 年，西陵墓已被列为县级重点文物保护单位，1989 年被列为省级重点文物保护单位，2001 年又被国务院列为全国重点文物保护单位。目前，这是被公认的刘基墓。"据他介绍，近年来，他在国内其他地方也曾看到过三四处刘基墓。青田石门洞管委会相关人员也向他介绍过，曾在国内走访了十多处刘基墓。他认为，刘基在人民中的影响力很大，别处的刘基墓多是后人对他的纪念，而刘基的真身墓应该在刘基的故里南田镇，而不是别处。

盘谷底
刘廌与盘谷唱和

　　北宋《太平寰宇记》载，南田为"天下七十二福地"之第六福地。南田的确是块福地，一代人豪刘伯温便出在这里。南田因是刘伯温故里，有着深厚的文化底蕴，境内随处可见与刘伯温及其后人有关的文化遗迹，刘基庙旁的盘谷底村也不例外。此村便与刘伯温长孙刘廌有着密切关系。

　　刘廌（1361—1413），字士端，号约斋，又号闲闲子，是刘伯温长孙，刘琏长子，世袭诚意伯、光禄大夫，职官正一品。《明史》卷一百二十八《列传第十六》中曾有明确记载："璟，字仲璟，基次子，弱冠通诸经。太祖念基，每岁召璟同章溢子允载、叶琛子永道、胡深子伯机，入见便殿，燕语如家人。洪武二十三年（1390）命袭父爵。璟言有长兄子廌在。帝大喜，命廌袭封，以璟为阁门使。"

　　关于刘廌袭爵，刘伯温后裔刘日泽在《盘谷亭》一文中也写道：明洪武二十三年十月，刘廌同叔刘璟进京，上谕璟袭爵，璟力辞让侄刘廌。十月二十七日，帝宣廌袭爵，封诰云："今特以前爵授尔廌为诚意伯，增禄二百六十石，共食禄五百

八角井

石,子孙世袭,朕与尔誓,若有非为,除谋逆不宥,其余虽死罪免一死,以报尔祖父之功。"并钦赐锦绣衣服、鞍马,南门房屋,封为特进光禄大夫。

世袭爵位后,逢朝中奸臣掌权,刘廌无心仕途。洪武二十四年(1391),刘廌便以奉亲守墓为由力辞,归隐于盘谷,并在现盘谷筑室而居,名曰"盘谷第"。回乡后,刘廌过着闲云野鹤般的生活,借诗文抒发情怀,他在诗中曾写道:"愧我辞官盘谷中,凿井开田甘老农。"

盘谷底村位于刘基庙西面。关于村名有两种说法,一说两山峡谷,形若一只圆盘,故名盘谷;一说因此地风光好,四周山水盘旋而得名。对于后者,《盘谷唱和诗》序中曾有记载:"闲闲子,洪武二十四年以诚意伯爵贬秩归农,二十六年拟筑室于旧宅之西,金立鸡山之下居焉,其地山水盘旋,故名盘谷。刘廌精晓诗文,居于盘谷时,闲居无事,常常流连山水之间,或登山纵目,或临水濯缨,凡高坡曲涧,无不流连其间,至于一松一竹、一泉一石,皆为幽胜装点,在其眼中,无论是山花竞放,还是野鸟时鸣,耕前樵后,渔歌牧唱,无一不可视听。"鉴于此,可见刘廌在盘谷生活期间,写下了不少佳作诗篇。

"幽居盘谷中,青山为四邻。山以我为主,我以山为宾。宾主意固好,往来情复频。来往无别意,动静日相亲。有怀对山写,有咏向山陈。我不厌山高,山不厌我贫。有时一畅饮,醉卧山中云。有时一高歌,歌竟无人闻。山中泉石味,知者能几人?愿效陶彭泽,终为陇亩民。"这首《盘居即事》便是他当时生活的真实写照。

同时他还写下了"鸡山晓月""龟峰春意""北坞松涛""西岗稼浪""双涧秋涛""三峦夜月""松矶钓石""竹径书斋"等盘谷八景,并被收入《四库全书》。

刘廌一生著有《盘谷集》10卷,《盘谷唱和集》2卷。此后,他又将祖父刘伯温收存的御书、诏、诰、行状结集而成《翊运录》。

刘廌去世后,盘谷底村历经百年沧桑,现村中仍留有几座明代古建筑,有三进二合院,亦有单合院,均为重檐歇山造。村前还有一清澈见底、冬暖夏凉的八角古井,此井由刘鹰挖掘。

古井位于盘谷底村前的田中,井台呈正六边形,由规整条形花岗岩石铺就,井栏正八角形,由八块梯形花岗岩石紧密砌筑而成,当地人称"八角井"。井内壁由毛石砌筑,井深5米,水深4米。水质清澈,为地下水,冬暖夏凉,现村民仍在使用。井台上后建六角亭,顶设露天圆孔。井北面的亭柱间立不规则长条形黄色花岗石,长1.67米,阴刻楷书体"伯温泉"三字。井南面为甬道,块石铺就。

"伯温泉"古香古色,每次经过此处,我也忍不住到那古井边看一看,俯身井口,井水清冽,似见底,似不见底,而人的倒影在微动的波光里显得有些诡异。尤其夏日,掩映在郁郁葱葱庄稼地中的古井,更显得幽深与不可测。

盘谷亭位于刘基庙西侧的岭上,亭旁有两座山。一座形似大钟,称钟山;一座似华盖,叫华盖山。两山之间,一条小路蜿蜒向青田方向,旧时建有城门,依城门建筑成事,因亭处盘谷,便称"盘谷事"。

当年,作家林斤澜游南田时,也曾写下《盘谷》一文。文中他写道:

文成是个山头小县,四十年代末才建制,是明代开国元勋刘伯温的故乡,刘谥号文成,山头到处流传刘伯温的故事。他身后遗迹不少,那占地三千平方,明代建筑中既粗放又谨严的祠庙,不可不拜谒。从祠庙出来,千万要上一条小岭,盘谷那里站一站,这条小岭就是传说中不免要提到的盘谷岭。

岭头有古松古杉苦槠,还有一节古城墙,利用城门建筑一亭,俨然古道古关口。从祠庙得来的沧桑还在心头,这个关口又添了分量。走过关口一望,前面是个山谷,不大,谷底像个圆盘。默想这是刘氏家庭出没之地,也是刘氏子孙退隐避祸之所……

简单的描述,盘谷之地已跃然纸上,令人过目难忘。

如今我们所看到的盘谷亭是由刘伯温二十世孙刘兆祥所建。亭子与刘基铭廉壁、郁离子长廊相接,上通刘基庙,下通盘谷底。亭内左壁刻有《幽居写怀》《晚归盘谷》诗两首。其中《晚归盘谷》中写道：

> 结屋幽居故里西，盘旋云谷景凄迷。
> 孤松过雨苍龙语，怪石迎风骏马嘶。
> 深愧皇恩辞紫绶，肯忘家学负青藜。
> 身闲且乐林泉趣，吟得新诗取次题。

右壁则是刘志邦所撰的《盘谷简史》。当年盘谷亭建好后，刘兆祥还曾为此撰联：

簪缨华胄，偏饶隐逸高风，退盘谷，闭户著书，全集荣刊收四库；亮节常新，点染江山生色，溯文成，刘家系谱，一亭珍念足千秋。

意思是：刘麃不与污吏同流合污，隐退后埋头著述，有了显著成就，后辈为追念其成就，建亭怀念。现亭后北向石门上刻有隶体的"盘谷"两字，亭前向南前额则刻有楷体"盘谷亭"三字。亭内还悬挂有复制的孙中山手迹《论世界大同》一文，颇具气势。

盘谷亭前有几棵古树，古树为松树、柳杉、苦槠树，每一株都苍劲有力、直插云霄。其中有几株古树因遭遇雷电袭击，枝头已干枯，然枯树不死，因枯树上又长新树，甚为奇观。这几株古树均为刘麃所植，几百年来，古树虽不言不语，却也睹尽人间沧桑。

盘谷亭

如今走在盘谷村，虽季节不对，南宋白玉蟾的《盘谷春晖》却能表现我对盘谷的心情："山抱溪流村抱花，春深处处绿柳斜。扣壶挈榼供南亩，谷里当年隐士家。"

桂山
山那边是风景　山这边是乡愁

　　一位作家引用《孔子家语·六本》,在一篇文章里写道:"久入芝兰之室,不知其香;久在鲍鱼之肆,不闻其臭。说人在一个地方住的时间长了,似乎也是如此,渐渐地就感觉不出是在这个地方,至少再也找不到初来此地时的那份新奇和特别的感觉。"我不是土生土长的文成人,没有在一个地方久住,亦没有久入芝兰之室,久在鲍鱼之肆,因此对于文成的每一个角落带着新奇与特别的感觉。对于桂山也是如此。

　　桂山地处文成县境南端,与泰顺、平阳、苍南三县交界,属文

桂山特产黄年糕

成高山,境内山峰陡峭,层峦叠翠,最高峰仙岩山海拔高达 1125 米,因此素有"文成西藏""文成青藏高原"之称。桂山是由原桂库乡、山垟乡两乡组成而得名的。据《文成乡镇志》,明景泰前,山垟乡属瑞安县管辖,明景泰三年划归泰顺县管辖,属泰顺县三都。清代及民国初仍旧, 1948 年划归文成县。中华人民共和国成立后,桂库乡与山垟乡合并,取其两乡首字组成桂山乡。2011 年,文成县行政区划调整后,桂山由乡划为社区,归珊溪镇管辖。2016 年,行政区划调整后,桂山恢复建制乡。

桂山因地处大山顶端,又为四县交界地,旧时外出均需翻山越岭,如今交通仍十分不便。因桂山地理位置特殊,明清时期曾是野兽出没与倭寇入侵之地。《泰顺县志》记载,乾隆二年(1737),三都虎患为害,连年死伤 300 余人,乾隆八年(1743)始安。另载,清朝时期,官府及地方绅士为防御外寇和农民起义军入境,凭借险要地势,设置关隘。清咸丰十一年(1861),三都绅士翁煦等人曾在三都三垟与平阳顺溪界筑有分水排隘,以防平阳金钱会入境。可见此地之荒野险要。

桂山四季景色不同,风光旖旎。登高远望绵延群山,叠峦耸翠;近观阡陌纵横,屋宇错落,宛若世外桃源。又因远离喧嚣,桂山有着良好的生态资源与独特的自然景观,境内有龙井潭、仙岩山、凤凰狮子山、古鳖源头等景观资源。还有独特的民风民俗,每年的农历九月二十八日,当地人有自己的节日"小过年",其隆重胜过年底的过年。

桂山还是革命之地。1935 年,刘英、粟裕率红军挺进师经过桂山时播下革命种子。全乡共有 8 位革命者牺牲,目前 1949 年以前入党的老党员还有一名,另有抗战老兵两名。因此, 1985 年,桂山曾被温州市命名为革命老根据地乡。

如今桂山风景迷人,风光旖旎的龙井潭位于桂山三垟村后的一条峡谷内。谷内有一条古河床,河床高低不平,曲折蜿蜒,由于落差大,千百年来,经流水冲成大小不一的壶穴。这些壶穴神态各异,大小不等,有的圆,有的方,有的像井,有的似缸,有的像筛子,有的似水瓢。这些壶穴还在谷内形成落差不等的三折瀑,瀑布一层一层挂下来悬在山间,美丽如纱。若遇雨季,谷内瀑流如帘,飞流直下,更是壮观,远看犹如铜铃山峡的微缩景观,因此龙井潭便有了"小铜铃山"之称。

三折瀑一级瀑位于谷内的最高处,瀑的下面有一深潭,唤作白龙井。一级瀑水流由上游山间流下,落下时轰隆作响,人未靠近,水汽先迎面扑来,如雾似烟,恰似夏日飞雪,沁人心脾。白龙井的水虽清澈明亮,却深不见底。

二级瀑位于一级瀑下首不远处,瀑下也有一深潭,因潭形似村民筛米的工具,他们便唤它为米筛潭。此潭在三个潭中最大,水流由上层流下,如一块白纱悬挂其间,倒也迤逦壮观。

三级瀑下的潭因口浑圆,唤作酒缸潭。据说此潭的水最深,达几十米,曾有许多人想游到水下,看看潭到底有多深,但没有人成功;也曾有人用长毛竹测量它的深度,接了两三根竹子也未能探到潭底。到底此潭有多深,至今谁也说不清。

这些潭因水清且深,潭水都碧绿如玉,惹人喜爱。在这些潭的周围也有一些小型的潭,造型奇特,别有趣味,村民按着农家熟悉的物品一一给起了名字,如调羹潭、水瓢潭、糠篓潭等。

在峡谷的出口拐角处,有一体积较大的深潭,即龙井潭。由于三折瀑瀑顶有块石头像龙头,谷内瀑布、潭水一级一级,绮丽而下,形似盘旋缠绕的龙身,所以得名。细看,倒也有几分像。站在远处看去,瀑布由上一层跌落到下一层,一层一层跌下去,犹似龙在山间飞跃。潭水流经二级瀑,三级瀑,清澈的水流绕过几块巨石,绕过村子,便向下游欢快地流去,流入小溪,汇入鳌江。

鳌江是浙江省八大水系中最南端的一条水系,也是全国三大涌潮江之一。鳌江干流发源于南雁荡山的吴地山南面,主峰海拔为 1124 米。关于源头,历来有争议,有的说发源于泰顺九峰,有的说发源于瑞安大尖,有的说发源于平阳狮子岩,还有的说发源于文成桂库。到底发源于哪儿?多年来,发源地一直令研究人员纠结。

为确定源头，1987年，温州市及平阳县组织专家进行考察，最后认定桂库村海拔835米的山上一水源为鳌江发源地。

我也前往古源头进行了探访。源头山路崎岖，丛林密布，山间的泉水非常清冽，静如明镜，仿佛一尘不染，明净得让人感觉灵魂得到了涤荡。

我虽不是地道的桂山人，却也时常被龙井潭峡谷内迷人的景色所吸引。为睹谷内全貌，我曾多次探访龙井潭。原本到首瀑顶没有路，当年村里的孩子们喜欢冒险，在瀑布与深潭的周围硬生生地开辟出一条路。我第一次跟他们上去的时候，爬得胆战心惊，因不会游泳，怕滑进深潭。那时，我们拽着山间的草与灌木，爬得极其费力。遇到没有路，便用柴刀劈出一条路。冒此风险，只因爬到高处，才能领略到龙井潭峡谷内风光旖旎的全貌。爬到顶点，俯视谷底，会有不一样的视角与感受。

如今再去龙井潭不用这么费劲了。现峡谷内建设了一条宽

桂山全景（徐铭摄影）

桂山龙井潭

1.2 米，长 300 余米的仿古游步栈道。水潭上方还建有仿古过溪小桥一座，过溪碇步三处。

后来，我又前往桂山体验了一把。过了凉亭，沿着栈道向前走，栈道悠长纵深，曲折迂回，如游龙般蜿蜒于悬崖峭壁间。前行中，跨碇步，过小桥，每一步都让人感到新奇。栈道两边不仅有名目繁多的青草与树种，林间更是花草飘香，鸟鸣啾啾，行在其中，宛若桃源。而那些映入眼帘的壶穴奇观更是令人拍手叫绝，远远看去，天若飘带，瀑布犹如天降，谷内穴连穴，潭连潭，在峡谷之间由高至低，由上至下，错落有致地排列，迤逦壮观，而碧玉般的清水则由上一潭流入下一潭，潭水奔流而下，气势恢宏。

当穿越那条栈道，往上攀登时，似乎实现了多年前我第一次进入桂山时的一个愿望：我要穿越它，穿越它的巍巍群山，以及未知的神秘。

珊溪

水波里流转的珊溪

　　对于一个地方、一个人，我们常常怀着熟悉的陌生与陌生的熟悉。常常以为熟悉这个地方、这个人，但真让你说出这个地方和人的特点的时候，就会生出许多的陌生来。我对珊溪，对珊溪人，也如此。我常常以为是熟悉这个地方的，但当真的面对它的时候，发现对它竟也有一种陌生感。

　　珊溪是一个古镇，位于飞云江中游。珊溪历来名称多变，从"都"到"溪"几经变化。明清及民国初属瑞安县义翔乡、嘉义乡五十五都。民国十九年（1930）称嘉义区杉溪里。1948年，划归

鲤鱼山古遗址

文成县管辖。之后改称珊溪,沿用至今。现为国家重点工程——珊溪水利枢纽工程所在地,革命老区镇。境内山清水秀,风光绮丽,自然景观与人文景观相得益彰。

在珊溪生活了几年后,我时常念着飞云江的美,它的四季轮回,它那美不胜收的湖光山色,常让我不由得想起徐志摩的《再别康桥》:"那河畔的金柳,是夕阳中的新娘;波光里的艳影,在我的心头荡漾。软泥上的青荇,油油的在水底招摇;在康河的柔波里,我甘心做一条水草!"如果能够,我也甘愿做一条水草,一天到晚,在飞云江的柔波里飘摇。然而,面对它,我们什么也不能做。比如,这次,我们一群人站在江边的高岗上,也只能老老实实地看它波光里的艳影。那影像里不单单是影,而是一种幻觉,是希冀的光。

曾有人问,飞云江一名由何而来?有人说,从三国吴始置罗阳县以后就以县名命名江。吴时名罗阳江,晋时名安固江,之后又名安阳江、瑞安江。南宋末诗人林景熙有《飞云渡》诗,后有飞云江之名。

飞云江发源于景宁和泰顺两县交界处的洞宫山白云尖北

飞云江(资料图片)

麓,全长约203千米,流域面积约3252平方千米。水流由西向东,单独流入东海,属山溪性强潮河流。作为浙江省八大水系之一的飞云江,流向由西向东,在流入东海之前,它的主流也流经文成,流经珊溪。作为珊溪的母亲河,飞云江江水悠悠,一年四季烟波浩渺,白鹭腾飞,湖光山色,美不胜收。

一方水土养一方人,飞云江的水也养育了珊溪人。由于飞云江主流流经珊溪,自古以来,珊溪镇就是水陆交通重地。《飞云江志》载:"唐末天复四年(904),瑞安港水运抵达百丈口。"珊溪为飞云江中上游主要埠头地,且瑞文泰大路亦经此,上通泰顺,下达瑞安。因此,珊溪也是瑞文泰地区的水陆交通枢纽和经济往来的重要集散地。有水的地方就有灵气,正因为如此,珊溪自古繁荣,人才辈出,文有北宋国子监祭酒毛崇夫,武有明代武威将军刘孟厚。

又因水脉在此,20世纪90年代,温州开始在珊溪镇建设水库大坝,并于2000年建成总库容量18.17亿立方米、年发电量3.55亿千瓦的珊溪水库。由于水质好,现水库中的水可供温州地区700万人口饮用。珊溪也因此一跃成为国家重点水利枢纽工程所在地。

飞云江截流后,飞云湖不仅资源丰富,两岸湖光山色更是美不胜收。由于地面与水库水面存有温差,飞云江珊溪段的江面上常常烟波浩渺,水雾茫茫,宛若仙境。以前,我时常追着江面上那些茫茫的景色,看着它们像丝绸一样一条一条在江面上流动,像炊烟一样在江面上袅袅娜娜;看着它们自由旋体的缥缈、弥漫、升腾,然后漫过水中的桥,漫过江边的路,漫过路边的树,继续向上升腾。而江面上那些一掠而过的白色身影与江边的房屋在那朦胧的雾里,像海市蜃楼一般,缥缥缈缈,虚虚幻幻。看着美景,常让人有种梦里不知身是客之感。而此刻我们走在江边,雨后的江面也笼罩在水汽里,虽然江面也升腾起白茫茫的一片,到底这白茫茫不如那时我追寻的景色来得让人惊喜。

水是万物之源,有水的地方就有人。7000多年前,珊溪就有古人居住，并有古遗址做证。

古遗址位于珊溪飞云江边的鲤鱼山上。山高约 40 米，面积并不大，因山体远看状似鲤鱼而得名。此山虽不算高，但由于居高临下，北濒飞云江，南控东西大路，独立于珊溪镇中心盆地的山冈上，地理位置尤显险要，是个易守难攻的地方。因此新石器时代，古人便将它作为理想的栖息地。

尽管在珊溪生活了几年，我还是第一次登鲤鱼山。一行人从珊溪菜场处的入口上山。眼前的山路与想象中有些出入，不是荒山之野，而是迤逦而上的石阶。前进中，上百只不知名的小飞蝶在脚边的石阶上飞舞。它们在雨中欢快地上下翻飞，抖出金色与银色的光芒，令人目不暇接。穿过令人垂涎欲滴的杨梅林，我们来到了山顶。远远就看到一块石碑，石碑青白相间，像书本一样展开任人阅读。上面写着县重点文物保护单位——鲤鱼山古遗址及说明。据张璐介绍，鲤鱼山曾出土有石斧、石簇、石刀等粗制石器，这些石器，有的是天然形成，未经磨制，经考证距今已有7000 多年。

考古专家来鲤鱼山考察时也说，古人生存要具备三个条件：一要临水；二要有一个制高点；三要与周围的山之间有一个平地。因为水是人类生存的第一需要。虽然古人的自我保护意识较强，但是自我防范的能力很弱。很多动物都有可能会攻击人类，为了自我防护，古人居住地多选在与动物居住的山分开的低缓山冈上。这样动物跑过来的时候古人既可以看到，也可以射击；一旦遇到洪水，也不容易被淹没。鲤鱼山就具备了这样的条件。在这儿发掘的新石器时代的遗物，也证明在 5000—7000 年前，这里就有人类在活动。

正因为鲤鱼山地理位置的险要，当年，国民党军队与珊溪镇驻军警备队就以鲤鱼山为中心，先后在山上建筑三座坚固的碉堡，形成交叉的火力点，控制了珊溪全镇。当年炮台就筑在鲤鱼山山头的悬崖上，再在炮台四周和鲤鱼山背部挖筑壕沟，一直透迤通向鲤鱼尾。炮台四周又筑有厚厚实实的黄土墙，据说，枪炮都无法射击穿透。碉堡内还设有三丈多高的二层楼房,四周枪眼错落分布,可以从各个角度向外射击,不论守护、瞭望或攻击都十分随意。1949 年解放珊溪时,解放军指挥部曾两次部署攻打鲤鱼山炮台,三天三夜都未攻下来,最后青景丽和泰顺救兵赶到,派各路人员向炮台发起强火力总攻,并一连投掷了 25 颗手榴弹,最终才攻下鲤鱼山,解放了珊溪。

此刻,我们站在鲤鱼山山顶,凭高远眺,视野十分开阔。远处绵绵群山,尽收眼底;近处,顺流而下的飞云江,纵横交错的村居,东西大路,尽在视野之内;而在平坦的山顶,既可耕种生存,又可闲听鸟鸣。难怪古人居住在此,这种"近水识鱼性,近山识鸟音"的生活对于生活在浮躁中的我们来说反倒是一种幸福。

有人类居住的地方就会留下痕迹,留下历史与文化。碗岗山古窑址就像一幅春日的画卷慢慢地展开人类生活的轨迹。

古窑址位于珊溪镇坦岐村的后山上,遗存有北宋时期的碗、洗盏、碟等陶瓷器物。瓷器承载着几千年的文化历史,在几千年的成长与发展中,不仅带着泥土的芬芳,还展现了广阔的社会生活画卷。"何年碧像灵岩栖,踏碎琼瑶尽作泥。烨烨宝光开佛土,晶晶白气压丹梯。"这是明代陈凤鸣对瓷器的赞美。

生活中,我们也经常接触瓷器,使用瓷器,摆设瓷器,然而我更想知道"踏碎琼瑶尽作泥"的过程。

那天我们探访古窑时,选了一个"好天气",暴雨从早上就一直下个不停。下午我们到达坦岐村时,雨水已形成洪流正气势汹汹地由山上奔流而下。看着水流,我们忐忑着,担心没法儿上山。因坦岐村位于飞云江中游北岸江畔,北靠青山,三面环水,去古窑址的途中要过一条小溪,晴天尚能轻松涉过,雨天溪水猛涨,能不能过去是个问题。我们想要寻找"琼瑶作泥",所以还是硬着头皮去了,溪水水流的确比平时大了许多,仗着人多,我们涉水而过。

去往古窑的路十分泥泞,小道已被山间的流水漫过,我们在雨中的田间像游蛇一样扭动着身体蜿蜒而上。走到一处岔路时,小道上开始出现零零碎碎的瓷器,那些碎片有圆的,有方的,有菱形的,有三角的……大雨将它们冲刷得干干净净,俯下身仔细端详,似乎能从瓷器里看出自己的光亮来。越往上走,碎片越多。这些碎片都是当年废弃的瓷器,距今已有700—1000年了。山上遗物堆积的面积更广,已发现的有罐、壶、碗、碟等,其中以碗、盏最多,釉色也有青绿、青黄、黑褐三种。

在古窑附近,我们看到了大面积的碎片。这些碎片皆是宋元时期的,故此地历称碗岗山。瓷片有的白,有的褐,有的青,有的绿。无论纯净或印花,均古朴深沉、素雅简洁,十分符合北宋时期的瓷器特色。我们不时从泥土里挖出一片片不同成色的瓷器来,掂量掂量它们的重量,端详端详上面的花色。

看着如此大面积的碎片,我们不禁好奇古窑的制作与规模。南方的陶瓷原料主要取材于当地的泥土。泥土金属的含量及烧制的火候决定了陶瓷的颜色和品质。窑址的选择也有讲究,多依傍溪流山坡建设,并在一定距离内放一个炉口,有利于烧制陶瓷温度的掌握。只有各方面条件成熟了,才能制出品质好的瓷器。这儿的条件都很符合要求。

坦岐村后山共有三个窑址,均为北宋时期的古窑,其中两个被当地的农户开垦为农田,唯有较小的馒头窑保存了下来。目前古窑址被列为县级重点文物保护单位。

馒头窑位于田埂下方的一片荒草中,不熟悉地形很难寻到它,我们在山间来回转了两圈才看到它。为了看得仔细,我们纷纷跳下了田埂,扒开湿漉漉的荒草,望着幽深的窑洞,却什么也看不到,似乎只能从那空洞里遥望时光的年轮。

一个地方,有历史就会有生命,有生命就会有活力。珊溪的活力一度曾在繁华的老街。

老街横贯珊溪街头村与街尾村。某年一个冬日的下午,我曾端着相机由南至北完整地走了一回。冬天的老街十分萧条,唯一的繁华是老街里的打铁铺,师傅不时地从炉火里取出烧红的铁器敲打。经过时,里面发出“叮当,叮当”铿锵有力的敲击声,那声音似乎一下子能将人敲回去几百年。而老街内的那些老房子由于年代久远,已破损不堪,在冬日的阳光下显得十分落寞。那次是一个人,匆匆浏览了一遍就走了。这次不一样,一大群人一起,由于是雨天,淅淅沥沥滴落在房檐上的雨声与我们踢踏踢踏的脚步声一唱一和。

我们从街尾村开始走起,边走边谈老街的历史。过去老街是热闹与繁华的。那时,老街是一条狭窄的街道,长有千余米,宽约两米,不宽的路面上铺的是鹅卵石,时常有小孩光着脚在鹅卵石上狂奔。街道两侧大多为二层木构建筑,底层辟为店铺,二楼村民自住。当时,老街碇埠头段最为繁华。街尾村由于是埠头地,船只来往汇集此处,一度也十分热闹。当年街道两边开满了店铺,经营着各式各样的商品,有药店、棉花店、打铁店、雨伞店、染布店等。方圆几十里的村民均来老街购买生活用品,人来人往,热闹非凡。想象着老街的繁华,我似乎能从那一排排的房子里听到商品的交易声与孩童们的欢笑声,以及夏日的夜晚,人们在门前乘凉时的说话声与摇扇声。

如今我们看到的老街,历尽沧桑后已难现往日的繁华。街内房屋新旧交错,参差不齐。20 世纪 60 年代的一场大火让老街损失惨重,共烧毁 100 多间房屋,此后村民便在旧址上建起了新房,而旧屋与这些后建的房屋便显得格格不入。如今,那些留下来的老房子、老店铺多已失去原来的商贸功能,大多已空置,部分出租与办家庭作坊,而原来的鹅卵石路面也被拓宽改成了水泥路,失去原有的古朴。

在老街众多的房子中,有一处房屋虽只剩下半堵墙,却仍显得与众不同。原街内的老屋基本为木结构,此墙却为水泥结构;门窗也不同于别处,为西洋式结构。如今门台与窗户上还雕刻着花卉与动物,雕工细致灵动。有村民告诉我们,此房为"罗茂盛"家的小洋楼。

"罗茂盛"是罗德温的店号名称。罗德温,生于咸丰六年(1856),原瑞安县五十五都杉溪岩坦头(现珊溪镇街头村)人。

罗德温在街头村首开杂货店,贩卖煤油、石灰等,同时也收购山货运到瑞安去卖,后来形成规模,店号取名"罗茂盛"。当年罗德温与刘振丰、夏裕春都属老街有名的经营者,他们为老街的繁华贡献了力量。除在珊溪开店外,罗德温在瑞安、泰顺还开有分店,因而名气越来越大,在当地一提起"罗茂盛",几乎家喻户晓,"罗茂盛"为

珊溪老街

当时珊溪的经济发展起了巨大的推动作用。1909 年罗德温去世,他的妻子带领儿子于 1919 年在街头村盖起了六间洋房,门墙是用意大利水泥、白石灰、石英子混合成的"水门汀"建成,是当地第一栋水泥洋房。其后辈介绍,当年,房屋大门上刻有双狮戏球图案和"罗茂盛"三字,房顶上有七个花瓶型装饰矗立,工艺巧夺天工,豪华壮观。珊溪镇政府曾占用此楼做临时办公处。可惜的是,如今小洋房仅剩下半堵"水门汀"门墙。

来来回回走完老街中那条古朴的台阶后,我们只能感叹,一条老街已繁华落尽,留给后人的却是几度沧桑几多哀愁。

上坪
一座村庄　一缕乡愁

　　去上坪,是文清提议的,上坪是他的老家。我想,他对家乡的感情,就像许多游子一样,无论走多远,都对故土念念不忘,甚至故土里的任意一个元素,都能唤醒内心深处的一串记忆与温情。

　　冲着这个原因,去上坪的路上,我想起了余光中的《乡愁》:"小时候,乡愁是一枚小小的邮票,我在这头,母亲在那头。长大后,乡愁是一张窄窄的船票,我在这头,新娘在那头……而现在,乡愁是一湾浅浅的海峡,我在这头,大陆在那头。"这头与那头的记忆,便是一种温暖的情感。或许文清对上坪也像余光中对故土一样,怀着一种难以割舍的情感与依恋。去上坪的路上,他的心情肯定也与别人不同。

　　上坪位于县境西南端,与泰顺县交界,路途十分遥远。我们早上七点半从文成县城出发,出了城不久,车子便开始在蜿蜒的山路上盘旋,经文成,过泰顺,再回到文成境内,辗转进山,车子驶进一条"神奇的天路"。那是一条沿着飞云江与峡谷刚刚开通的山路,道路宽约三米,崎岖不平,两旁皆悬崖绝壁,车子前行时,在乱石上来回颠簸,把我们抛上去扔下来,似乎要将我们的心脏抖出来。走着走着,前面一条小溪拦住了去路,那溪水也不同于我们常见的水,清澈透明,已不能用见底来形容,看一眼,只觉得明净、空灵,似乎能将我们世俗的灵魂涤荡干净。

　　由于溪水不深,车子涉水而过。当车子沿着一处峭壁往上

"盘旋"的时候，车上的人都惊叫起来，因为天与山都平衡在我们正前方的头顶上，抬头看去，蓝天白云近在咫尺，似乎伸手可及。车子往上攀登的时候，心情也有些异样，似乎我们已不是坐在车里往上，而是踩着梯子向上攀爬。越往上走，越靠近天，越靠近天际线，而山风、山泉、山野则给人一种与世隔绝的空茫感。

车子差不多行驶了四个小时，我们才到达上坪村。一路上我一直在设想，我们要到达的村庄应该是个阡陌纵横、鸡犬相闻的世外桃源，人们在山间日出而作、日落而息。然而在上坪并未看到几户人家，不禁觉得奇怪。一问才得知，上坪村位于飞云江上游，是黄坦镇最远的一个村庄。因珊溪建造水库导致该村三面环水，一面高山耸立。四面交通阻断后，上坪村成为偏僻的"孤山村"，人们进山出山都十分困难，出行的艰难给村民带来了极大不便。孩子求学、村民就医都成了上坪村迫在眉睫的难题。村民在苦不堪言的孤村中生活了几年后，2006年政府组织下山脱贫，上坪村集中移居到巨屿镇方前村。由于部分村民没有经济能力迁移，仍住在村里。目前村里还剩下几户，十余位村民。

虽然村里没剩下几户人家，但村子位于群山环绕之中，四周山清水秀，山峦起伏、沟壑纵横，旅游资源倒也丰富。境内现有陈山墓道坊、仙岩庵遗址，还有胜似"长江小三峡"的飞云湖景观等。但到底路途遥远，道路艰险，此地鲜少有人问津。

到了上坪，我们来不及休息，就直接去了陈山墓道坊。墓道坊位于上坪村陈山自然村岭头，要翻山越岭才能到达。我们爬上一个山坡，下坡，再沿着一条长满苔藓的山岭上坡，那条岭很少有人走动，由于头天刚下过雨，长满青苔的山岭十分湿滑，一走一滑，一条岭并不长，却也走了好一阵儿，才到达地点。远远就看到墓道坊矗立在几棵大树与一片荒草之中，在蓝天下巍然屹立，气势非凡。走近，牌坊与石碑上的字迹都清晰可见。陈山墓道坊建于清嘉庆八年（1803），属双落翼式仿木青石质结构，四柱三间冲天式，柱子方形带讹角，呈一字落于长方形底座石上，前后皆用抱鼓石支撑，牌坊上刻有"清修职郎峰城粹齐夏公墓道"字样。

民居

陈山墓道坊

　　我们站在牌坊下面仔细观察，发现此墓道坊细部雕刻十分精美，堪称杰作。陈山墓道坊是文成境内不可多得的清代建筑，具有很高的文物史料价值。细处如牌坊下面的抱鼓石，方柱下的额枋、雀替表面都雕刻着精美的卷草纹。那些图纹风格虽简练朴实，但节奏感较强，卷草形成连续流畅的弹性花纹，像涌起的水波在石碑上翻滚、荡漾，令人赏心悦目。脊端浮雕上同样也雕刻着镂空卷草纹，屋面两端略为升起，整个雕刻都十分精致，曲线也很优美，具有较强的装饰性。

　　墓道坊下方还立有青石质夏公墓碑一座，阳面是清嘉庆九年（1804）十一月刻立的修职郎粹齐夏公墓表，阴面为清嘉庆十二年（1807）楷书阴刻的夏贡士墓志铭，两面碑文都镌刻有力，字迹工整清晰，其铭文笔画匀实劲健，结体疏密有度，美观大方，既体现出凝重的气质，又有着气韵的流通。

　　牌坊下方筑有一条古道。墓道坊是为贡生夏时光而建的，此道便是通往夏时光墓地的通道。出于某种原因原墓地已迁，此道便荒废了。如今古道被荒草覆盖，很难通行。离开墓道时，走出几步，不禁又回头看了一眼，石牌坊静默地立于荒山枯草之中，像一位暮年的沧桑老人，竟让人有着几许伤感。

　　参观完陈山墓道坊，我们又去了墓道坊主人夏时光故居。故居位于泰顺县与文成县交界处，现属泰顺县管辖。车子行了约三十分钟我们才到达。在离房屋还有一段距离的时候，远远地就看到一处老民居呈现在眼前。民居背靠青山，掩映在一片青山碧野之间，四周绿树环抱，鸡犬相闻，倒有一股子世外桃源的味道。此屋便是夏时光故居。立于故居外，我们环顾四野，四周一派田园风光，故居外便是一条通往外界的乡村小路，路旁一边是村庄，一边是碧绿的稻田，时值夏日，绿色的稻浪，凝碧而厚重，轻轻地随风起伏，让人仿佛可以嗅到淡淡的稻花香。

　　走近细看，民居共有两层，是由石块、泥土、砖木混合建成的老房子。大门的右侧有一对废弃的功名旗杆夹，可见当时主人的身份。遗憾的是，由于时间久远，上面的字体已模糊不清。

　　而那座掩映在绿意中的老门台尤让人欢喜。门台属砖石结构，为仿木构建筑，由于被一丛植物覆盖，已看不清门台上方的结构与花纹。那丛植物长得郁郁葱葱，上面结满了鸡蛋大小的绿色果实，它那攀缘在门台上方的姿态显得尤其可爱。细看，那植物像一位披着长发的女子，有着一种参差披拂、风来袅袅之感。我不禁对这攀附在门台的植物产生好感，一问得知，这攀缘的植物便是那可制作木莲豆腐的薜荔。先前我在北京大红门一带曾食用过这种温州人制作的食品，加了薄荷的木莲豆腐，入口清凉可口，甚觉神奇。

　　跨进门，一条通道直通内院，院内也有房屋几间。听到有人来，院内一个人影一闪便不见了，鬼魅一般。大约觉得不识来人躲了起来。接着，一条黄狗出现了，它站在通道的那一头，看着一群陌生人，不停地狂吠。除此之外，门台下端所设的猫狗洞也清晰可见。

　　来来回回地走了走那门台，不禁感慨，一处标志性建筑，不仅代表着一种文化，还见证了一个时代。这座老门台与这所房子一样见证了一个家族的兴旺与变迁。如今一座老宅的繁华已过去，而上坪，这座曾经的大村庄，留给人们的却是一串记忆，与一缕剪不断的乡愁。

光明

山乡小村的百年变迁

　　光明村，原名李山村，位于文成、瑞安、青田三县交界处的深山里。李山祖谱记载：李山村，明清时属嘉屿乡五十都，民国初年合李山、林寮、枫树坪为一村，民国二十四年（1935）并入玉壶镇，后改为光明村。光明村的称号尽管已改了几十年，至今人们到此，仍说去李山。因为此村的历史文化多和李山有关。关于村名来历，一说是第一位定居在这里的先贤姓李，故称"李山"；二是此村有一本大名鼎鼎的《李山书》，此书与李山有着深厚关联，对当地的影响也极其深远。如果望文生义，李山村应该以李姓人为主，然而村内却没有一户李姓人家，如今全村姓胡，是一个单姓的山区村落。胡姓人家于乾隆四十七年（1782）搬迁到李山，至今已有 230 余年的历史。

　　230 余年的历史长河里，光明村延续着数千年农村文明的发展，虽然时代的变迁使得乡村居住形态经历了一次又一次的裂变，但一脉相承的家族亲缘、邻里关系和传统习俗则成为乡村文化的重要载体。村庄建于清朝年间，至今仍保存完好的古代民居有 100 多幢。我也有幸去了一趟光明村，寻觅该村的历史文化足迹。

　　其实在去光明村之前，先是耳闻了《李山书》大名。这是一本什么样的书？翻阅了之后得知，《李山书》原叫《簿记适用》，是光明村胡伯庄为解决山区贫困民众读书难的问题，于 1918 年特地编写的一册识字课本。原书分上下两册，以四言、六言或五言、七言的韵文形式编写,分天文、地理、时令、入学、契约、喜事、衣布、药材、海味等共计 35 类。稍难之字则注以同音字,以便于读者辨认。俗名、俗写及俗之误用与疑难或相似等字均载上栏,以便考究。正文有近 1800 句,7000 多字。原书为毛笔正楷,笔法精湛。现村中保留的皆为印刷修订本。

为了易记,《李山书》编法似《三字经》《千字文》等蒙学读本,用极为简练的语言介绍了各行各业中常用的名词、俗称及有关知识。如药材篇就用《三字经》的形式书写:"金樱子,月季花。苍耳子,凤仙花。五茄皮,槐花米。"宝玉篇所用的则是《千字文》的形式书写:"金银玉宝,珊瑚玛瑙。象牙珍珠,玻黎图书。水晶钻石,玳瑁琉璃。"这些内容朗朗上口,不仅读来押韵,还易于记诵。内容也从中国历史朝代、天文地理、医卜星相、教育军事、风俗礼仪、典章制度,到衣食住行、婚丧嫁娶、记账订约,以及竹木花草、飞禽走兽等,日常生活中的各种常识均有。书中还专辟"洋货"一篇,介绍当时才刚刚传入中国的各种西方器物,除了日用的"洋油洋灯,洋伞洋巾"之外,还有"显微镜""地球仪"之类的"高科技产品"。可谓是一册包罗万象的书。直至今天,你将这本书从头看到尾,也不得不感叹,书的内容十分全面,不仅带有独特的乡土色彩,还带有鲜明的时代色彩,简直就是一册"中国历史文化小百科全书"。

1918 年,《李山书》第一次出版,印数即达 2000 册。消息传开,附近山区民众翻山越岭到村里购买,供不应求。民国初期,在瑞安的湖岭、高楼、玉壶,青田的洪口、方山等贫困山区的私塾内,《李山书》几乎被当作教科书使用,直至 20 世纪 50 年代初还做过夜校课本。《李山书》重印三次,总印数达 1 万册。老一辈人都说,正因为有《李山书》这本书的存在,近百年来李山村无文盲、无赌博,全村人人都会打算盘,村民言谈举止也与众不同。时至今日,在光明村,人们仍将《李山书》视为"村中一宝"。为了让李山的历代子孙永远牢记这部璀璨的乡土文化遗产,2008 年,年已古稀的胡氏子孙代表在原始史料的基础上,将《李山书》整理出版,将两册并为一册,并为正文配上了拼音,以期供该村村民和国内外子孙阅读。

清光绪三十一年(1905),玉壶镇黄河村胡国恒随其青田的舅舅赴法国,拉开了玉壶侨乡的历史帷幕。此后,李山村民也相继出国谋生。目前李山村是一个有着5900人左右的村子,但国外华侨就有2900余人。

李山村的华人、华侨在海内外勤奋劳作,省吃俭用,艰苦创业,虽然他们身在国外,却心向祖国,情系故乡,多次为家乡慷慨解囊、造福桑梓。他们在不同的时期,不同的经济状况下,在兴学育才、基础设施、文化卫生等公益事业方面,为家乡建设和经济发展做出巨大贡献。位于村中的李林华侨中学、胡仲森影剧院、胡中杰颐年楼等建筑都是华侨建设美丽家园的有力见证。

1990年,为建造李林华侨中学校舍,旅奥侨胞胡越发动李林籍华侨胡元绍等捐资建校,共募捐得60.34万元,建造了楼高3层、教室9个,建筑面积约800平方米的李林华侨中学教学楼,为当地教育事业做出了巨大的贡献。

胡仲森影剧院是由旅荷侨胞胡仲森捐资兴建的。胡仲森1934年赴荷兰,在意大利、荷兰、印度经商,并做过船工。历任第三届、第四届旅荷华侨总会财政组组员,以及第七届、第八届、第九届旅荷华侨总会名誉顾问,后定居荷兰。虽然胡仲森身居异域,但十分爱国爱家,曾为国捐资支持抗日战争,为兴建李山华侨教学楼,修造道路,重修水口殿、祠堂等慷慨解囊。82岁高龄时仍心系桑梓,将平时积蓄的13万元献给家乡兴建影剧院。影剧院建于1998年,总建筑面积约264平方米,200个座位。影剧院极大地丰富了当地村民的生活。

此外,胡中杰颐年楼由旅荷侨胞胡沪生捐资20万元兴建,谷岭底老人活动中心由海外侨胞共同捐资建筑,炉基亭由旅意侨胞胡克岱捐资兴建……这些建筑无不为家乡人民提供了方便。

李山村的华侨们不仅身在国外,心系桑梓,在异国,他们也团结互助,为维护祖国声誉、华侨利益而竭尽全力。

光明村民居之一

光明村民居之二

该村的华侨史上,有个人不得不提,他就是侨领胡元绍。

胡元绍,1951 年生于李山村,1968 年应征入伍,退伍后于 1972 年赴意大利,后转奥地利。1991 年被选为首届旅奥华侨总会会长,并连任第二届会长。曾任首届欧洲华侨华人社团联合会首席副主席,之后又连任第三届、第四届首席副主席;浙江省政协第七届、第八届海外特邀委员;浙江省联谊会常务理事。曾应邀出席北京国庆庆典,应邀参加香港回归交接仪式,并创办了维也纳中国中心。

其间,胡元绍创办了《奥华》杂志。之所以创办杂志,是因为 1991 年前旅欧侨胞就已有上百万人,唯独没有华侨自己出版的杂志。胡元绍认为,办一本华侨杂志不仅可弘扬华侨的文化和精神,亦可推动中外文化的传播和交流。于是他自费办刊,并于 1991 年 8 月,由总会推出《奥华》杂志。创刊后颇受侨界欢迎,并在欧洲引起强烈反响。

1993 年,维也纳一家报纸曾发表了诋毁旅奥华侨华人的文章。为维护华侨声誉、澄清事实真相,同年 9 月,胡元绍在奥地利维也纳举行了首届华侨记者招待会。他发表三点严正声明:一是奥华总会对于奥国警方打击偷渡活动的不法行为,表示坚决支持和赞赏。二是希望警方与新闻界,要把个别犯罪华人同绝大多数奉公守法的旅奥华人严格区别开来。三是奥地利中餐馆的生存与发展,是同奥国旅游业和经济发展相关联的。中餐馆依法纳税,也为奥国经济发展做出了贡献。总会声明呼吁各界人士支持旅奥华人安定正常的社会生活。义正词严的有力回击,提高了华人的声誉,维护了旅奥华侨的正当权益。

一个古老的村子,总有几棵古树,光明村也不例外。在村子的水口处,有几棵大树,这些树不仅有着几百年以上的红豆杉,还有几株一二百年的柳杉与红枫。红豆杉长在水口殿内,由殿内穿房而过,颇有几分气势;而柳杉长在路基的下方,笔直挺拔,直入云霄,那份浩然正气也令人肃然起敬。仰望古树,它们的存在无不告诉我们,它们同这个村庄一样具有厚重与历史感。

村口的路旁竖有几块石碑，记载着村里的大事，其中有一块石碑显得与众不同，碑身明显陈旧，正面的字迹已模糊不清，转过侧面，才能看到上面铸刻着"永禁地方不准开庄放赌"十个字。这就是光明村有名的"禁赌碑"。

禁赌碑建于清光绪十一年（1885），碑高 102 厘米，宽 58 厘米，厚 12 厘米，距今已有 130 多年历史。

当然，一块碑不是无缘无故地立起来的，总有一个耐人深思的故事。据村民介绍，李山村最初有 20 多户胡姓人家，以种番薯为主。1820 年以后，村民开始种植靛青增加收入，渐渐地手里有了余钱。由于劳力不足，便从附近村庄雇用长、短工开垦荒地，扩大靛青种植面积。随着收入的增加，村里多数人家都富了起来，有的成为当时的富裕户，雇用的帮工也越来越多。后来村里开始出现了赌博，并有几户人家不务正业，专门以开庄放赌为生。

1881 年秋天，一伙人又聚在一起赌博。玉壶镇来的一名陈姓雇工输了钱无力偿还，就在村边的树林子里吊死了。赌徒中有人认为有机可乘，便向死者家属诈称其被主人谋害致死，怂恿其家人向主人家索赔。他们说主人家富裕，可索赔 1000 银圆。死者父母兄弟也不问青红皂白，发动邻里，纠集了几百人，携带刀棍，扬言要赴李山村拼命。

李山村为了抵抗对方，一面呈报当时所属的瑞安县衙门要求调解，一面组织力量应对，不光动员了邻近各村的亲戚朋友几百人，还派人去青田一带购买生铁，聘请铁匠，赶制了 40 多支土铳和两门土炮，并自制火药，在村子后的岭上开岩搭棚，安装土炮。同时派人日夜轮流把守村子附近的交通要道。为此，双方对峙了三年多时间，耗费了大量人力财力，最后经瑞安县衙门调解，以李山村负责死者丧葬费告终。

经历此事件，李山村人民认识到赌博的危害性，便由各房推选一名有威望的长辈，成立禁赌组织，订立禁赌条约，互相监督，共同遵守，违者严惩，如发现有人赌博，报信有奖。为起警示作用,请石匠刻了这块"禁赌碑",立在村口大路边以警示后人。自此,李山村成为远近闻名的"无赌博村",而这块石碑也与《李山书》一样,被李山村人视为"李山一宝",成为村民们教育后代的活教材。

除此以外,李山村还有 8 名军人参加过抗美援朝战争,中共浙南游击司令员龙跃曾在这里指挥过浙南解放战争,粟裕、刘英也在这里留下过战斗足迹。

如今的光明村虽地处深山,但村中林木葱郁、层峦叠嶂、溪流潺潺、空气纯净,村中不仅生态环境优越,且人文景观众多,青林古木之间处处掩映的古宅,无不充满丰厚而悠久的历史文化底蕴,让人领略那天人合一、返璞归真的美妙意境。现村子为打造美丽家园,也在极力挖掘与保护独具特色的民间文化遗产,不断向外界展现村中百年文化底蕴。

平溪
千年银杏王与一个家族的银杏派

　　"四壁峰山,满目清秀如画。一树擎天,圈圈点点文章。"这是宋代文豪苏东坡赞银杏的诗句。提起银杏,人们总想起它那美丽的扇形小叶子,以及秋天那华美的变身与金色的繁华。

　　银杏,别名白果树、公孙树等。银杏是一种非常珍贵的树种,是与恐龙同时代的生物,是约3亿年前留下的"活化石"。据考证,在1.7亿多年前的中生代侏罗纪,银杏在北半球组成浩瀚的森林,正如当时生活在陆地上的恐龙一样普遍。受第四纪冰川时期恶劣气候的影响,银杏在欧洲、北美和亚洲绝大部分地区荡然无存,唯独在中国的西天目山、神农架等个别狭窄地域残存野生银杏。因此,银杏被科学家称为"植物界的熊猫"。

　　银杏树不仅因其俊美挺拔、叶片玲珑奇特而具有极高的观赏价值,而且适应性强,药用功效大,经济价值亦非常可观。银杏木质细腻,佛家常用其做雕刻,不损不裂,故有"佛指甲"之称。银杏树的果实——白果,品味甘美,医食俱佳。银杏的根、叶、皮也含多种药物成分,临床应用价值较高。

　　文成桂山平溪村就生长着两株千年银杏树。平溪村位于桂山境内,源于吴地山,汇合北山坑、草鞋坑等水至平溪西流泰顺境。境内山高源短,水皆细流,村庄地形起伏变化较大。两株古银杏树就生长在村中毛氏宗祠附近。资料记载,文成百年以上的银杏古树仅有8株,平溪村的两株银杏树为文成的银杏王。两株银杏树相隔不过五六米,相守已近千年,因两树一雌一雄,当地的村民美其名曰"夫妻树"。雄银杏树树体俊美挺拔,高有40多米,树身直直地冲入蓝天,颇有一番气势,树干则粗大壮实,四五人围在一起才能抱住;而雌树树叶向四周散开,交叉错落,与它的"爱人"深情相对,手挽手,肩并肩,千年以来仿佛向世人述说着"执子之手,与子偕老"的美好。

为睹这两株银杏树四季不同的风采,我曾不止一次地探望过它们。春天,银杏冒出新绿,当它们在枝头探头探脑时,显得俏皮而又生机盎然。夏天,银杏枝繁叶茂,翠绿的扇叶在湛蓝的天空下摇曳生辉,叶片在微风的吹拂下则哗哗作响,像小乐章在微风里奏起,十分悦耳。秋天,是银杏变身的时节,也是看银杏最美好的时节。夏天过后,便盼望着秋天,总想着银杏的叶子黄了没。惶恐着去早了,它仍绿,去晚了,它落了。终于等来了秋天,前一次去探望,它还泛着绿,后一次去探望,它在微风里正哗哗地向下飘,但枝头仍金灿灿的一片。仰望枝头,那些美好的叶片在枝头极尽繁华,每一道阳光照过来,都令它们绚烂无比。在它金色的光华里,在树下,人反倒渴望着风的到来,风一吹,天空下起了"银杏雨",那些叶子漫天飞舞,蔚为壮观。大风过后,踩着银杏的落叶,难免让人伤感,这落叶像时间与青春一样一去不复返。但是,银杏又与时间和青春不同,待到来年春天,它又会是一副生机勃勃的样子。冬天的时候,我又去看了一次银杏,那时树上的繁华已落尽,只剩下那些孤傲的树枝在风里轻吟。站在楼顶,看着千年古银杏向四周伸展的枝枝丫丫,只能领略它们叶落后的凋零美。

一位老人得知我一次次来看银杏树,便向我介绍起银杏的来历。他说,这两株银杏树是毛氏先人毛崇夫植于北宋景德年间,树龄距今已有千余年。毛崇夫,字良鹏,瑞安(今珊溪毛处)人,东晋庐江太守毛宝第二十四世孙。北宋雍熙二年(985),诏举贤良方正,敕赐进士出身;至道元年(995)授翰林正字,转知制诰兼宏文馆学士;景德三年(1006)赠正朝散郎,迁国子监祭酒。任满归里,囊无别贮,仅携银杏、核桃、榛栗三种果树,分贻子孙种植为记,故后世称"银杏派"。平溪的两株银杏在景德二年（1005）就已种下。

此后,因沧桑屡变,毛氏族人也各地迁徙,无论族人迁往何处,为纪念先贤毛崇夫携带京果银杏回乡定居,均在迁徙时由珊溪毛处携银杏果或银杏苗栽培为记,文成、平阳、泰顺等地的毛氏族人宗祠前俱植有银杏树。

毛氏族人的"银杏派",《毛氏宗谱》中也多有记载。《毛氏宗谱》一卷中就有银杏分植考的详细记录,文字录于嘉庆二十三年（1818）,文如下:"银杏一名白果。其花二更始开,开即谢,人罕见之。叶如鸭掌形,其核三棱者为雄,二棱者为雌,雌雄合种始出。产于江南生宣州者胜,北宋初始入贡,崇夫公仕北宋太宗朝,恰当银杏入贡之初,人人贵惜,故带归家以为奇品,分贻子孙为记。此吾温江（今平阳）、毛坑、箬垟、桂库等处徙迁于仁宗皇祐年间,各有银杏分植为记也。"

泰顺联云乡的毛氏也是由文成迁去的,当年毛氏族人迁徙时,就携带了银杏苗。泰顺箬阳毛氏宗祠正前方两株古老的银杏树就可为证,那里的银杏树也为一雌一雄,均生长茂密,树龄也已高达800余岁。

千百年来,平溪村的古银杏不仅成为村里的活化石,也见证了村里千百年来的发展变迁。如今两树仍枝繁叶茂,生机盎然,每到果实成熟时,村民可采到不少白果。盛产时每株可采白果1000斤左右,经济价值近16000元。

"银杏的生命力极其旺盛,多年前,因建筑需要,其中的一株沿地面平移至8米开外,但树丝毫未受影响。多年来,此树仍极其旺盛地生长着。"老人说。

平溪的银杏树以其苍劲的体魄,独特的性格,清奇的风骨,较高的观赏价值和经济价值而受到后人的钟爱。多年来,各地专家、学者不期而至,前来欣赏这两株"手拉手,肩并肩""恩爱"千年的银杏"夫妻"。

站在树下,仰望躯干挺拔、树形优美、寿龄绵长的千年古树,

银杏（包成义摄影）

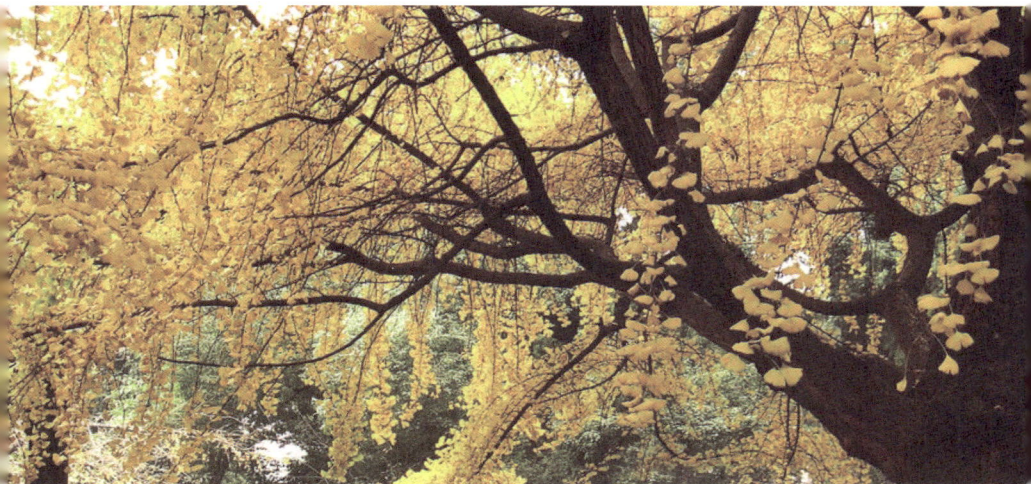

秋天的银杏

展现了毛氏先驱的憨厚、勤劳、勇敢与智慧,同时它又象征着广大毛氏后代子孙在和谐、互助、团结和友好中相处。

2003 年,这两株银杏树被列入浙江省、文成县古树名木保护行列,保护级别为国家一级。2012 年,两株银杏树又被列入温州市百大古树名木之中。

上垟
清溪绿水绕西流

清溪绿水绕西流，
鳞屋一村楼外楼。
虎尾岗屯霞霭霭，
龙婆潭景日悠悠。
……
牛塘曲岭棋盘古，
鹤息高峰宫殿幽。
……
胜迹石船今尚在，
乡闾姓氏万家周。

这是清庠生赵鸿钧所题的《象洋十二景》诗句，象洋即上垟。从诗中可以看出，上垟自古以来就是一个山清水秀、环境优美，适合人们居住的地方。如今境内仍岩壑密布，景象雄秀，涧随山转，山随涧奇，山拥翠色，植被繁茂。因为一位友人住在那里，所以我有幸去过几次，对上垟便有了一点儿了解。

上垟位于文成县城西面，原属青田县西坑乡，1946年文成建县时，划归文成县管辖。上垟原为乡，1956年上垟、石门两乡合并，各取其一字组成石垟乡。该乡为革命老区乡，乡政府驻地上垟村。后几经撤并，现属铜铃山镇管辖。上垟村于深山林带之中，东连叶胜林场，西接石垟林场，村内以周姓族人居多。

如《象洋十二景》中"胜迹石船今尚在，乡闾姓氏万家周"

一句所写,上垟村村民基本为周姓。在中国众多的姓氏中,周姓是一个有着悠久历史的古老姓氏,最早可追溯到远古时期的黄帝时代,距今已有 4000 多年的历史。自古以来为寻根溯源,家族总要立族谱。为显示一个家族的光辉与荣耀,每个家族在立族谱时,总会将一个姓氏的历代名人罗列进去,甚至上到盘古开天。我从周氏族谱里了解了一个家族的来源,也看到了一个大家族的脉络。周氏族谱同众多的族谱一样,从几千年前的周武文王开始,一直罗列下来,在列了众多的周姓名人之后,才列到上垟周氏的先人桂二公。

周氏祖上周富四由泰顺岗丘迁居雅垟,生一子二孙,长孙桂一迁居杨山桥头垟,次孙桂二于元朝至顺元年(1330)迁至象洋(今上垟)居住。初到此处,桂二见此地群山奇秀、溪清水碧,觉得此处是福地,便在这儿扎根,开垦种植,繁衍生息,此后族人逐渐壮大。

上垟因在群山包围之中,自古还是一个避乱的胜地。清朝曾有秀才做了一首《冠寨呈奇》:"石壁奇峰峭不成,高崖草木尽皆兵。当年避乱无人晓,忽听樵歌谷口清。"说的就是上垟地势的险要偏僻与不为人知。诗中说得没错,我也曾攀爬过上垟的山,体验过此处地势的险峻与幽深。

古香古色的民居,穿村而过的溪流,真诚纯朴的人们,都让人觉得亲切。尽管村中的古民居仍保留了一些,但这些民居穿插在新房屋之中,并没有新旧交错的参差美,因其不协调,反倒给人一种不伦不类之感。但在这些古民居中仍能看到村民的淳朴,看到一木一瓦一间屋的古朴与端庄。在古民居中,给我留下深刻印象的是一株爬满凌霄花的树。夏日我曾在树下仔细端详它,看凌霄花迤逦而上的姿态,看树被浓妆艳抹的妆容。此时此刻,它们已凋零,空留了一树的萧条与清冷。

一个地方只要有水,便显得生动起来。上垟便如此。村中有一条小溪,溪水终年潺潺,穿村过桥,铮琮而去,给人"小桥流水人家"之感。溪边有一棵柿树,此时柿子挂满枝头,午后的阳光照过来,柿子在枝头像盏盏火红的灯笼,十分惹人喜爱。令人惊奇的是,溪边的一棵老树上长满了众多野生石斛,它们由上至下地寄生在树干上,虽悠闲自在,却令人敬畏。

一个家族在一个地方繁衍生息,总会以一个家族的荣誉为耀,为供奉祖先神主,方便祭祀,一个家族便会在生活的区域内建立宗族的象征场所。周氏族人也不例外,在村中先后建立了大小宗祠两个。

宗祠不仅仅是一个场所,它的存在,建筑规模实际也在昭示一个家族的荣耀。从周氏宗祠里,我看到了它所承载的家族历史。大宗祠始建于元朝,是由周氏先祖周桂二所建,曾于清嘉庆年间重建,主要用于供奉祖先神主,进行祭祀之用。献璋小宗祠则建于清同治年间。时任浙江处州府知府李澍拜曾为小宗祠撰记,文载:"咸丰己未年发匪窜郡,苦兵不足,无法收复城池,迫不得已,余赴乡下,劝义士众志成城。自东瓯而至青瑞之区,过西溪步石门之地,五里一岭十里一村,举足而升魏如若登天,然可东望平、瑞,西览景、和,南观泰顺,比邻南田。其间云雾开山,豁然一岭而下,见两山排开,一水中流,三椽瓦屋,十亩桑麻,鸡栖塒栅,牧童之短笛载牛而归,前迎樵子一问得之,此境芝田为象洋。投宿时,乡人告之惟献璋翁家数知尊贤,以礼待宾。投宿其处,见其为人文雅,待人殷勤。次日盛邀余同游南山,途中见山上青椤蔓蔓,翠竹漪漪,四山围绕,两水溯洄,一派幽清旖旎风光。向其建言此地可建宗祠,且左护龙潭之屿,右连鹤息之峰,中间山环秀水,此乃富贵之地。数日复回梧州,后闻听璋不弃余言,于同治乙丑年重九前日,建造正寝两廊,四面环垣,雕梁画栋之宗祠,抽租硕以奉祀,定春秋以享祭,携子捧浆而告庙,上隆报本之心,下垂裘箕之泽。闻余在郡,赴署挽记于予,虽不文,不得不援笔以记之。彼夫敦宗睦族,必期四马门高,地秀钟灵;定兆三槐鹊起,光前裕后;长发其祥,常享无疆之福云尔。"

从此记可见,上垟不仅风光好,其族人十分好客,待人热情真诚,也能听进他人建言,得到他人尊重。同时,从文中也可知周氏小宗祠的由来。

遗憾的是，小宗祠已于当年拆除改建乡政府办公楼，大宗祠还保存完整。大宗祠由门厅、戏台、正厅、左右厢房组成合院式木构建筑，正厅面阔七开间，屋面悬山梁，梁间绘有卷草图案，厅间设神龛，供奉周氏历代祖宗灵位。由于年久失修，宗祠由内至外透着沧桑与破败感。但从建筑格局看，仍能看到当时家族对其建筑的讲究。

国民党浙保五团进驻上垟时，曾将此宗祠作为办事处，在此严刑拷打过共产党员。同行的徐老师指着其中一根房梁对我说："当时，这处梁是专门吊人的，他们给人背上绑上石磨，吊到房梁逼供；如不招供，便将人由梁上放下，将人致残或致死，并称其酷刑为'青蛙喝水'。许多党员都在此受过酷刑。"得知此事，

村中石巷

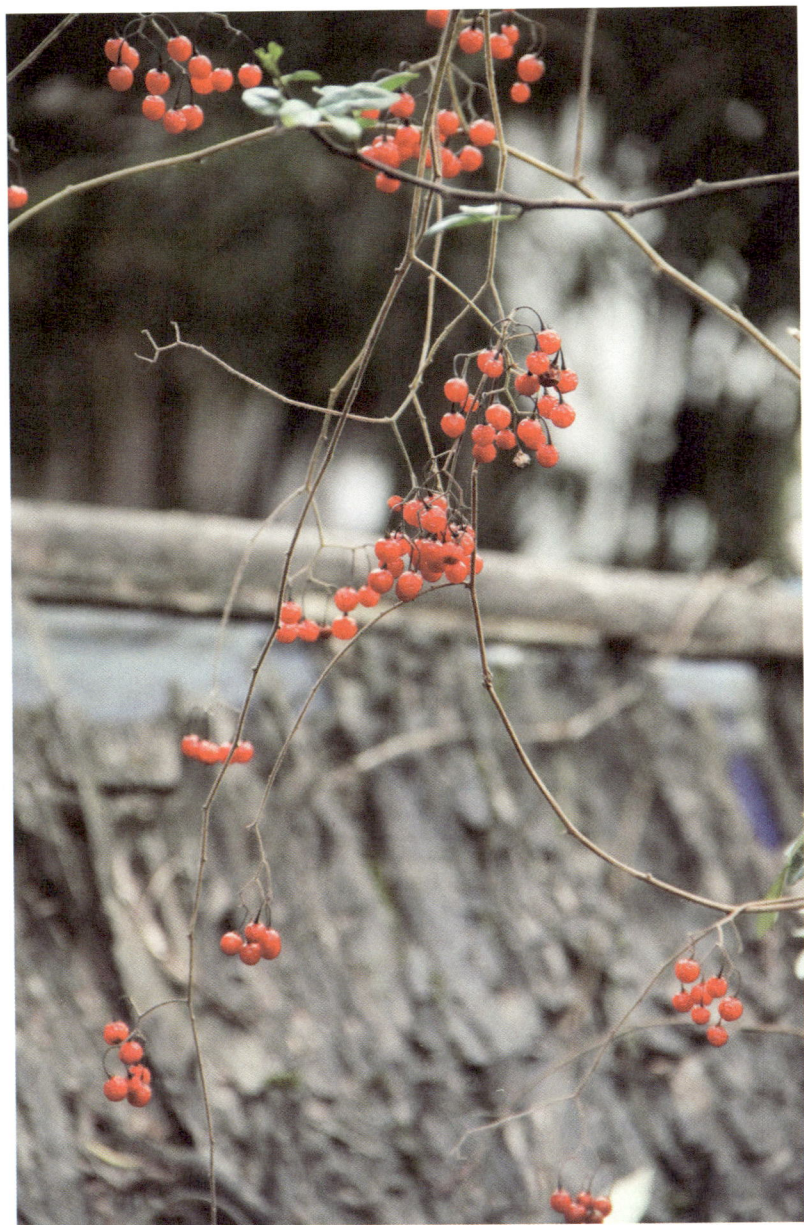

村中小景

仰望那高高的房梁,不由一阵寒意袭来。觉得这不仅仅是一个族人的宗祠,也是革命者的受难地,倒是更值得祭拜。

说到乡村美,我们总会想到陶渊明的《桃花源记》:"芳草鲜美,落英缤纷。""阡陌交通,鸡犬相闻。"上垟的风景略逊于此。上垟的风景在山上,最有名的要数鹤息峰。自古便有不少文人骚客为其赋诗。

> 避秦何必武陵游,
> 鹤息峰巅景色幽。
> 遥望云山千里外,
> 俯观烟水百川流。
> 遨游槐岭星飞马,
> 误认桃林野放牛。

这首诗是由清庠生壹泮谨所撰的《鹤息峰诗》,诗中把上垟描写得很美,首句就点出,避世隐居何必要去武陵,来上垟就可以了。

而诗中所提的鹤息峰就在村子的后面,是一座高耸而平缓的山峰。相传很久以前,叶家的祖先生活在景宁一带。一天,叶家祖公梦见一只白鹤飞来,引领他到一个新的地方生活。梦醒,叶公果真看到一只白鹤停在门前,白鹤看到主人出来,就慢慢地飞了起来,引领他来到了这里的山脚下,白鹤便停在山上不飞了。叶公见此地青山簇拥、绿水环绕、山野平坦,是个适宜居住的好地方,于是便举家迁到山脚下扎根落户,这座山也就取名鹤息峰了。叶氏家族居住在上垟附近的石门一带。

为寻找鹤息峰,我们沿着山间的小溪上山,因错过了季节,并未看到"芳草鲜美,落英缤纷"的景象,但一路的确是"阡陌交通,鸡犬相闻"。当我们沿着蜿蜒的山路,踩着光洁的石头,听着溪水的歌唱前行时,在山的更深处,出现了惊喜。芒草在山间恣意地开着,将山间装饰得白茫茫一片。当然,深秋是它们的季节,当众多的鲜花凋零时,它们便盛放起来。它们盛放的姿态也极尽妩媚与妖娆,在午后阳光的照射下,熠熠生辉,闪烁着耀眼

小溪

的光芒。在这样一个深秋的下午，看着它，让人想起席慕蓉的《一个春日的下午》："我多希望，有人能陪我走上那长满了芒草的山坡，教我学习一种安静的捕捉，捕捉那些不断地变化着的水光与山色，那些不断地变化着的云彩与生命。"的确，生命是生动的，当人类与自然融为一体时，人类便是那块多彩的云，与水光山色一起变化，一起生动。

前进的路上，我们还看到了许多带有神话色彩的石头，石船马佛、升天岩、仙人挑担石与扁担。这些石头在世代人们的口口相传中，带着神秘的色彩。细看之下，那些石头的确与传说故

事中的形象十分吻合,诗人对此也多次讴歌。清庠生张鸿翔对升天岩就写了一首《石船马佛上天诗》:

> 幽宫清景竹松林,
> 东野平铺瑞霭侵。
> 可奈石船停浦岸,
> 却教马佛上天浮。
> 鸡川岭北风光美,
> 鹤息峰前霁色阴。
> 昔日神灵都不见,
> 一双仙迹露岩心。

诗的好坏我们姑且不论,但它的确在歌颂一块神秘的石头,让我们可以更多层次地了解这个地方。当我们来到鹤息峰的时候,那座山倒也高耸,风景倒也好看,尤其山间在风中招摇的芒草,纷繁芜杂,带着秋日的萧瑟美。事实上,山峰并没有多么雄伟壮丽,或许它是一个地方的坐标,一个地方的象征,为地方留下了美好的想象空间,它便成了当时众多文人骚客笔下"三山雅景看不厌,骚客登临去复留"的诗篇。

敖里
一个文化底蕴深厚的村落

　　一个地方有文化内涵，就像一个人有良好修养一样，便具有一定的风采与魅力，让人愿意亲近。我对敖里也是如此，多年前就听说，敖里是个文化底蕴极其深厚的村落，总想一睹风采。后来，随着栏目走进敖里，通过走访，我对敖里村内的古风古韵也有了体验。

　　敖里明、清时属青田县柔远乡八内都，宣统元年始建敖里乡，民国十九年（1930）敖里乡析置西坑乡。后几经合并、析置，现属西坑畲族镇。敖里是个极具文化底蕴的村庄，内涵十分丰富。村内曾有明清大宅院19座，这些建筑均具有很好的文化价值，如今村里仍遗留13座大宅门台与1座浙江省文保单位的谢林大宅院。

　　敖里村村民基本为周姓。敖里周氏一族是在崇祯六年（1633）从福建寿宁县平溪迁到敖里的，距今已有380余年。敖里的周氏祖先最早过着居无定所的日子，他们长期跋涉于浙闽边界的崇山峻岭之中，以担盐贩卖为生。凭借勤劳，周氏族人到了第三代，就在敖里底排山兴建了第一幢五间二厢瓦房。

　　敖里周氏一族先不仅有勤劳的手脚，还有智慧的头脑，他们一边靠贩盐谋生，一边到当时的岭根、金田、小顺一带创办炼铁炉几十处。当年，这些作坊雇用了几百名工人。凭着勤劳与智慧，周氏族人渐渐地获得了财富。

　　过去，田地是人生存的根本，田多田少也是一个家族地位的象征。手里有了积蓄，周氏族人开始购买田地。他们一边在敖里周边铺路造田，一边大量购买田园山场。到嘉庆年间，敖里周氏的田产就遍及富岙、石庄、二源、三源、十源、南田、上垟、下垟、岭后，以及景宁的梅岐、章坑、东坑、北溪等地，成为富甲一方的大家族。

那时，不仅田地多少是一个家族门第高低的象征，庭院大小、门台高低也是。随着家业的兴盛，周氏族人开始建造房屋。在敖里，他们先后兴建起了19座规模宏大、工艺考究的"四面屋"，如庙儿垄大宅、前垄坳大宅、大份大宅、下大份大宅等。这些建筑布局、结构、形式及彩绘都很考究，且工艺精致，造型完美，充分体现了古建筑的节奏与韵律，也体现了劳动人民的聪明与智慧。遗憾的是，由于年代久远，或建筑自身的问题，如今这些古建筑已所剩无几。唯一给后人留下安慰的是谢林大宅院。

谢林大宅院，建于清光绪十四年（1888），宅院坐东朝西，沿中轴线依次列晒谷场、门台、前厅、正厅、附房，两侧分列廊庑厢房，建筑四周糙砌块石围墙，总占地面积约2600平方米。台门为三山牌楼式，用青石和磨砖砌筑，前厅、正厅、厢房等各建筑多为重檐悬山建筑，多用抬梁、穿斗混合式梁架，大木件皆用材粗壮，制作精工。阑额、牛腿、雀替、门窗等装饰考究、雕刻精美，建筑室内多用制作考究的三合土，前后天井均用青石铺墁，出檐较为深远，两山出际较长，屋面施小青瓦，阴阳合铺，施缠枝纹勾头滴水。无论从整体构造还是建筑细节，工艺都十分严谨讲究，木雕、石雕、砖雕制作较为精细，梁架结构也颇具地方特色，是浙南山地民居的典型代表。由于其具有一定的地域独特性，2005年，谢林大宅院被浙江省政府列为省级文物保护单位。

敖里人富了，但他们在生活上仍十分节俭，从不铺张浪费。据村里的老人回忆，小时候，家里的主妇们还习惯将干粮让给上山干活的人吃，自己在家则吃一些稀饭。而且穿着上也十分朴素。正是凭着勤劳与智慧，勤俭与节约，敖里村成为闻名遐迩的富裕之乡、集贤之里、德孝之村，敖里的周氏一族也成为浙南最富有的家族之一。周氏族人是由贫困中崛起的富人，富裕后，他们没有忘记根本，而是选择回馈社会。

乾隆年间，敖里的周道亮富裕后就选择回馈社会，带着子孙做了不少的慈善事业。当时，大峃是瑞安县西面的中心城镇，青田的九都、八都（南田、百丈漈、西坑）一带的民众由于离县城青田较远，生活用品多到大峃购买。因此，通往大峃的大会岭来往行人非常多。由于路上无供行人歇脚休息之处，行人总是渴了找不到水喝，累了找不到落脚点，倘若遇上下雨，更是无处躲藏。看到这种情况，周道亮就在半岭处建了会岭堂三间，供人休息，并助田租二十二石，冬汤夏水，招僧人司理。后来，"会岭堂"改名"半岭堂"。嘉庆十一年（1806）半岭堂曾被僧人卖掉，周道亮的后代又用白银一千两将其赎回。光绪十九年（1893），半岭堂已破旧不堪，周氏后辈又捐资将其重新修建，并在旧堂下首扩建五间，塑佛像，招僧人，颇具规模。近200年来，周氏一族为方便行人所建的半岭堂，不知方便了多少行人，这种不求回报的善举，也一直受到人们的尊敬与传颂。

敖里民居

　　除会岭堂外，当年，周道亮还带着子孙后代铺造了丁坑岭、石门岭、八都岭、仓头坑岭等古道，建造了各道路上的桥梁。他乐善好施的举动给后代留下深刻的印象，并将这种乐善好施造福众人的行为作为周氏的传家宝一直传承下去。后辈们也先后拿出租田在大凿岭头建了云顶堂，在丁坑岭头兴建了广福堂，在岭根岭头兴建一勺堂、驻足亭，在西里村冷水塘建了施茶亭，为来往行人提供遮风避雨、供茶施水的休息场所。此外，周氏族人还捐出巨额银两建造百丈漈的周济桥、苍头坑的石板桥、黄洋坑的螺蛳埠石桥，重修兵乱中毁坏的处州试院等，为贫苦乡民送粮、免债更是不计其数。

　　在周氏族人众多的善举中，位于百丈漈西段村的周济桥不得不提。周济桥建于咸丰五年（1855），是由敖里（原敖底村）的周作典独自输金700余两建造。周作典，字开宗，号金峰，武庠生，钦授千总衔。无奈的是，此桥刚开始建造，周作典即辞世，其子继承父志，力以成之。经营于仲春，告竣于季冬。

　　建成的周济桥为三孔石拱桥，拱券两大一小，两端连接镇头

谢林大宅院

村与西段村，全长约40.4米，宽约3.7米，桥身皆由不规整块石砌筑，拱券纵联分节并列砌筑。遗憾的是，1958年百丈漈建水库大坝时，周济桥的桥面与桥身前的分水尖大部分被拆除，已残缺不全，现桥面呈拱形状，无踏步。1960年天顶湖水库开始蓄水时，周济桥被淹。每逢水库枯水期，周济桥才能一露庐山真面目。

周济桥（郑亚洪摄影）

　　敖里周氏族人乐善好施，造福人群的举动，不仅仅是一种善举，更是一种境界与美德。他们走出了一条让人欣喜的道路，也为人们树立了良好的榜样，乃至今日仍影响着后人。

　　敖里周氏不仅靠勤劳本分持家，乐善好施做人，还是一个重视教育、培养人才的家族,并于 100 多年前,在敖里村创办了声名远播的南屏小学。

南屏小学办学历史源远流长。据《青田教育志》,南屏小学的前身即屏川义塾。明末,叶孟圭用八都叶氏管理的下垟都铺寺院租金,在屏川(西坑)安福寺创办了屏川义塾。对此,《文成乡镇志》也有记载,清咸丰年间,屏川义塾改为南屏书院,院址设安福寺。

清光绪时期,上村叶氏和西里叶氏争夺南屏书院的管理权,相持不下。后来随着学生增多,都铺寺院租不够支出。当时敖里周氏兴起,在周围的姓族中声望颇高。通过中介,两地叶氏一致同意把南屏书院让给敖里周氏,由光绪贡生周方忠前往接收。接过来不久,南屏书院改为南屏小学。

敖里周氏接办南屏小学后,决心要办一流的学校。周氏族人认为,强师出高徒,他们不仅高薪聘请德高望重、为人师表的清时期举人和民国时期大学本科生为教师,而且规定,凡是本科毕业的周氏后代都要回南屏小学义务教书一年。

当年由北京、上海等大学毕业的本地学生都要回南屏小学教书至少一年。所以在南屏小学读书的学生,所接受的教育与思想都走在前列。如英语,在南屏小学读书的学生就会提前接触到。而这些大学刚毕业的老师,用自己的新思想、新理念去熏陶感染学生,潜移默化中也促使学子奋勇前行。

"德厚而成人,学优而成才;非学无以广才,非志无以成学"是南屏小学的教育理念。在此理念的教育和新思想的引导下,学生从小树立远大的理想,志存高远,发奋学习,通过升入高一级学校深造,最终实现自己的梦想。

正是在这种教育理念下,南屏小学培育了一大批人才。他们中有革命家,有将军,有教授,有新思想先锋,等等。其中有举起"废科举上大学"旗帜,殁于民主革命的周绍适;有开出国留学先河,东渡日本留学,回国后入研究所,后在民主革命中殉难的周绍佶;有留学日本,回国后返乡办南屏小学,倡导读书救国论的周德三；有坚强的无产阶级革命战士周定；有浙江省省长、中将、军长夏超；有国民党少将周志轩；有著名教授、水稻专家周长信；有著名林学家周桢，以及获航天部"有突出贡献专家"称号的教授周建初；银行专家周志旦；糖业专家周志新；高级工程师周光南；还有教授周价；等等。南屏小学可谓"群贤辈出"。

由南屏小学走出的众多人才中，有一个人的身份十分特殊，他叫周光裕。周光裕是长工的儿子。敖里的大户人家并不剥削家里的长工，而是十分尊重他们，不仅为他们建房娶妻，长工的子女也同东家的子女一样有到学堂读书的权利。周光裕父亲是周定家的长工，受周定的影响，他由南屏小学毕业后，徒步奔赴延安参加革命，后又从抗大毕业参加八路军。中华人民共和国成立后，其在国务院、浙江省财政厅等政府机关历任要职。由此可见，当时敖里的大户人家不仅有着乡绅风度，对穷苦大众也有着人道主义关怀。

由于教育质量优异，并有着深远的影响，南屏小学曾被教育部授予"三等金质嘉祥褒章"。徐世昌曾颁给南屏小学校长周鸿钧"敬教劝学"的匾额。南屏小学可谓是敖里的一个人才摇篮。当时的省立处州中学（今丽水中学）因南屏小学教学质量特别好而破例准许其毕业生免试升学。

随着时代的变迁，敖里在大环境下也经历了风风雨雨，如今敖里人虽不像曾经那么富足，但敖里人的精神仍在激励着一代又一代，敖里人的文化仍在熏陶着一代一代。

周山
畲乡风情与独特民俗文化

　　周山畲族乡是文成县两个民族乡镇之一。辖地原为公阳、双桂、峃口三乡交界少数民族较多的聚居区。周山畲族乡旧属瑞安县五十三都,当时公阳、周山为上半都,双桂为下半都。民国二十一年(1932)为乡、保、甲制,时辖地为悟草乡。1948年划归文成县管辖。周山畲族乡地处文成县东南面。作为文成少数民族乡,周山有着丰富的自然资源与人文资源,境内有畲乡文化、红色文化及县级文保单位和市级非物质文化遗产等诸多资源。

　　畲族是中国南方游耕民族。一千多年来,畲族人民不畏艰难险阻,从原始居住地广东省潮州凤凰山四散迁徙到福建、浙江、江西等省份。周山畲族人是清朝年间由福建一带迁徙而来的。畲族人民勤劳朴实,主要以农耕狩猎为生。他们迁徙到周山乡,便开山种田,植树造林,凭借勤劳,在这片土地上繁衍生息,并为当地建设做出了巨大贡献。

　　畲族人民有自己的语言,也有自己独特的风俗习惯,但无自己的文字,通用汉文。最大的特色是爱唱山歌。他们通常在婚嫁、社会交往、生产劳动等日常生活中以歌代言。畲族人民不仅有欢乐的对歌、赛歌,多姿多彩的舞蹈,还有绚烂丰富的工艺,美丽优雅的服饰,以及优美动听的民间故事。

　　每年的"三月三"是畲族人民的传统节日。"三月三"又称"乌饭节"。相传在唐代,畲族首领雷万兴领导畲民反抗当时的统治阶级,被朝廷军队围困在山上。将士们靠吃一种叫"乌饭"的野果充饥渡过年关,第二年农历三月三冲出包围取得胜利。为纪念他们,人们把农历三月三作为节日,吃"乌米饭"表示纪念。村民说,有关畲民食"乌饭"的传说很多,都是对这一民族在生存过程中所受遭遇的一种纪念。以前每年的农历三月三,周山畲民的传统活动是在野外或路旁烧"乌米饭"吃。如今,这一传统节日仍保留着,大多数畲民在这天吃红豆饭来代替"乌米饭",作为这一节日的习俗传承下去。

同时这一天还叫"对歌节"。每年这个时候,畲族人民都会举行盛大的节日活动,人们纷纷穿上传统服饰,聚集一起,以歌传情、以歌为媒、以歌会友,青年男女更是将此节日作为自己婚嫁的日子。这一节日世代相传,延续至今。

"三月三"是畲族人文历史的缩影,活动也具有鲜明的民族特征和浓郁的乡土气息,在建设新农村和加强民族团结等方面也有着不可替代的重要价值。如今随着现代化进程的加快和畲族居住环境的改变,畲族的语言、服饰、歌舞正在逐渐汉化,"三月三"传统节日活动也趋于淡化,亟待加强保护。近年来,为加强保护畲族文化,每年的这一节日,乡镇政府与畲族人民也一起开展相应的活动,力求将这一文化载体传承下去。

周山畲族乡不仅是少数民族乡,还是革命老区乡。村民说,当年有很多革命者为地下革命工作流血牺牲,其中就有周山周坑村的蓝向岩。1940年春,蓝向岩结识了原平西区委孔金华等同志,接受了革命教育,不久加入中国共产党。入党后,蓝向岩不辞辛苦为革命奔波,是一位老练的地下交通员。1946年春节前后,浙保五团多次派兵到他家乡清剿,附近几个畲乡党支部受到严重破坏,唯他所在的徐山党支部仍能坚持隐蔽斗争。同年4月,他在与平西区区委联络的途中被抓,浙保五团对他施以老虎凳、灌辣椒水等酷刑,但未能从他嘴中获得任何信息,最后敌人恼羞成怒,残忍地将他杀害。1985年,蓝向岩被追认为革命烈士。

包山底村的陈阿友16岁加入中国共产党。当年他主要负责传递信件、购买物资等重要任务。每次接到任务,无论山多高

周山施宅

路多远,他都能顺利完成,是党的一名可靠的少年交通员。由于遭人告密,1946 年 3 月,陈阿友被捕,遭受各种酷刑,被折磨成重伤也未暴露自己的身份。最后被枪杀在大峃镇林店尾枫树坦,时年 20 岁。

同蓝向岩、陈阿友一样为革命牺牲的还有许多同志。因此,周山畲族乡于 1986 年被温州市人民政府批准为"二战时期革命老区乡"。

　　革命时期,周山乡党员活动十分频繁,吴垟村也是革命者的活动地。九龙山下的岩洞便是当年革命者的活动场地。岩洞位于九龙山的峭壁下,洞内有四五个穴洞,最大的洞高3米,宽、深各4米左右,冬暖夏凉,为天然洞府。其中有一洞最深,洞内弯弯曲曲,传说可通到村内。以前,共产党员为躲避国民党当局的抓捕,曾在洞内躲避。一位村民说,小时候他常常和小伙伴在洞里捉迷藏,如今洞内深暗潮湿,已无人敢进去了。

　　一个地方的文化,大多以标志性的建筑物、重要的历史文化遗存、自然人文景观等为象征。周山乡也不例外,在养根村仍保留着一处完整的清朝时期的古建筑。

　　该建筑为养根村施姓民宅,房屋坐北朝南,建于清朝咸丰年间,距今已有约160年的历史。房屋由门屋、东西厢房、正屋组成四合院翼式二层木结构建筑。门屋面阔原为七开间,后添建一

周山生活用品

周山民居窗户

间,屋面双落式悬山顶;厢房各面阔三开间,正屋建于陡板石砌
筑的石基上,上压花岗岩质阶条石;明间前置两级垂带踏跺,梁
架为穿斗抬梁混合式结构,进深七柱七檩。前檐柱下用青石质方

础承托，柱间设通廊，房底明间为敞厅。次间前用隔扇封闭，置花窗，上浮雕人物、花草图案，二楼置廊，设美人靠。古宅仍保留着古色古香的风格。

古宅内还有孙衣言为施母九十寿辰而书的"庆锡期颐"寿匾一块，距今已有120余年历史。孙衣言，浙江瑞安人，清道光二十四年（1844）举人，道光三十年（1850）进士。历任安庆知府、安徽按察使、湖北与江宁布政使，后以翰林院编修升为侍讲，参与《宣宗实录》编纂，曾独编《夷务书》100卷。光绪年间，官至太仆寺卿。搜辑乡邦文献，刻《永嘉丛书》，筑玉海楼以藏书，有《逊学斋诗文钞》。

20世纪50年代到90年代，施宅古居曾为周山乡政府、乡供销社、乡卫生院的办公场所。如今古宅内的墙上多处仍留有毛泽东语录。古宅中还存有石水缸一只，石洗菜盆一只，保留着从纺纱到织布的一套完整工具，还有清朝时期的木器、竹器、瓷器等古董用具。这些都是一个时代的见证。

施宅古居虽经多次翻修,因保存完整,并具有时代特色,于2012年12月被列为文成县第七批县级文物保护单位。

如今周山乡对施宅古居四周进行了整理,开垦出约2000平方米的绿化面积,建有一座假山和水池,将其打造成一个环境优美的村内公园,也成为村民休息与娱乐的好去处。

周山除畲族文化以外,马灯舞也是当地百姓十分喜爱的民间舞蹈,当地人称其为"跳马灯"。马灯舞是浙江省流传甚广的汉族传统舞蹈。马灯舞表演的初衷讨生活。人们认为马灯是明快、吉祥、喜庆之物,代表光明,马群是团结、吉利之物,故马灯队冲到谁家便为谁家带来光明、吉利、财运,加上马灯队的热闹、欢庆,深得欢心,自然得到的赏银食物就多了。

村民施绍繁是马灯舞的传人,他说:"周山的马灯舞主要是由福建、平阳、瑞安等地传入,距今有100多年历史。马灯舞先是传入双桂、平和,之后再传到周山养干村。马灯舞在周山最大的特色,是由民间艺人改变唱词,改用当地语言和音乐,适当加入当地民众喜闻乐见的内容,自己动手做服装、扎纸马、排练队形,招当地演员,周而复始,逐渐有了自己的一套马灯舞表演方式、方法和内容。"

"马灯舞喜庆热闹,场面可大可小,肢体语言简练,舞姿粗犷,以走势和列队为主,有着浓浓的乡土气息,深得当地人们喜爱。如今周山每逢重大节日,还会在村民集聚地表演这一舞蹈。"同样是马灯舞传人的施美玲说,如今到她这一辈,马灯舞在她家已传承了三代。

在文成,跳马灯舞有着广泛的群众基础,其中以周山(养干村)、双桂、平和等地较为有名,而"养干马灯"是中华人民共和国成立后至今一直被人称颂的民间舞蹈表演队。20世纪50年代前,跳马灯是每年正月必不可少的活动;五六十年代,为了庆祝国庆和一系列的庆典活动,各地的跳马灯红火踊跃,是当地政府和人们喜庆和宣传的主要活动。"文化大革命"期间一度被冷落，"破四旧"后，马灯舞也就"万马齐喑"了。改革开放后，马灯舞又活跃起来。但由于时代的进步，新的文化元素冲击了农村文化阵地，马灯舞虽偶有演出，但前景不看好，如不及时加以保护，这种民间舞蹈将会被社会遗忘。

上金
百年古村的时代流离与乡愁

　　"十年寒窗无人问,一举成名天下知。""春风得意马蹄疾,
一日看尽长安花。"这是描写古人一举成名的诗句。在古代,平
民要想出人头地、功成名就,多是通过苦读,考取功名。在文成黄
坦镇上金村,仅清朝一个朝代,就先后有学子考取了贡生、太学
生、邑庠生等。

　　上金村位于文成县西部,与泰顺县交界,明清及民国初属
泰顺县三都, 1948 年划归文成县管辖。该村因当年珊溪建造水
库导致三面环水,后面高山耸立,四面交通阻断,成为文成县库
区为数不多的几个偏僻孤村之一。当年建造水库时,政府曾组
织村民下山脱贫,由于部分村民没有经济能力迁移,仍住在村
里。被阻断的孤村位于群山环绕之中,四周山清水秀。上金村从
1996 年珊溪水库启动建设开始,至今已历时 20 余年,其间孤村
几乎被人遗忘,后由杭州师范大学的 4 名大学生拍摄的《孤村》
纪录片,将这个即将消逝的村子重新推到人们面前。

　　昔日的上金村人杰地灵,村庄人口最多时达到 341 人,后
村里仅剩下 2 户, 4 位村民,全是 65 岁以上的老人。

　　上金村的历史可追溯到 200 多年前。村民介绍,上金的村
民多姓吴。据吴氏道光年间的族谱,金山吴族芳兰本居于闽省汀
州府上杭县莲塘里,后十四世孙兆昌于雍正三年(1725)至浙
温郡泰邑三都七胜坑结庐而居,至乾隆二十二年(1757)转徙
三都金山(今上金村)斩棘开基,迄今已有 200 多年历史。

　　从 1757 年至今,吴氏族人在上金已居住了 260 余年。如今的上金村紧临飞云江,背靠青山,三面临水,由于村庄地势高,站在村内放眼望去,青山碧水,一览无余。晴朗之时,湖面波光粼粼,远山如黛;阴雨时,却又似江南水乡般温婉缠绵。近处观看,村前阡陌纵横,村内鸡犬相闻,宛若世外桃源。因村庄深藏于高山之中,几乎与外隔绝,未迁移前,村民过着自得其乐的生活。

　　当年吴氏族人初搬上金时,辛苦创业,有了积蓄后,不仅善理家业,还重礼仪、重教育,祖辈中就出现了吴正满、吴正宰、吴君成三位"乡耆宾"。我对这个称谓十分好奇,查遍资料只得到,乡耆是指一个地区有名望的年高德劭的人;乡宾是由州县推荐应科举的士子,因乡贡的士子参加乡饮酒礼。唐韩愈《答张彻》诗:"省选逯投足,乡宾尚摧翎。"乡耆宾这个称谓介于两者之间,应是指一个重礼重德,有一定社会地位的人。

　　鉴于此,吴氏先祖对后代也有较高的要求,先辈们要求后代子孙要擅长"礼仪之道,博学于文,约之以礼"。子孙们也都谨记祖上教诲,知书达理,勤奋学习。从道光到光绪年间,上金村曾先后出了两名贡生、两名太学生、一名邑庠生。

　　在科举制度的激励下,上金村的吴氏子孙都勤学苦读,希望一举成名,光宗耀祖,并在清朝年间,先后考取功名。他们分别是:贡生吴君颜、吴君泮,太学生吴君泰、吴惟房,邑庠生吴名瑛。

　　吴君颜,号齐容,册名玉宸,生于道光八年(1828),卒于光绪二十七年(1901)。同治八年,吴君颜以册名吴玉宸被选为贡生,并在上金村宅前立有旗杆夹两对。如今村内旧宅前仍保有旗杆夹一对,旁边还立有上马石;另一对因房屋倒塌时被破坏。秋日的午后,两对旗杆夹虽残缺不全, 但仍在古朴的房屋之间,在荒草中熠熠生辉,显示主人身份的不同。

　　吴君泮,字壁沼,号俊兴,册名芹馨,生于道光八年(1828),光绪二十八年(1902)去世。吴君泮以册名吴芹馨于光绪二十年(1894)被选为贡生。族谱记载,吴君泮自幼勤学苦读,取得功名后,仍十分好学,每日手不释卷,而且尊亲睦族,在族人中很

被破坏的牌坊

有威望。如今吴君泮的旧宅前仍立有旗杆夹与上马石,旧宅因无人居住,年久失修,已成为一片废墟,一对旗杆夹也掩藏在齐人深的荒草中难以发现。

科举时代,府、州、县生员(秀才)中成绩或资格优异者,可升入京师的国子监读书,被称为贡生,意谓将人才贡献给皇帝。明代有岁贡、选贡、恩贡和细贡;清代有恩贡、拔贡、副贡、岁贡、优贡和例贡。上金的两位贡生属于例贡。

吴君泰,号安齐,册名康侯,生于嘉庆二十年(1815),卒于光绪十七年(1891)。曾被选为太学生。同为太学生的还有吴惟房,吴惟房是贡生吴君泮之子,字伯驷,号舜封,册名莲芳,生于咸丰元年(1851),卒于民国二十三年(1934)。

吴名瑛,号琼斋,册名宪章,校名吴藩,生于光绪十年(1884),卒于光绪三十三年(1907)。曾被选为邑庠生。

此外,吴君伍,字佐兴,号和朋,又名肃崖,生于道光十九年(1839),卒于民国十四年(1925)。吴君伍曾做过从九品的小官。吴名椿,字萱卿,册名桂森,生于光绪十二年(1886),卒于民国十九年(1930),曾奖叙六品军衔。清朝的六品衔包括:蓝翎侍卫、整仪尉、亲军校、前锋校、护军校等。

不仅在古代,近代上金村也出了不少人才。20世纪70年代到80年代,村里也出现了多名大学生。他们有的毕业于上海交通大学,有的毕业于四川大学。他们有的走向教育行业,有的成为行政工作人员,有的成为工程师。

在上金,不仅村内形成了读书风尚,孝道文化也得到传承与弘扬。

走进上金村,在村口便会看到一座精美的节孝牌坊。此牌坊是为清朝儒士吴德一妻夏氏所立的。牌坊为青石构筑,表面磨光,精雕细刻。四柱三间,各蹲石狮一尊。明间高6米,由石梁分为5层:顶层立"大总统命"牌座,第二层刻"为前清儒士吴德一妻夏氏立",第四层刻黎元洪题书"节励松筠"。两次间各三层,有双狮抱球、牡丹、朝凤、水浪衬月、姜子牙钓鱼等图案,多属浮、

上金民居

镂雕，其中钓竿和钓线穿石留线而成，人物面部表情栩栩如生。坊前立条石刻花栏杆，其余三面石砌围墙，后壁中置"旌表碑"一座。该牌坊为文成县第二批文物保护单位。

　　吴德一，名惟懋，生于同治五年（1866），卒于光绪十四年（1888），为贡生吴君泮之子。吴惟懋自幼好学，能体父志，勤学能文，应试多名列前茅，成年后便成为博学多识的儒士。然而，22岁那年却因病去世。吴惟懋与妻子夏氏育有一子一女。夏氏与他同年，丈夫去世后，年轻的夏氏立志守寡，并将年幼的子女抚养成人。其子便是吴名椿。吴名椿于民国十五年（1926）为母亲青年守志抚孤成人，请旌建立牌坊纪念母亲，以表孝心，并请得黎元洪为其牌坊题字。

　　节孝牌坊雕工精致,造型优美,因有着一定的文物价值,曾被多次破坏,顶层的"大总统命"牌座,黎元洪题书的"节励松筠"及上面的石狮子被偷盗的偷盗,破坏的破坏。村民说最有价值的部分被毁坏殆尽。如今站在上金村的村口,看着残缺不全的牌坊,让人不免一阵心酸。

节孝牌坊

培头
不一样的民族风情

　　畲族是我国南方的一个农耕民族,也是一个古老的民族。文成作为浙江省及温州市少数民族重点县,设有西坑畲族镇、周山畲族乡两个民族乡镇,其中培头村是文成为数不多的少数民族村落,村内文化底蕴深厚,为探索该村的民族文化及风土人情,我曾多次走访培头村。

　　培头村位于文成县黄坦镇,是一个钟姓畲族聚居的少数民族村,迄今已有300年的历史。村内风情浓郁,畲族歌舞、畲族语言、畲族传统手工艺等代表着畲族特色的文化习俗一直延续至今。现今村内仍保存着一座具有200多年历史的钟氏宗祠,具有80多年历史的村民族小学还保留着畲歌畲语教学,村里的畲族老人在山间务农时,还会情不自禁地吟唱畲歌,许多传统民俗仍与广大钟姓畲族村民息息相关。

　　作为历史悠久的农耕民族,畲族有着深厚的文化底蕴。培头钟氏先祖钟世英和钟世雄兄弟于康熙五十六年(1717)由平阳来培头开基。当时,培头村隶属青田县八都之八外都五源。至今,在培头村的钟氏族谱和民间账簿及其他手抄本的封面上还写着"五源培头"的字样。钟氏先祖自在培头村开基立业以来,世代以"筚路蓝缕,以启山林"的拓荒精神和开放的民族心态,将村落周边的荒山野岭开辟成旱地和梯田,营造了一个环境优美、民风淳厚的民族风情家园。

　　几百年来,钟氏先祖在立足培头村大山的同时,崇文重教,培养了大批人才。其中有为畲民挣得科举考试资格的钟正芳，有为官一方的钟逢扬、钟熙贤，还有倾力创办培头小学的钟德彰等。

众多人才中，钟正芳被引为英雄。钟正芳，字国肇，生于清乾隆十七年（1752），卒于嘉庆十七年（1812）。钟正芳出身贫寒，生性聪慧，读书时深得先生赏识。十六七岁时，诸子百家无所不晓。由于出身少数民族，他报名科考屡次被剥夺考试资格。为此，乾隆四十年（1776），钟正芳上书青田县衙，严词驳斥因畲民服饰稍有不同不准其参加科考的不公平待遇。此举虽获得同情，然而，一直没有下文。为给畲民争取科举考试的资格，钟正芳进行了长达 27 年的漫长申诉，其间 13 次赴省会杭州呈文浙江巡抚衙门府，终于在清嘉庆八年（1803）获得嘉庆帝谕批："准允畲民与汉民一体考试。"并将畲民考试章程载入嘉庆《学政全书》，从此畲民有了科举考试资格。

《培头村钟氏宗谱》记载，畲民获得考试资格后，在清嘉庆至光绪年间，培头村钟氏畲族考取庠生、增生、廪生、贡生等多达18 人。其中有数位特别优秀者被选入京就读国子监，成为贡生，甚至有的官至福宁府提举、江西布政司理问等。在清代至民国时，还涌现了一批远近闻名的讼师（律师），如今村里仍保留着大量的诉论文本。

在千百年来的发展历程中，畲族人民创造了大量具有民族特色的文化。他们有自己的语言及民间传说故事。这些故事口耳相传，深受畲族人民的热爱。

畲语（山哈话）是一种古老的语言，是畲族人民的通用语。这种语言只在本民族通用，畲族祖先曾立下规矩，本民族人交流要讲自己的畲语，世世代代相传，不能丢下自己的民族语言。如果不会讲畲语，就失去了本民族的特色。一个畲族人如果到一个陌生的畲族村，只要会讲畲语，就会受到热情款待。

对山歌是畲族人民文化生活中主要的活动方式，过去畲民居住在远离城镇的穷山僻野，畲族山歌成了畲民传授历史、文化、生产、生活等各种社会知识,进行文化娱乐活动的主要手段和工具。那时,不论男女老少,人人爱歌,人人善唱。男女相恋,以歌为媒;喜庆节日,以歌相贺。随着时代的发展,广播、电视等媒体的冲击,畲族对歌活动日趋萧条,渐渐会唱山歌的人越来越少。20世纪80年代,为保护畲族文化,县里曾搜集民间歌本,整理后编印有《畲族山歌汇编》一书。遗憾的是,现村内会唱山歌的人已经不多了。

畲族民间故事,也是畲族文化的一部分。畲族人民称讲故事为"讲古",它和山歌一样,是畲民文化生活的重要组成部分,并被畲民称为第二精神食粮。畲族民间故事,题材广泛,内容丰富,从开天辟地到现实生活,从自然天象到神性英雄,以及人物、地名、动植物、生活、寓言、鬼狐精怪、笑话等,可谓包罗万象。这些口口相传的故事均源于生活,情节生动,具有鲜明的畲族特色,被畲族人称为文学瑰宝。

除此之外,畲族人也有自己的谚语、谜语、音乐、舞蹈、手工艺,这些均是长期积累的民族文化瑰宝。其中,畲族手工艺较有

账本

自己的特色,如编织、刺绣、剪纸、雕塑等。畲族编织多是一些日常的生活用品,往往不请师傅,畲民们就地取材编织一些箬笠、线篓、火笼、椅垫、草鞋等。线织包括纺织、织布,可以制作具有民族特色的衣物,及纳鞋底、刺绣等。畲族人民的手工艺非常精致细腻,图案多以凤凰为主。凤凰是畲族人民的图腾,因此,在畲族人民的服饰与生活生产用品及建筑上,常能见到精致而又美丽的凤凰图案。

畲族的民风民俗也与其他的民族不同,他们有自己传统的饮食与节日,如糯米糍与三月三。

糯米糍,畲语称糯米饽,是畲民的传统风味食品。捣糯米糍是畲乡的重要风俗,逢年过节,或是家中有贵客到来,畲民都要捣糯米糍。制作时,将糯米浸胀放饭甑蒸炊,熟后趁热倒入石臼捣制。捣制时须有几个人合作,边捣边搅拌,不然很难翻动。待捣成糊状,撒上事先备好的糖与豆粉或芝麻,搓成团儿,糯米糍便做好了。新做出来的糯米糍,味道香甜、细软可口,是畲民招待客人与送礼的佳品。

培头生活用品

服饰之一

"三月三"又称"乌饭节"和"对歌节",是畲族人民的传统节日。每年三月三要吃乌米饭,集会对歌。在畲族民众中,三月三是可以与春节相提并论的重大节日。每年的这天,家家宰杀牲口,祭祀祖先。许多人家还选择这一天举办婚礼,吃

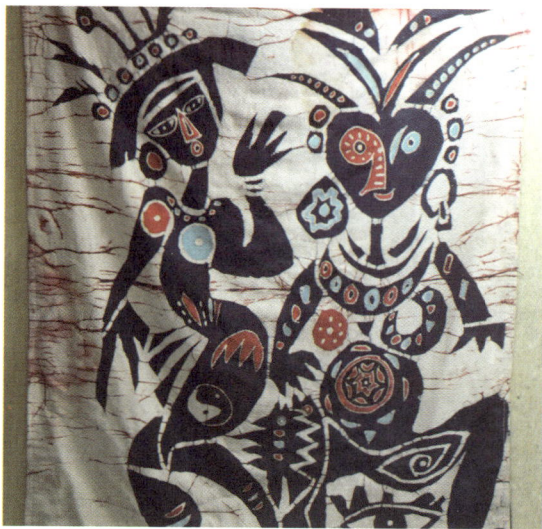

服饰之二

乌米饭。夜幕降临时,则举行篝火晚会,畲民竞相对歌,场面十分热闹。

近年来,培头村每年都举办"三月三"民俗活动。每到这一天,畲族群众纷纷穿上传统服饰,男女青年聚集在一起,表演原

生态的歌舞，以歌传情，以歌会友。这一活动不仅较好地保护了畲族的传统文化，对外也起到了很好的宣传作用，提高了人们对这一民族文化与历史的了解。

经过 300 年的洗礼，如今培头村仍保留着大量的民族文化遗迹。培头村钟氏宗祠就是其中一处。

钟氏宗祠位于培头村村中，始建于清乾隆三十三年（1768），嘉庆十八年（1813）扩大规模重建。现由头门、戏台、厢廊、正厅组成木构二进合院式建筑。头门五间，门前立有 4 座石质旗杆夹，明间后侧置戏台，平面呈方形，柱头牛腿粗雕动物，台额花板镂雕，单檐平脊。正厅面阔五间，单檐悬山顶带山面坡檐，明间立柱粗壮，进深五柱九檩，柱础有大、小圆形鼓腹二式，两侧厢廊衔接头门后廊与正厅梢间前廊，对称横开五间，天井块石墁地，中有古井两口。参观中，一位老人告诉我："此水为消防用水，一旦发生火灾，取水方便。先前井水清澈，村人也常从井里取水喝。现在家家都有自来水，便不再从此井里取水。"随后，老人还指着宗祠房梁上张贴纸张的地方说："这些都是清朝时期培头村民科考的榜文。"由于年代久远，这些纸张已破损脱落，字迹模糊不清，无法辨认上面的内容。

如今宗祠的楼上还设有培头文物博物馆，里面展示着几百年来培头村人生产生活用品及诉讼文本、账本日记、歌谣唱本、中医药方等历史文献资料。看着这些民间流传的清代至民国期间的精美竹编、木制品、衣物及保存完整的文字资料。我也不禁感叹，这些民间文物及文献不仅展现了培头村钟姓畲族人民的日常生活，也体现了钟姓畲族的智慧与艺术，承载了村落发展的光辉与历史。

金星
它的名字叫红

当走进金星社区,听到它的故事后,我的脑海里立刻就跳出土耳其作家奥尔罕·帕穆克的那部小说《我的名字叫红》。而金星与这部小说最密切关联的地方,就是它的名字也可以叫红。红,作为一种鲜艳的颜色,不仅代表着吉祥、喜庆、热烈、奔放,还代表着斗志与革命。金星社区正是因为曾开展过轰轰烈烈的地下革命,而被授予红色革命根据地称号。

金星位于文成县境北部,明、清及民国初属瑞安县嘉屿乡、嘉义乡五十都。民国二十年(1931)属金桃乡。1948年7月划归文成县管辖。中华人民共和国成立前,金星因其特殊地理位置,曾是文成有名的革命根据地。

若论金星的红,不得不提龙门六英烈。

1930年5月,中国共产党在浙南组建了中国工农红军第十三军。此时,在青田一带帮工的金星龙门村人胡从登、胡从昆、胡从通三兄弟商量,一起报名参加了红军,被编入红一团。不久,胡从登奉命回家乡宣传革命,发展红军队伍。

胡从登在家乡活动期间,正值中共瑞安县委书记郑贤塘和西区区委书记周醉樵在金星一带发展党组织、建立苏维埃政府。胡从登便积极配合他们开展工作,因此被吸收加入中国共产党,并担任龙门村党支部书记。

1935年春,以粟裕为师长、刘英为政委的中国工农红军挺进师进入浙西南地区。胡家兄弟翻越15公里山路,到南田三源

石巷

把红军迎到龙门。

之后,胡从点、胡从威、胡从慎都参加了中国工农红军挺进师。兄弟们积极配合打土豪筹经费。1935 年 11 月 12 日,胡从登被国民党保安抓去,囚禁在温州保安司令部监狱。国民党军队逮捕胡从登后,妄图审讯问出挺进师的实力和动向,便对他软硬兼施,先是对其"请吃酒""劝自新",后用"坐老虎凳""灌辣椒水"等酷刑。敌人用尽了各种招数,胡从登均未屈服。为此,敌人恼羞成怒,于 1936 年 10 月将胡从登杀害。牺牲时,胡从登 39 岁。

随后,在恶霸的告密下,青田县自卫团带了一支 120 多人的保安队来到岩门村,将胡家老三胡从昆和老四胡从通逮捕,并于次日在青田县城郊的溪滩上将他们杀害。牺牲时,胡从昆 36 岁,胡从通 33 岁。

此后,胡从点、胡从威和胡从慎三兄弟与土劣斗争更加坚决。奔袭土劣,分粮烧债契,还冒着生命危险安置、护理红军伤病员。随后,青田县自卫团头目夏守素派兵到龙门村剿捕胡从点三兄弟。兄弟三人不幸被捕,胡从点被用土刀砍死在村外田头,胡

石阶

从威和胡从慎则被木桩活活钉死在南田龙岙的后畔山上。三兄弟牺牲时,老大胡从点45岁,老五胡从威28岁,老六胡从慎仅19岁。

中华人民共和国成立后,六兄弟先后被追认为革命烈士。

1985年,文成县人民政府拨款,为六兄弟及5位红军战士在金星石背脑修建烈士墓。烈士墓占地40平方米,墓呈六角形,中间刻有碑文。墓的正中是一块高1.5米的碑,上书"革命烈士墓"。

六兄弟的家位于龙门村的一处山坡上,六兄弟遇难后,人去房空,多年无人打理的房屋部分已经损坏、倒塌,如今烈士的旧房仅剩下部分屋架。

金星除龙门六英烈外,派岩坑村许明载家也是有名的红色家庭。

许明载,1946年参加中国共产党,1947年担任玉壶区委委员。其父许绍七,也是共产党员,早年曾为红军引路和安排膳宿,曾被自卫团掠空家中财物,抓去吊打,解放战争中仍积极为党做联络工作;其兄许明巧,是本村地下党支部书记;其弟许明璋,共产党员,解放军战士,为特委机关警卫连班长。

1947年2月,县委驻玉壶工作组为开辟县委至特委机关北线交通走廊,建立从南田西里经二源、蔡坑、桃坑、朱寮、山炮、李山至特委机关的地下交通线;4月,增建从西里经二源、蔡坑、派岩坑、安峰、雅寮、茶园、李山至特委机关的地下交通线。

1948年5月,随着斗争形势的发展,县委同特委机关的联络更趋频繁。中共玉壶、南田区委遵照县委指示,各自派出工作组,进入两区交界的十源等"空白点"乡,共同开展政治工作。派岩坑村就是其中的一个联络点。

当年,面对日益巩固、发展壮大的中共地方基层党组织,国民党顽固派调青田自卫队200多人,由夏守素带队企图围剿中央党组织。当时派岩坑村许明载家是区委活动重要据点之一,也是县委和特委的重要地下交通联络点。1948年8月23日、25日,夏守素先后两次用6挺机枪压阵,包围许明载家。然而,两次捕捉均未遂,夏守素恼羞成怒,肆虐乡里,并抓去许明载母亲、家小等7人。面对严刑,许家老少坚贞不屈,严守党组织秘密。许家不畏敌军威胁,积极推进地下党组织发展,为玉壶区革命事业做出巨大贡献。为此,特委书记龙跃还写信赞扬许明载一家的革命事迹。

在革命中曾发挥重要作用的派岩坑村,如今已人去村空,成为名副其实的无人村。幸运的是,这座村子掩藏于深山之中仍保留完整。走进村子,四周除了泉水声与鸟鸣声,一片寂静。我在村中来回走了几趟,踏着长满青草的石阶,目睹长满青苔的树木,体验着一个村子的孤独与安静。而那些错落有致的百年古建筑与那些屹立不倒的石桥、石墙,似乎在向来者诉说着悠悠往事。

金星除红色革命外,有一处古建筑也不得不提,它便是金隆四面屋。该建筑位于金星社区金星村四面巷。

金隆四面屋由胡氏太祖胡维行建于清嘉庆年间。胡维行,字南京,出生于清乾隆五十四年(1789)。四面屋为四面广井,二层方形木构建筑,正屋八开间,四面为32间合围而成,两边建有厢房,总面积约7226平方米,中有天井约268平方米。规模相当可观,正屋前有水田,屋后有池塘,植有花木和药材。正屋四周和天井及墙顶均用石板铺就。正屋四角还有石水缸4个,水槽6个。

"四面屋全屋共有668扇门、窗。正面门窗和柱头都有精致的工艺木雕,样式丰富多彩,花鸟鱼兽皆活灵活现。屋前放左右大门,四角放水门,四向水门通四周走廊,内外路道畅通,四周屋外还建有畜房厕所等小房。全屋各处设有自来水,流入工艺石水缸,一只石水缸容水2000斤,供住户饮用和生活所需。全屋周围还有由石块筑成的围墙保卫,前面左右大门并筑有门台。过去曾有块'十八号门牌'挂在金星村四面屋大门上。"胡氏后人介绍,"当时,金隆四面屋在当地算是最大的房屋。那时候四面屋不仅院子大,房屋多,田地也多,家族更是人丁兴旺,每到秋收,谷堆满仓。虽家族富有,但大家都勤俭节约。直到如今,后人仍保留着勤俭节约家族之风。"

四面屋也出过一些人才。胡维行孙子胡义斌为科举出身,能舞动百余斤的大刀。胡义斌侄子胡育林毕业于黄埔军校,曾参加抗日战争,作为指挥官冲锋陷阵,为救国九死一生。后胡育林不幸身亡,仅为儿子留下一枚黄埔军校毕业纪念章与一枚抗战

派岩坑民居

纪念章。当年,他将纪念章交于亲属时曾说:"这两枚章看似普通,却来之不易,是我拿命换来的,留着作为纪念吧!"

遗憾的是,曾经风光一时的金隆四面屋,在历经沧桑后,于2000年拆建,如今仅剩下几堵残墙。为了纪念这座罕见的大屋,后人在四面屋原址上立有石碑一块。原址建房后,村人也将门前的道路以四面屋命名为四面巷。

现在金星社区不仅是红色革命根据地,也是文成有名的侨乡,社区华侨众多,其中金星村全村有1943人,在外华侨就多达1000多人。忆往昔,看今朝,如今金星社区侨乡文化与红色文化并存,并不断激励与影响着后人。

李山
古村的百年沧桑

　　"禽鸣赤壁，好音最足动人；夕照黄旌，秀色亦堪夺目。龙来五层七寨，龙长而脉始长；势起九脑三台，势旺而人必旺。左生旌峰，俨如蟠首青龙；右出旗峰，恰是踞头白虎……"这篇骈四俪六的古文《李山地景》是描写李山村地貌的文章。文成有两个李山村，一是位于玉壶镇的李山村，该村文化底蕴深厚，如今已改名光明村；二是本文所要介绍的李山村，此村现属大峃镇，是一个有着独特景致和悠久历史的古村落。

　　李山村原是金垟乡政府驻地，域境旧属瑞安县嘉屿乡五十一都。民国六年（1917）属瑞安县西区。1948 年 7 月划归文成县管辖。

　　李山村是文成郑氏聚居中心地。李山郑氏始祖方三公于元至正四年（1344）仲夏因水灾从峃口迁居郑山。对此，李山方三公墓碑序中有详细记载："始祖百二公名恭，玄孙方一、方二、方三，同居峃口，于元朝顺帝至正四年，方三公约 30 岁，岁次甲申仲夏，天灾洪水满城，面临无地容斯，三公兄弟商量决定：长房留守祖业居峃口，次房迁徙叶山，三房沿飞云江畔寻宿寮基搭建草屋安居。然后此地名为郑山，数年后转居郑山地方。历经 34 年，于公元 1378 年岁次戊午重迁李山与李氏共享。当间一片崇山峻岭，茂林修竹之盛，枫樟叠翠，榀椤交映，四大名材，仿佛七松之景。背靠狮子岩下，针坐艮坤，远视灯台挂壁之形；左有青龙黄旌蟠首，右有旗峰白虎踞头；正视龟蛇饮水，鱼跃塘田。故乡一页，地灵物新。"

李山对于郑氏族人而言是一片桃源之地。郑氏始祖在李山定居后,共繁衍后代 1.9 万人,是文成郑氏的一大分支,李山郑氏约占全县郑氏总人口的三分之二。630 多年来,郑氏子孙在李山繁衍生息,曾留下诗文碑刻、民风民俗等诸多方面的遗产。至今村内仍保留有名胜古迹狮子山、鲤鱼塘、禁赌碑、禁井碑,以及祖辈建造的百步岭红枫古道等。

狮子山位于李山村后山,因山形似狮子,被称狮子山;山顶有一巨石,被称狮子岩;此山因陡且峭,还被喻为"灯壁"。此山林木繁茂,形似狮毛,村民便形象地将其称为"狮毛"。狮子山的下面有一清泉,四季泉水不断,水甘清冽,泉水可供全村饮用,村民便将此泉称为"狮乳"。

关于狮子岩,村中有一传说。传说狮子岩的狮子曾镇住东边远山刀鹰岩的刀鹰,保李山一方平安。狮子岩下方还有个大岩洞,当年土匪来犯时,此洞便是村民的重要避难之处。

如今站在村中,并不能看到狮子岩全貌。村民介绍,之前站在村中,远远便能看到状似狮子张口的巨石,如今山上林木比先前繁茂,不易看到原地型。但被称为狮乳的泉水如今还在。泉水位于狮子山下的岩壁下,是一壶穴大的深潭,不时有泉水汩汩流入潭中,虽然村人不再饮用此泉,但泉水依然清冽。

村中还有一鲤鱼塘,该鱼塘被称为"灯盏",据说旧时水色一日多变。"灯盏"的东北面是清潭坑,沿清潭坑往下向东南方向,是石牛潭。传说当年石牛常在夜里伸出舌头偷吃平阳的麦苗,后被雷公打死。至今伏着的石牛和边上滩石上的几个牛蹄印还在。

"灯盏"的西南面是山下坑,水流流经方三公墓旁,然后与清潭坑汇合,流到隔崖坑。传说隔崖坑两边的石崖是夫妻崖,白天分开,夜晚相会。某日清晨,一个背稻桶的人从崖顶上走过时,两崖突然隔开,从此永不合拢。那人所背的稻桶也掉到坑底成了稻桶坑,人则变成了坑蟹。自此梯田峭陡,便被传为"灯脚"。

因此，文成素有"灯台挂壁李山人"的俗语，俗语所指的"灯台挂壁"便是李山的地形特征。

李山地貌在《李山地景》一文里有详细记载。文载：

禽鸣赤壁，好音最足动人；夕照黄旌，秀色亦堪夺目。龙来五层七寨，龙长而脉始长；势起九脑三台，势旺而人必旺。左生旌峰，俨如蟠首青龙；右出旗峰，恰是踞头白虎。玉相著泗洲之显，金钗取坟垅之形。岩鹿坑边，路透枫门之岭；石牛潭上，水来稻户之垟。直视脑头，青山甚翠；遐观溪口，绿水多妍。隔水名区，奚啻梧桐一叶；对山胜境，岂只陶令五株。坳不远，而龙柚依然；地相连，而马鬃宛在。加之堆金有日，万贯堪夸；况乎积谷多年，三条可庆。亭建大路，千万人暂息无留；水出交岩，亿万世常流不竭。原有白驹以饮水，非无黄狗以盘巢。飞凤上山，若有戾天之意；眠牛仆地，定无耕野之能。蛟龙成出洞之名，不事孙妻善绘；猛虎有跳墙之势，必须冯妇敢撄。二桥为传舍通途，百步是往来要路。一村绿树，岂徒用足三冬；四面青山，何必登高九日。旁有园，园栽淇澳千竿竹；中有沼，沼种濂溪半亩花。园里多桃，结义兆汉家之瑞；井边有李，取名征莱子之祥。

此文现收录在郑氏族谱中。文章不仅为李山后人描绘出一幅色彩绚丽的时代画卷，也给郑氏后人留下了珍贵的记忆与文化遗产。

禁赌碑位于李山村鲤鱼塘东侧，碑石镶嵌于原金垟乡校围墙的墙体内，为青石质地，高 117 厘米，宽 57 厘米，于清嘉庆十二年（1807）端月由郑氏族众刻立。碑额楷书阴刻"奉宪敬刻"四字，碑文记录郑氏一族以族规形式严禁族众在李山境内一切赌博行为的告示，以及碑刻所立年月与族从等字。碑文上载：

事之足以坏人术、隳风教、致贫窭者不一端，而赌博为尤甚，故国朝刑书于此至严。乃吾乡号为敦庞，而庸人情于律例。用是于丙寅七月十三日佥情具请邑侯赵公，沐批准示严禁；并檄文大营巡司，就近严查，如有不法棍徒在场聚赌，即行拿究。凛：宪章振聋启聩，嗣是如有犯者，不问大赌、小赌、首徒、主客及花会各名色,一经证获,每名照议公罚。不服则鸣官送治,鹰颤之逐,决所勿辞。又惧其久而玩也,族生世精愿以己责,节年罚觞,会同事以申厥议,亦可以见其用心矣。爰命镌碑以重不朽。

禁本境并四围山厂以及涂渎等处。

议初犯者,每名罚钱一千,酒二席。

放庄者,斥逐外方,不许入境。

遇往引诱者,亦照例同罚。

重犯者拘入祠内公断外,罚酒二席。

首事贯犯者,即与重犯者同例。

四季酒期定后:每年元宵备酒一席,端午备酒一席,中秋备酒一席,冬至备酒一席。

李山民居之一

200 多年来,此禁赌碑留给后人的不仅仅是一段社情历史的记述,更是警示后人,要以史为鉴,匡正祛邪。在加强精神文明建设,积极构建和谐社会的今天,其意义更为深远。

禁井碑位于李山村鲤鱼塘西侧,石碑建于清嘉庆十三年(1808),平面呈长方形,长 3.1 米,宽 2.3 米,井壁与井底用规整花岗岩石错缝砌成,内设引水孔和排水孔,井沿用花岗岩条石压边。井的西、北侧用卵石筑有围墙,现已残缺。禁井碑现嵌于水井北面围墙内,平面呈折边方形,青石质,上有碑帽,下设方座,碑额楷书阴刻"禁井碑"三字,碑文内容前为建石井原因,后为禁井规约。碑文上载:

水火既济,自古为然,况处此高山,比户往往呼燹,村中之所尤系者水也。虽有此方清泉,自自所出,奈源远流长,亦无培植

李山民居之二

扩充。于是会众合议,建立石井为函,一便地方所饮,一具不测之防。至今公事告成,议条列禁。尔是如有犯者,不问外亲内族,均罚酒二席,罚钱七百公用;不服则众证鸣攻,必不容情。谨此预闻。禁:水圳不许截断,不许水流私放,不许井面浸桶,不许洗污衣菜,不许乱置杂物。大清嘉庆十三年菊月立禁碑。

200多年来,此禁井碑在保护李山村水井不受污染的同时,也同禁赌碑一样,给后人留下一段社情历史的记述,对郑氏族人的启示也意义深远。

李山村东北面的山脚下也有一条唤作百步岭的红枫古道。该岭属明清时古道,岭用长石板铺成,长约百米,是由李山郑氏祖辈所建。村人介绍,旧时百步岭是李山村通往外面的交通要道,也是大峃通往平阳、泰顺等地的必经之地,人员往来络绎不绝。后随着时代的发展,人员不断迁移,李山才渐渐变得萧条了。此道使用的频率也降了下来。

历经几百年历史后,现百步岭仍古朴端庄,枫树也依然挺拔。几百年来,古道像一个耄耋老人,在见证李山村的时代变迁与历史进程中已与村庄融为一体。

雅庄
沉默中的村庄与静寂中的峡谷

　　我对雅庄的认识缘于一张照片,照片中,袅袅炊烟在层叠交错的房屋上升腾,飘过村落,飘过树梢,向天际飘去。于是画面中房屋和炊烟在我的脑海里放大,总想一睹它那如诗般的真容。

　　那天带着对雅庄的向往,我们一行人从文成县城出发,前往雅庄。车子在盘旋的山路上绕来绕去,进入大山深处才看到雅庄的身影。

　　雅庄地处县城西部,位于文成、景宁、泰顺三县交界处的岭后社区内。原岭后乡是文成革命老区之一,在明清时属青田柔远乡内八都,中华人民共和国成立前归青田县西坑乡。1948年划归文成县管辖,称石后乡,后历经变更,先后改为岭后管理区、岭后乡、岭后人民公社,现为岭后社区,归铜铃山镇管辖。雅庄村为岭后社区历史文化古村,温州市级历史文化街区村镇。村中房屋依山而建,多建于清朝,古朴典雅的建筑富有浓郁的地方特色。现村内仍保留着红军田、雅庄古民居、浙江临时省委书记刘英办公住所遗址等。

　　进村才发现,村子并不大,三面环山,仅有一条路通往村子。站在村口,远望,青山重重、林海莽莽;近看,古屋与古树点缀其间,层叠交错。因村庄地处偏僻,鲜有人来,古朴的民居干净整洁,有着无限风韵,倒有一种绝世独立的与世隔绝之感。我们去时,刚巧有人家在灶间煮饭,袅袅炊烟在屋顶上盘绕,使人如入梦境一般。

雅庄古民居之一

雅庄古民居之二

雅庄古村落

雅庄古民居之三

古建筑群是雅庄最大的特色,其中最著名的要数"秀挹雅庄"古建筑。该建筑坐西北朝东南,系二进回廊式两层木构建筑,属县重点文物保护单位。此建筑始建于清嘉庆八年(1803),清道光十四年(1834)建门厅。由门台、门屋、正屋、厢楼组成,四周设有封火墙。虽历经两百多年风雨,如今仍保存完整。

沿着路边的台阶走到建筑正门,便看到单间两层牌楼式门台。门的上端刻有"秀挹雅庄"四字,两边的柱头上刻有寓意深刻的花瓶图案、"喜"、"寿",门条的石柱上刻有"四壁青山环屋北,一溪绿水绕门西"的对联。入内拾级而上便进入院中。院内画梁雕柱,檐下雕刻有"八仙过海""松竹梅柳""刘海戏金蟾""金鹿衔草""渔樵耕读"等图案。无论人物还是花草虫兽,均雕得栩栩如生。遗憾的是,人物雕像的头部在"文革"中遭到不同程度破坏,如今已失去原来的严整、净洁、古朴和端庄。

古宅的独特之处在正门之外那两个由块石垒砌的边门。门与墙连为一体,均建有门台,门下还有一段石阶,石阶由块石与条石铺就,来往需沿石阶而行。因少有人走,石阶与石墙均长满了青苔。雨季时,房屋、台阶、门台、围墙在烟青色的天空下苍凉悠远,颇具古风。

红色文化是雅庄的特色,当年红军曾在此战斗过。1936 年秋,闽浙边临时省委书记刘英率省委机关教导团到达岭后,在此开辟革命根据地,其办公场所就在"秀挹雅庄"二楼的东厢楼。

刘英,江西瑞金人,曾任红七军团、北上抗日先遣队政治部主任。北上抗日先遣队失败后,1935 年 2 月刘英、粟裕奉命组建挺进师,深入浙江,坚持了艰苦卓绝的浙南三年游击战争。其间,刘英历任挺进师政委、师政委会书记、中共闽浙边临时省委书记兼临时省军区政委。

1936 年冬,刘英率领省委机关及红军教导团共 400 多人进驻雅庄,发展队伍,开辟革命根据地。当地党员、村民热情接待,积极配合红军活动,纷纷为红军送粮、送菜、送情报、救治伤病员。妇女们还帮他们做饭,制作军服,并拿出家里的布料给红军做军鞋等。

如今"秀挹雅庄"二楼的东厢楼依然还保留着当年刘英居住与办公的场景，只是房屋年久失修，略显衰败。门前的走廊上还置有一顶轿子，更让古宅有着荒凉之感。村人介绍，当年刘英住在这里时，为了确保他的安全，"秀挹雅庄"四周戒备森严，外人很难接近。

雅庄还有一块坳田，是当年红军在此开联欢会的地方。据村里老人回忆，联欢会在晚上举行。由于没有照明设备，人们从山上砍来毛竹，截成一段一段的，顶端劈开夹上松明，点亮后插在会场的两边。当晚会场灯火通明，热闹非凡。参加会议的有上千军民，刘英等干部坐在主席台上，红军战士则整齐地坐在台下。战士们昂首挺胸，胸前靠着步枪，背上还背着打成方块的被铺。会上，先由浙江省委和部队首长宣讲救国救民道理，然后是文艺演出。此后，当地村民便称此田为"红军田"。

此外，岭后还有红军洞。洞在岭后溪峡谷中，原叫"倒崩洞"，国民党时期为逃避兵役，曾有村民藏身此处，因此又叫"逃兵洞"。洞在溪前峭壁悬崖间，山峻路险，人迹罕至。红军洞有10余个岩洞，有些岩洞相通，有的洞中有洞，人在洞中，似走迷宫。当年打游击时，红军经常借此洞开会。战士负伤也在洞中养伤，由此，这些岩洞也被称为"后方医院"。叶山之战时，红军大队政委宣恩金负伤，就在此岩洞里医治养伤。

宣恩金为江西人，1928年初投入方志敏领导的弋横暴动，曾参加赣东北地方红军江西红军独立第一团，后被编入红十军十九团，先后在七旅和三团连队任文书兼宣传员、八十三团团部文书。1942年，宣恩金等人发起组织了中共闽浙临时边委，任代理书记。1949年配合解放军渡江南下，解放浙西南各县城。中华人民共和国成立后，任中共丽水地委委员、丽水地区专员。

村民说，伤员在红军洞医治过程中，有的因伤势严重牺牲在洞中。当地人为纪念死难战士，便把此洞改为"红军洞"。

雅庄村前不远的水口下，就是绿色长廊岩门大峡谷。

　　该峡谷有"华东第一峡"之美誉。景区下通飞云湖,上接铜铃山峡,谷内山高壑深、峰奇谷幽、翠木参天、滩潭秀美、水质清亮;谷底不仅崖美、潭丽、岩怪、景绝,还有众多的第四纪冰川所形成的冰臼遗迹的壶穴奇观,奇特的地貌风光为省内所罕见。是户外探险者休闲度假、探秘观光的好去处。曾有探险者前往峡谷探险,溯溪而上时看到谷内美景,借《兰亭集序》的语言来形容它:"此地有崇山峻岭,茂林修竹,又有清流激湍,映带左右。"恰如其分地描绘出探险者对峡谷的体悟。

　　岩门大峡谷的确有引人入胜的魅力,两岸悬崖翠壁、万泉甘霖、石滩奇秀、碧潭叠翠,人行其间,心情愉悦。在谷中,能让人感受到树木参差葱茏的绿意,体悟峭壁飞瀑的奔流与激情,以及花草林木的馥郁芬芳。当置身谷底,不仅凉风和野草的清香让人沉醉,静寂的峡谷更是让人有一种超脱之感。

梧溪

暗香浮动　千年古村的时光书

文昌阁

平时我们说一个人是否有魅力，常常以气质来形容，人的气质和气场很关键。村庄也如人一样，是可以有气质的。一个村庄是否有气质，和它的内涵与底蕴有关，并以人类为其所创造的气场来决定。在我的印象里，梧溪村便是这么一个村庄。它像一个极具人格魅力的人一样，走近它，便能体会到一种与众不同的格调。无论何时走近它，都让人有种"暗香浮动"之感。

梧溪村位于文成西坑畲族镇，是一个有着近千年历史的古村落。村中有一溪穿境而过，溪唤梧溪，溪水源于石圃山与石垟林场，昼夜涓涓，终年不绝。沿溪除有狭小谷地外，余皆坡山陡

富氏宗祠

崖。山峰此起彼伏,连绵不绝。村子因是富弼后裔聚居地,村民以富姓居多。据《富氏宗谱》,唐松州判史富韬,于唐末从河南洛阳迁南田泉谷,是为梧溪富氏一世祖,五世祖富弼宦居河南,七世祖直清与兄景贤返归南田。南宋咸淳四年(1268),第十二世祖、进士富应高迁居梧溪,距今已有 750 余年。梧溪原为语溪,对此,清乾隆年间的《古齐富氏族谱》中记载:南田之山其南二十里,有泉汇为溪,水声涓涓沥沥,如人相语,得名"语溪"。因行书"语"与"浯"字形相似,又因水而意易写作"浯溪"。此地 1948 年前属青田县八都, 1929 年青田县在此设置邮政代办所,邮柜上误写为"梧溪邮柜",遂而沿用"梧"字至今。

梧溪村有着深厚的文化底蕴,文成县内两大名人,明代开国元勋刘基和杂文大家赵超构,都与这个村有着深厚渊源。刘基家族与富弼后裔也有着多代姻亲关系,如刘基的母亲、夫人、儿媳皆出自富家。梧溪是赵超构的外婆家,也是他的出生地。

多年来,梧溪村因深处大山,远离喧嚣,村中不仅民风古朴,山水纯真,还保留着大量传统古建筑。如富相国祠、南阳富宅、文昌阁等。

富相国祠位于梧溪村溪畔,原称富氏宗祠,始建于元,毁于元末兵燹,清乾隆二十九年(1764)重建后,复经清道光二十三年(1843)重修,加建大门与戏台,额题为"忠孝祠"。因此,富氏宗祠在民间多被称为"忠孝祠"。现存建筑五开间,由头门、勾栏式戏台、正厅、两侧厢轩组成合院式,大梁上悬宋元祐二年(1087)御题"显忠尚德"匾(重书),头门悬"富相国祠"匾,均由夏桐郁书赠。头门外分别置有清代旗杆石3对,前为照正墙。总占地约1350平方米,规模壮观宏伟,系纪念富弼,兼祀富氏一世祖富韬的纪念性建筑物。

富弼(1004—1083),字彦国,历事仁宗、英宗、神宗三朝,两度入相。辅政有方,政绩卓著,是中国历史上著名的军事谋略家、政治家和文学家。元丰六年(1083),富弼去世,追赠太尉,谥号文忠。元祐元年(1086),配享神宗庙庭,宋哲宗亲篆其碑首"显忠尚德"。为昭勋阁二十四功臣之一。康熙六十一年(1722),从祀历代帝王庙。今存《富郑公集》一卷。现宗祠正厅塑有富弼坐姿仪像,身着朝服,头戴相冠,边立侍从,神态如生。

富韬,唐末时历官工部郎中、松州刺史、太常寺卿。原籍河南,为避五季乱,迁居南田泉谷,殁葬华山无为观东峙,后称其山

梧溪赵超构外婆家故居

为"刺史山"。

因富弼在北宋为官期间,曾二度官拜宰相,勋业卓著。1997年,富相国祠被列为第五批县级文物保护单位。

梧溪肇基祖为富应高。富应高(1253—1344),字春醹,富弼七世孙。5岁从师问学。南宋咸淳四年(1268)乡贡进士,因"世变遂不复有仕进志"。元初世祖欲诏授京广湖制置使,以"后朝有后朝之臣,前朝之臣不为后朝臣"谢辞。值父疾,奉汤药侍左右,昼夜未解衣带。俟父逝,居丧尽礼。平生为人,"虽幼贱必竭其忠"。至元间雪灾,苦寒之人皆是,凡过其门者,不问亲疏,慷慨济施衣食。卒前,乃"取平昔贫人借贷契卷悉焚之",叮嘱子孙要济人利物,以行德取义计利害。

明朝刘琏之子,荣禄大夫、袭封诚意伯刘廌曾为富应高撰墓铭。文中写道:"父讳应高,字春醹,登咸淳乡贡进士,以世变不仕,自泉谷再迁乡之梧溪而家焉,时公年方五岁。自少好读书,有才略,诗歌名于世,闻望重于乡……"并赞其"德修于已,学优不仕。推公恤贫,泽施遐迩"。

对于富氏迁徙梧溪,明何文渊在《梧溪义塾记》中也写道:"抑吾见梧溪之胜,其山青翠环匝,其水开泓澄澈,有田可耕,有泉可掬,有圃可蔬,是有德者之所居也。秉礼之先,松州刺史韦韬者居南田泉谷;至宋宰相文忠公暨进士曰伟、曰宗礼,皆居泉谷。数传咸淳进士应高者,始迁于梧溪。今二百余年,子孙滋繁,衣食余饶。秉礼兄弟又克绍世泽,而建义塾,其可书也,予乃为之记。时景泰元年岁次庚午仲秋月后三日。"

关于梧溪旧时模样,刘廌曾有《梧溪八咏》记之,其中《竹径螟烟》中写道:"幽居溪上两三家,曲径疏篁景最佳。水色幽临山色暝,轻烟一抹自横斜。"

清乾隆十一年邑庠生,富弼第二十一世孙富燮曾写下一首《梧溪即景》,诗中写道:"耸翠层峦列四隅,中拖碧涧绝尘污。佛云乔木松百树,涤垢修篁竹千株。濯足不须寻异域,振衣奚用觅殊区。渔樵耕读咸堪适,何事徘徊向别图。"

　　从中可见当时的梧溪便是一个山清水秀、别有洞天的地方。由于有着深厚的文化底蕴，千百年来，梧溪在许多文人骚客的眼里是一个世外桃源。

　　文昌阁位于梧溪村口。走进村子，一眼便能看到掩映在古樟树下的文昌阁。

　　文昌阁始建于清嘉庆十三年（1808），为三层木构建筑。建筑顶部歇山式，吻兽为龙，阑额、雀替俱浮雕。檐头逐层内收，建筑构作独特，规模宏伟。一层为正殿，正厅塑关帝坐像，立塑周、关二将；二层为文昌梓潼帝君神像；三层为魁星阁，塑握笔占鳌的魁星（文曲星）。

　　《富氏宗谱·文武帝阁记》载："余辈于嘉庆戊辰冬吉旦，鸠工庀材，营建高阁于斯，崇祀文武二帝，所以培文风也。"梧溪旧有义塾，建于明朝，由富氏族人富秉礼而建，后毁坏。清嘉庆年间在原址建文昌阁，以作义塾之所。清末至民国期间，文昌阁历为当地及周边村民和远近文人慕名膜拜的处所，香火鼎盛。"文革"期间，阁内三层塑像被毁，部分构件如神龛雕塑、屏壁彩绘等均受到严重破坏。20世纪80年代，文昌阁东向围墙和入口台门被拆除；90年代开始对文昌阁维修。文昌阁是浙南地区保留较完整的清朝中晚期风格的建筑，并于1997年被列为县文物保护单位。目前为青少年校外实践基地。

　　过文昌阁往里走几步，便是南阳富宅（俗称南阳旧家）。南阳旧家为清中期建筑，是由当时富甲一方的富敦伦建造。原由门台、门厅、前厅、正厅及两侧厢房组成木构合院式建筑。门额上刻"紫气东来"四字，两旁抱框阴间楹联。门厅前立有清道光八年（1828）旗杆夹两座。前厅面阔九开间，屋面悬山顶，平脊叠瓦，檐口置钩头滴水，明间后廊檐檩下牛腿及雀替雕刻精细。整座建筑古朴典雅、端庄秀丽。

　　南阳旧家为赵超构外婆家。赵超构为龙川人，学名景熹，常用笔名史铎、林放等，是我国杰出的新闻工作者、著名杂文家和社会活动家。一生写下新闻性杂文万余篇，留下400万字的作品,被誉为"新闻界泰斗"。当年赵超构还未出生时,赵父便依据当地习俗,将赵母送回娘家生产,梧溪村的外婆家便是赵超构的出生地。

2010年,南阳旧家作为赵超构故居对外开放。故居设有赵超构手稿展示室、生平介绍室、生活起居室、摄影作品展览室等。展品中收有赵超构照片70多张,手稿30多份,亲笔信笺,以及《杂文选》《未晚谈》《赵超构文集》等著作。

梧溪除上述人文与古建筑外,还有一些其他古建筑与历史遗踪。如金星岗富宅、国民党中将富文故居、石马坟等。

金星岗富宅位于梧溪村金星岗自然村,清晚期建筑,由门台、正屋、左右厢房组成合院式院落。门台面阔单间,仿木构建筑,中设大门,两侧为花岗岩石壁柱,两端塑凤鸟状脊头,门台下端设猫狗洞,上施青瓦。门台前设有踏步,两边各立清光绪二十八年(1902)旗杆夹。现建筑保存完整,构件精雕细琢,颇具气势。

石马坟位于梧溪北山间旧时通青田的古道旁,系明朝开国元勋刘基祖裔古墓葬群,为文成现存唯一置有石翁仲、石马、石羊、石猪、石猴的明代古墓。当年墓前甬道两旁有石马、石猴、石俑等石像,还有一座牌坊,规模相当壮观。石马背上有鞍、缰,雕刻精细,栩栩如生。墓主刘瑜,系刘基九世孙,自盘谷分徙三滩,袭封诚意伯。墓为四厝,系刘瑜和夫人吴氏、洪氏、侧室周氏合葬墓。石马坟左上方,有刘基曾祖刘濠墓,墓为元代土葬墓。刘濠,字浚登,官拜仕宋翰林掌书。石马坟后弯北路边,另葬有刘基之父刘爚,为扶椅式土葬墓,由粗石岩筑成墓坦和内外圈,墓前立石碑一方。遗憾的是,如今石马坟已被破坏殆尽,田间仅剩石马一对,龟形石一块及断掉的石柱与碎片,再无他物。

梧溪村还有浓郁的民族风情,村子至今仍保留着畲族婚礼、竹竿舞、对歌等富有民族文化特色的活动,其糯米酒、饭糍、香竹饭、畲家火锅等也是畲族的一大特色。近年来,随着乡村旅游的发展,这个依山傍水、底蕴深厚的古村落深受游人青睐。

穹口
闲游溪畔望村船

闲游溪畔望村船，
回首飞泉射目前。
素练几寻悬峭壁，
明珠万斛撒重渊。
奇分雁荡丝丝雨，
源注龙湫漠漠烟。
自古神功清玩景，
炎天反作冷寒天。

这首诗是清代诗人包必升写的《龙潭瀑布》。诗中所写的龙潭瀑即现在的包龙潭。此潭位于巨屿镇穹口村。

穹口村是一个不大的小山村，由于紧临飞云江，风光得天独厚。四季江面水雾缭绕，村庄、房屋、树林若隐若现，宛如仙境，美丽的湖光山色常令人流连忘返。

巨屿属河边小镇，明清及民国初属瑞安县义翔乡，嘉义乡，嘉屿乡五十四都、五十二都。民国分属稠泛、叶山、方前等乡。文成建县后，巨屿划归文成县管辖。该镇境内东西两侧山峰绵延，飞云江穿境而过，全镇山清水秀，风光绮丽。境内主要有包龙潭、龙潭、白龙漈、仙霞洞、石屋洞、龟背山古遗址等自然景观和云居寺、葛峰庵等古迹。其中包龙潭就在穹口村之内。

到穹口村，过巨屿大桥后，沿飞云江走不多远就到了。穹口村地处飞云江上游，村庄历史悠久，约有 420 年，村民以包姓居

飞云江巨屿段

多,村内房屋多依山而建。

包龙潭位于穹口村后的峡谷内。潭壁瀑布高 30 余米,潭广亩余,呈圆形,潭壁口穹腹鼓,出口弯似半月。瀑下潭水清澈明亮,幽深碧绿。雨季时,谷内瀑流如帘,十分壮观,远看也有着铜铃山峡的几分气势。包龙潭的水因源于锰坑,水中多含锰,故水质碧绿而味甘。夏季,包龙潭常成为村民避暑胜地,入潭游泳,格外清凉而令人心旷神怡。

从包龙潭拾级而上,另有仙谷池、圆潭、牛蹄湫、二十四湫等自然景观。可谓山水灵气,独甲一方。

包龙潭前有座石拱桥,名"永安桥"。永安桥始建于清嘉庆年间。另有资料记载,该桥建于民国二十四年(1935),由珊溪镇坦岐村的朱昌奏、朱昌现兄弟各出资 1000 大洋及众人协助出资而建。永安桥东北至西南走向,为单孔石拱桥,花岗岩质,总长 26.56 米,宽 6.55 米。西南、东北桥头各设 13 级不规则块石踏跺,桥面条石和块石有规律砌筑,桥面沿缘各设 11 根望柱,望柱间均用长石板连接。该桥造型优美,由于紧临包龙潭,两景互相辉映,远观如一轮明月,月下月上景色皆可入画。清朝曾有诗人作诗咏此石拱桥,诗中写道:"二四龙潭映石桥,一座小亭伴牛眠。日见香船千百艘,有队狮山倚罗尖。"遗憾的是,永安桥已于多年前开裂,目前已成危桥。现桥上杂草丛生,满目荒芜。

从上文的诗中,我们看到了不少船,可见当时飞云江是一条繁华的交通要道。

飞云江发源于景宁和泰顺两县交界处的洞宫山白云尖北麓,全长约 203 千米,流域面积约 3252 平方千米。水流由西向东,单独流入东海,属山溪性强潮河流。

为何称其为交通要道?《飞云江志》载:"唐末天祐元年(904)瑞安港水运抵达百丈口(泰顺)。"巨屿与珊溪、峃口均为飞云江中上游主要埠头地,且瑞文泰大路经此,上通泰顺,下达瑞安,因此,巨屿也是瑞文泰地区水陆交通枢纽和重要集散地。旧时,飞云江作为交通要道,在穹口村能"闲游溪畔望村船"或"日见香船千百艘"都再正常不过。后来随着时代变迁,飞云江河道改建,水域截流,加上建立珊溪水库,飞云江已难现昔日"日见香船千百艘"的场景。

截流后,飞云湖不仅资源丰富,两岸湖光山色更是美不胜收。由于地面与水库的水存有温差,飞云江沿途的江面上常常烟波浩渺,水雾茫茫,宛若仙境。因此常吸引白鹭来此栖息,在清晨,在黄昏,时常能看到成群的白鹭伸展着颀长的脖子,细长的腿,雪白的羽毛,在江面上飞来飞去,觅食、嬉戏,不经意间,它们已把巨屿镇一带江面装饰成一幅生动美丽的风景画。

近年来,随着美丽乡村的建设,包龙潭周围的设施也得到改造,周边建有观景台、栈道等,加上幽深的碧潭、葱郁的竹林、挺拔的古枫等自然景观,成为人们休闲娱乐的好去处。

永安桥

公阳
俯瞰千年古乡

公阳在我的记忆里，如南田的武阳，西坑的梧溪，是一个文化底蕴十分深厚的地方，每每到此一游，却每每不敢提笔，因带着少有的惶恐，生怕不能用文字更好地表达对它的认识。

公阳地处文成县境东南，旧属瑞安县嘉屿乡五十三都上鹤庄、傍坑庄、中村庄、金岭庄。民国十九年（1931）设公北乡、公南乡、悟华乡。民国二十四年（1935）三乡合并称公阳乡。1948年，划归文成县管辖。1949年建政公阳乡。后几经变更，现复公阳乡。

公阳是文成17个古乡镇之一。《文成乡镇志》记载：公阳山清水秀，深谷幽壑，境内有龙潭山、七星潭、乌岩亭等自然景观，并有郭公祠、叶府、五金观、双孝坊、世英坊、贞节坊、叶陈宗祠、宫殿寺院等众多人文景观。因遭历代战乱，自然灾害或人为破坏，现所存不多。

公阳之名根据郭公祠而来。《瑞安县志》载，郭公为唐末人，系郭子仪裔孙，公元907年时任闽太守，后郭公避乱于此，看到这里山清水秀，土地肥沃，就定居下来。他带领民众开垦田地，筑路建桥；为防贼寇，率众立屯堡，建雷公寨。一次贼寇来袭，他率郭家及本地民众抗击贼寇，并将其击退。后殁于此。乡人立祠纪念，祠名"郭公祠"，并命此地名为"郭公垟"，后为了便写易记，简称公阳。

公阳是一个人才辈出、人杰地灵的地方。南宋年间出过县令叶嗣叔，元末明初出过孝子叶贯道；明朝出过名儒叶葵、叶蕃，礼部郎中叶鼎;清朝出过武显将军陈步云;近代又出过一代太极宗师叶大密;等等。

叶嗣叔（1219—1260），字元翔，号西华，公阳鹿堡村下巷底人。南宋宁宗时任承节郎，后改授迪功郎。叶嗣叔出身书香世家，从小聪慧好学，经史诗词皆通。南宋理宗淳祐七年（1247）北上杭州求取功名，得中淳祐丁未科进士，授湖南全州灌阳县令。后因病返乡，于南宋理宗景定元年病逝，年四十一。

叶贯道（1263—1341），字公一，紫华山（今公阳）人，晚号茂林逸叟。生性宽厚，青年时就多才博学，工诗，善文，喜围棋。父病，割股以疗父。父病卒，结庐于父墓侧曰"半云堂"。母亡又结庐于母墓侧，云"万松堂"。思父母之恩于旦夕，往来墓侧，眷恋不忍离去，常泣曰："既失定省，且息于此，以陪吾父母衣冠。"元文宗年间，元公明善向元文宗推荐，元帝慕其才德，下旨征召入朝出仕，叶借故推辞不愿为官，元文宗敕赠"文节清高万松处士"。明洪武二十一年（1388），朱元璋下旨敕建双孝坊，以表彰贯道及二子孝行。元顺帝至正元年卒，享寿79岁。著有《瓮天集》。明万历《温州府志》卷一二有传。

叶葵（1306—1375），字叔向，号云泉逸民，紫华山人。叶葵性嗜学，曾"闭户十余年，玩索群籍，窃探义理"。元至正十年（1350），为避乱迁居瑞安塘下。至正十七年（1357）寓居温州，结识龙泉章溢。溢慕葵学识，礼聘于龙泉匡山书院讲学。至正二十四年（1364），朱元璋率大军攻克温州，叶葵方归紫华山故居。寻移白石山下，以花竹自娱。卒年70岁。著有《濂洛宗派》《镜清纪拙》《随寓吟稿》《白石陶咏》，序跋铭记千余篇。晚年作《逸民传》，未毕而殁。受门人私谥为继道先生。明初敕赠"奉政大夫"，礼部郎中。

叶蕃（1315—1382），字叔昌，号高卧先生，紫华山人。性刚介，博学洽闻，为安固名儒。元末举人，曾两举进士不中，遂弃去。曾受业于陈斋潜学古文，所学诗文非两汉文章勿为也。又从五峰李孝光学易。故其文章冲淡简洁，高远宏深。又善医药，能和金石草木

之剂以疗人疾。国初孙伯融莅括苍,闻其名延至幕下,以师礼事之,欲授以政,弃勿仕,遂归。孙绣其像,自为记亡。又率诸儒为诗。胡仲渊继宰括苍,复请亡,强其仕,以病辞,赠以白金五十而归。洪武九年（1376）温郡守任公欲以应诏,以老辞。遂留郡训导,居二年,复以病辞归。洪武十三年（1380）正月,为刘伯温诗词集《写情集》作序。著有诗文若干卷,俱在洪武十四年被山寇煨烬。有自志及词翰等收于叶氏谱后。

叶鼎（1331—1387）,又名文鼎,字思尹,叶葵之子。幼习经业,聪颖儒雅,承父所学,博见洽闻。然屡试不第,乃隐居养亲。

第三份叶宅

明洪武十一年（1378），由邑宰黄道荐为郫州学正，洪武十六年（1383）迁广信教授，应御史詹徽所荐见帝。作《秋霁》颇合帝意，授鲁府左长史。洪武十八年（1385）除国子监司业，寻擢礼部郎中。不久病笃，于次年正月卒。撰抒立志之《寓感》《志道》两赋，著感为官廉洁之格言，《纪言》49篇，惜皆佚而未见。

陈步云（1773—1850），名世镳，号锦堂。年弱冠，以弓箭技入瑞安营左标守兵。清嘉庆十二年(1807)任温州镇标左营把总，参与平定海盗蔡牵有功。越二年，升左营千总。后复领温标中营、

雷公寨城门洞（沈学斌摄影）

镇海营守备，黄岩左营、定海左营外海水师游击等职。道光二年（1822）署玉环营参将。继任乍浦、镇海营外海水师及温州、黄岩等镇参将。于道光十年（1830）补授福建闽安协副将，旋以军功（平剿海盗）擢定海镇总兵。道光十五年（1835），诰授武显将军。历官至广东琼州，浙江温州水师，海坦、福宁、金门等镇总兵。因军务奔波，足疾不治，于道光十九年（1839年）乞归。二十三年（1843）建第于瑞安西门后街。

叶大密（1888—1973），名百龄，号柔克斋主，公阳人。早年曾习温州小八卦，1917年在浙军第二师第八团任职时，从田兆麟习练杨式太极拳。后得到武林大家的指点，将杨式太极拳、孙门内家拳和武当剑三家精华融于一体，形成沉着松净、轻灵活泼、舒展大方的独特风格"叶家拳"。近年，文成县重视历史文化

瓦

名人资源的挖掘和保护，正着手进行叶大密武学传承、挖掘和弘扬工作，并提出了"文有刘伯温，武有叶大密"的口号。

有着千年历史的公阳乡，文化沉淀深厚，虽历经变故，境内仍保存着大量的历史文化遗迹。如建于北宋年间的叶氏宗祠，建于宋末元初的九星宫，建于乾隆年间的普济寺、新丰禅寺、第三份叶宅，以及建于清朝中期的桥头队叶宅、叶大密故居等。

　　叶氏宗祠位于公阳乡公阳村,始建于明中期,清乾隆十四年(1749)重修。由正厅、看楼、前厅、门台、照壁组成合院式院落。正厅面阔三开间带两套间,明、次间后壁设神龛,置公阳村叶氏历代祖宗牌位,明间额枋上悬挂"庆衍金枝"匾额一块。看楼左右各三开间。前厅面阔同正厅,屋面双落翼式,正脊正中灰塑"福禄寿三星",两端灰塑凤凰吻兽,明间设戏台。20世纪中期,宗祠曾作为公阳乡中心小学使用,现为乡文化娱乐活动中心。

　　叶府位于岭头村,为明洪武年间礼部郎中叶鼎宅邸。叶鼎曾建府第于此,府前田垄筑坝蓄水划船,村外长田跑马,盛极一时。屋宇毁于前朝,现仅存府基及部分石鼓、石太监帽、旗杆夹。

　　双孝坊位于叶氏宗祠前。明洪武二十一年(1388),朝廷为表彰叶氏十三世祖叶贯道,十四世祖叶在翁、叶堡翁父子三人崇尚孝道、孝敬父母而建。坊中嵌有一石碑,上刻有"圣旨",下刻"双孝",并刻有"洪武二十一年秋"。遗憾的是,牌坊在"文革"初期被毁,同时被毁的还有贞节坊。

　　第三间叶宅位于公阳村,建于清乾隆年间,由门台、前屋、厢房、正屋组成三进合院式院落。第一进门台单间,砖砌仿古构,两侧为青砖壁柱,上承青石质额枋,檐檩之间灰塑牡丹及凤凰图案,屋面悬山,顶置阴阳合瓦。前屋与正屋均建于青石质台基上,面阔七开间,两层。明间为穿堂敞厅,次、梢、尽间为阁楼。二楼前设回廊,四周置美人靠,檐口施喜寿花卉纹勾头、滴水。天井为石灰与碎石混合铺设。建筑结构古朴典雅中透着活泼与灵秀。我曾多次参观,每看每新,尤其在晴日的午后,阳光照进来,透过造型优美的美人靠,在廊间折射出动人的神韵,让人有种穿越时空之感。

　　叶大密故居位于公阳村,建于清朝中期,为两层木架结构,南北厢房两层各面阔三开间,中设腰檐,二楼前设美人靠,房顶为青砖小瓦阴阳合铺,天井为毛石铺就。屋后还设有水井一口,块石垒砌,泉源位于后山,水质清澈。原建筑由门台、正屋、两侧厢房组成合院式院落,门台因建村公路时被拆除。由于年久失修,该建筑部分已损毁。因是名人故居,近几年重新得到关注。

除上述人文历史外，公阳的山水也为当地增色不少。境内有龙潭山、双尖峰、七星潭、乌岩亭等。

龙潭山、双尖峰均高约 1090 米，是文成、平阳、瑞安交界处较高的山峰。秋高气爽，站在山峰顶，眺眼望去，瑞平尽收眼底。龙潭山顶峰稍下，有一水草沼泽地。当地人称为"龙潭"，泉水终年不息，水甘甜清醇。此沼泽地还有一奇观，每年秋夏之交偶发一两次龙洗浴。其时只见山巅云雾弥漫，逐渐由淡变浓，变成灰黑，霎时，细雨霏霏，泉水从草泽涌出，汇聚成一股涌泉，如万马奔腾，直泻而下。在朱山坑后山形成大瀑，只见浊浪滚滚，如排山倒海之势，倾入公阳溪。当云散雨收，山洪也霎时无影无踪，可谓天象奇观。

七星潭位于公阳水口，有七个大小不等、形状各异的小石潭。溪中下游还有"百穴潭"奇观，如龙嘴潭、纱浴潭、饭甑潭、水缸潭等。其水清澈，深不可测。大者有几十平方米，小者几平方米。两岸青山绿树相掩映，因处于峡谷之中，日照时间短，夏天特别凉爽，是纳凉避暑的好地方。

乌岩亭位于上岳头村西南，乌岩岭北边，雷公寨与岗头山山口间。建于唐代，清乾隆五十一年（1786）及后曾多次修缮，人称"岩头亭"。亭北有石拱门，由粗石块砌成。古为公阳防守外敌要道，平时供来往行人休息乘凉。唐末郭太守，明季防倭寇，均以此为要道。解放初期，民兵也曾在此值班设防。人民解放军曾于此处和反动会道门大刀会打过仗，俘虏大刀会匪首及会徒多人。

除此之外，公阳还有小盘地、神仙床、纸根瀑布等自然景观。每一处都独具特色，既有绝壁巉岩、深谷幽壑，又有溪潭美景、长白瀑布。处处青山绿水，景色绮丽，使人流连忘返。

可以说，有史以来，公阳便是一个钟灵毓秀的地方，即便在动荡年代也以物产丰富，有良田美屋令人向往。无怪乎民间流传着一句"公阳有好风水，好财主，女以嫁公阳为荣"的说法。

王宅
文成县治前身与"王谢风流"

　　中国以姓氏宅第命名的村庄有不少,倘若一个村子以姓氏和宅第命名,它所代表的不仅是一个家族的地位,也是一个姓氏的荣誉与象征。黄坦镇王宅村便如此,村子以王姓宅第命名。

　　王宅村位于黄坦镇东面,距文成县城 9000 米,面积仅 1 平方千米左右。这个看似不起眼的小山村,却曾是文成第一个县治所在地。

　　黄坦本名"黄坛",以邢宅至雅梅山间小盆地原有一黄色巨石状似"坛"而得名。后又书写时将"坛"误写成"坦",1984 年,《文成县地名志》出版时便将其定名为黄坦。

　　黄坦地理位置优越,历史文化积淀丰厚,是元末浙南吴成七农民起义、明初吴达三和叶丁香矿民暴动之发祥地,更是近代中共领导的浙南游击战争重要根据地。

　　王宅原地名为舟浦,因村中有杉树形似倒扣的木舟,且村建在柳溪岸,因此取名舟浦。元朝中后期,王氏繁衍旺盛。明万历年间,王德修生七子。清嘉庆年间,王邦晴又生七子。七子分七家并在村中建有 12 处大宅,后舟浦改称王宅,沿用至今已 200 余年。民国时期王宅颇为繁华,沿溪上下 300 米店铺林立,来往贸易,十分繁荣。

　　王宅村作为县治地颇具戏剧性。民国三十五年(1946)十二月,以明朝开国元勋刘基谥号"文成"命名的文成县从瑞安、青田、泰顺三县边区析置而成。新县核准后,由于黄坦和大峃两地互争县城，直至 1948 年 7 月 1 日，文成县才举行县治成立庆典。陈志坚为文成县首任县长。

有趣的是，文成县成立庆典分别在两地举行。1948 年 7 月 1 日，成立典礼先是在黄坦镇举行，县府设在王宅村文昌阁（今黄坦中学所在地），当天下午参加典礼的县府班子又赶往大峃镇，于第二天在蟾背山礼堂（即县府礼堂）举行了同样的庆典仪式。庆典后，县政府在王宅文昌阁、溪洋坦及圣旨门设置了警察局、民政科、财政科、建设科、教育科和军事科五个科室。设在王宅村的县政府仅持续了半年，1949 年县政府便宣告结束，文昌阁也被付之一炬。

原文昌阁为黄坦古建筑，建设规模宏大，设有三退两进门，内有戏台、关帝庙、魁星阁等，曾是黄坦标志性建筑。当年，文昌阁成为文成县政府所在地，内设有监狱、审判厅，经常有被严刑拷打者痛哭连天，当地村民叫它"皇天阁"。1949 年 1 月 8 日，浙南游击队在青景丽游击队的配合下攻下县府后，随之一把火将文昌阁烧了。

王宅村在成为县府之前，村子文化底蕴深厚。王宅王氏先祖王迹于德祐元年（1275）迁徙而来。王迹，字肇基，号启庵，生于宋理宗年间（约 1230 年）。少时聪慧好学，善读经书，后为太学生，宋咸淳年间授为常州通判。

王迹任通判时，与知州赵汝廷共事。德祐元年（1275），南宋门户常州被元军攻克时，时任常州知府赵汝廷宣布解组，王迹为避难而归，心情抑郁。当年三月，王迹独自沿青田彭栝西行，途经白岩、九都来到黄石，即黄坦。见此地地域开阔，风光秀丽，山间一条小溪蜿蜒而行，如飘带由东向西贯穿整个盆地。王迹便返家率亲眷来此择地而栖，繁衍至今。

王氏家族迁徙来此，至今已 740 余年。几百年的沧桑岁月中，王氏族人在王宅村留下不少佳话，村中也留下不少文物遗迹。

那天，走进王宅村，我便被村中一座颇具特色的古建筑吸引。此建筑位于王宅村文昌路，为一座中西合璧式建筑。该建筑为王焕章兄弟宅院,建于清末民初,院子由门台、正屋、两侧厢房及数十间附房,风火墙组成,为县级文物保护单位。

古建筑结构独特,一侧围墙与墙体一起,为砖混欧式结构,房屋则为木构中式结构。让人惊喜的是,建筑围墙是由青色、红色及青面白底的砖块垒砌而筑,墙上置小青瓦,瓦片错落有致地排列着,像一道道波浪线迤逦向前。墙体因依不规则道路而建,曲折蜿蜒,墙头也设计成波浪状,远看如巨龙上下起伏。墙体两头连接房屋的门窗皆为西洋式,呈拱状。奇特的是,壁上又雕着中国传统图案,其中一面墙的立柱上还塑有白色花瓶两尊。远看,墙体既端庄古朴,又透着异域风情。

绕过围墙,由正门进入建筑后发现,此建筑不仅外观令人眼前一亮,而且内里建造更是讲究,柱廊、梁架、门窗、屏风均精工细雕,大小木件上雕有人物、花鸟虫兽、吉祥物及文字图案等,件件雕工精美,堪称一绝。无论人物还是花草虫兽,均雕得栩栩如生。许多图案上还镶嵌着蓝色玻璃珠,给木件上的图案更是增色不少。

在众雕刻中,明间屏风上的雕刻颇有亮色,上部为文,用红底金线竖刻赋文 38 行;下部为图,用黑底金线雕刻着梅兰松竹图。遗憾的是,有些内容毁于"文革",已模糊不清。正屋后面的风火墙与围墙一体,也很考究,用青砖、红砖,利用"三顺一丁"法立砌而成,檐品为砖叠式,檐下设砖腰线,细部雕刻卷草、寿字图案等。正因整座建筑建造考究,雕刻精美,该建筑于 2013 年被列为县级文物保护单位。

关于此建筑,还有一个故事。此建筑原属王邦晴四子王启霖的宅院,原为木质结构老屋,1890 年遭遇火灾焚毁。当时房屋传到王文澜这一代。正当他们准备建房之际,雅梅一张姓财主盖好新宅,宴请黄坦一带的头面人物。王文澜与其父当时在黄坦与青田一带经商,家道殷实,自然也在受邀之列。宴会上,财主自豪地夸口说:目前,我的房子在黄坦首屈一指,无人可与我比。

听了此话,王文澜很不服气,当晚辗转难眠,天未亮就到父亲床前商量,他要建一所与众不同的宅院,比张财主的还要好。商妥后,他便招兵买马,为建房张罗了起来。王文澜常年走南闯北,见多识广。他想建一所中西合璧式的房子,要用砖。当时,黄坦一带还没有采用砖块砌墙。没有砖,就自己烧。他通过朋友,到青田请来最好的烧砖瓦师匠。挖地基、起窑、建砖瓦厂、买木料,几乎同时开工。为了将房屋建造得更精致,他不仅请来最好的木工、泥瓦师傅,还不惜重金到东阳请来著名的雕刻匠,为建筑的每个工件精工细雕,甚至在雕件中用了大量的进口彩色玻璃球,力求打造一所独一无二的房子。

由于对工艺要求高,房屋建设三年,仅建了院子的后退。此时,张财主前来参观房子,见后大吃一惊,对外人说:"现在文澜的房子仅仅盖了一退,就比我的好了,真是后生可畏啊!"

此后不久,王文澜因劳累过度,一病不起,院子便无奈停了下来。后来,子孙为让宅院看着完整,仅是在院子前面砌了围墙,建了个简陋门台。

王宅

王宅民居一角

王宅民居之一

王宅民居之二

原位于邢宅村邢宅路的"三退屋"是王邦晴三子王启雯的旧宅,为县级文物保护单位。三退屋建于清朝中期,原为三进二合院式木构建筑,红门黑柱。原门屋五开间,前屋面阔七开间带两耳房,两层结构。明间为过堂敞厅,中部设木雕屏门,上刻有赋文一篇,行草字体,手书刚劲有力。正屋同前屋,建在花岗石质阶台基上,进深六柱十檩,屋面双落翼式悬山顶,明间前设二级踏跺,与甬道同宽。甬道由规整花岗岩质条石铺设,左右设水池。左右厢房各有20多间。

遗憾的是,三退屋毁于火灾,如今仅剩下一处遗址。在三退屋遗址,我仅看到几块条石,石质台基与贡生王世修于清嘉庆十五年(1810)所立的两个旗杆夹。此旗杆夹为青石质结构,高约1.3米,与平时所见的旗杆夹有所不同,为桶状,六面体。上面题有"熙朝推盛典,辟学焕新猷""贡生王世修立,嘉庆庚午岁梅月"等字样。

当年三退屋庭院十分宽敞,前庭院有250多平方米,后庭院有约350平方米,庭院的前院和正屋,明间还各摆有两条长石凳,供人们休憩。由于庭院宽敞,采光、通风、纳凉、休息都很好,庭院不仅是小孩子们游戏玩耍的场所,也是大人家务劳动的场所。当时,在正屋的中堂上还挂有多块木匾,题于清乾隆四十年,均由青田县知县等人题写。可惜的是,2011年9月22日上午,三退屋着火,由于当时院子里住的都是老人,加上水源不足,没有及时灭火,这座200余年的木构建筑很快被焚毁。如今曾在这里生活的人仅剩下先前的一些回忆。

除县治与王氏家族外,王宅村还有一个圣旨门。圣旨门位于黄坦中学院外的文昌路,因烈妇詹氏而得名。

詹氏为郑好密妻子。相传明正统元年(1436),掌管地方治安的巡司命四狱卒押解郑好密妻子詹氏。至文昌阁地段,狱卒见詹氏貌美欲行不轨,并引起争执。詹氏无奈之下急中生智道:"你们别争了,我抛花鞋至前,谁先抢到,即为有缘。"言毕,花鞋抛出,四狱卒前去争抢,就在此时,一樵夫挑柴而过,柴上插有柴刀,詹氏抢上一步,拔刀自刎而亡。事后,政府得知此事,为之感动,下令杀狱卒,封詹氏为烈妇,建立烈妇坟并立碑。

对此,《青田县志》也有记载:"圣旨门,为明烈妇詹氏墓地。詹氏,为郑好密妻,密尝忤大姓刘某,刘伺侦之。适土寇掠银坑,巡司令卒往捕。好密逃去,捕卒四人镖詹入官,欲辱之。至黄坛遇归樵,假樵刀自刎死。时盛夏,暴尸经旬,面目如生。事闻当道,执四卒毙之,有墓碑。"

圣旨门,即是当时接圣旨的地方。当年,在此地建有圣旨门木牌楼一座,悬挂"圣旨"二字匾额,人们便将此处叫"圣旨门"。因神圣而威严,故旧时凡官员路过此处,"文官下轿,武官下马",方才通过。圣旨门因木质结构,几经风霜,后毁于明末清初。

烈妇坟就建在黄坛中学左侧小山冈上。1953年土地改革时期,圣旨门村民饮水困难,发现富坳岭脚下田边有一泉,苦于有一溪所隔,想建小桥,但当时经济十分困难,村民只得将贞节牌坊遗留下的两条石柱抬来铺桥。而其余的石块也为后来建水库所用,埋于水库底无法寻找。现烈妇坟仅剩下一处遗址,别无他物,但这个故事却因詹氏的刚烈代代相传。

对于烈妇,清道光二十九年(1849)拔贡,候选直隶州判端木百禄游圣旨门曾作诗赞道:"高高水云山,郁郁青松林。下有烈妇墓,清气盘幽深。烈士之心坚如铁,烈妇之身玉比洁。玉尚可碎铁可折,吁嗟引墓此名终不灭。"

除文昌阁、圣旨门及古建筑外,王宅村还有一些历史文化遗迹,如古墓塘、五龙桥、路廊等。虽然王宅村一度热闹繁荣,也曾是文成县治所在地,但如今时过境迁,已难现昔日繁华。

稽垟

古树　老屋　百岁坊

　　如果向往一个地方,便会想方设法前往那个地方;如果向往一个人,便会想方设法见到那个人。如果向往一棵树呢?自然,也会想方设法见到那棵树。只因惦记着稽垟的一棵树,我果真去了稽垟。

　　稽垟,也叫支垟,方言"稽"与"支"同音,或是出于好写的原因才有了后者。比起后一个称呼,"稽"更生动些,容易让人与"滑稽"联系在一起,两个字连在一起便带着喜庆,给人一种幽默诙谐的生动感。

　　稽垟是一个具有几百年文化积淀的古村落。史料记载,元至正十六年(1356)左右,张氏祖先在稽垟东庄落户繁衍。后在明建文四年(1402),朱氏寿九由平阳长溪历玉壶、朱雅、角山迁稽垟下村定居,繁衍生息,至今已有600余年历史。村内保留有吴王(吴成七)古墓,还有百年古迹遗址与千年古树,丰富的民间传说也给村庄增加了传奇色彩。

　　稽垟一名由何而来,不得而知。据载,明清时期,稽垟属泰顺县管辖。清康熙四十年(1701),归属三都二图,辖稽垟、底庄村。民国初期沿袭清制。民国三十五年(1946),建文成县,属文成县两岸乡。后稽垟几经撤并,现属黄坦镇。村内现存明、清、民国等期间建筑较多,尚存祠堂、民居、寺庙、古道、石牌坊等21处,其中明、清时期古民居四合院大宅保存完好的仍有4座,民居内雕花牌匾等具有极高的研究和保护价值,还有明代建设的稽垟私

百岁坊

塾旧址,后改建为朱氏宗祠,祠内古石雕、古戏台等保存完好。

　　稽垟村朱氏宗祠墙外有一棵千年香樟树。古樟体格硕大,
苍劲挺拔,像座铁塔般矗立在那里,它那不可征服的气势与神奇
的生命力似乎任谁也无法撼动。伸展的树冠也显得苍劲有力,茂
盛的枝叶郁郁葱葱,浓荫蔽日,尤显气势恢宏。健壮的树身上更
是布满了青苔,无不显示着"江南四大名木"的贵族气派。古樟
树高达 25 米,胸围 10.4 米,直径达 3.75 米,需十几人才能围拢。
古树根系满布全村地下,地下皆能发现它那大小不一、纵横交错
的根系。樟树为宋初所植,树龄已达千年以上。古樟根部原有一
大洞,可置一张小方桌,随着树的生长,树洞重新愈合。古樟曾遭
雷击、火烧,均未死亡,生命力之强着实令人感叹!

　　樟树是优良的行道树及庭荫树。不仅体形美观,具有芳香,
还能抗腐防虫,是生产樟脑的主要原料。其木材坚硬美观,还是
名贵家具、高档建筑的理想木材。因其具有特殊功效,深受人们
喜爱。稽垟的千年古樟十分罕见,在国内也屈指可数,经常有游

石屋石巷

客慕名前来观赏。

如树一样,在稽垟,一些老屋也是令人瞩目的传奇。当车经过稽垟的一条小溪时,一座老屋快速地由车窗外一闪而过。人们说,一座老屋会连接着一个故事,或多个故事,老屋越老,越古,便能读出它的历尽沧桑的故事来。

那座老屋的前面是一条溪,溪水清澈、明净,带着山里清新的气息奔流而去。过石板桥的时候我才发现,碧波荡漾里,一边是"春江水暖",一边是"白毛浮绿"。近到屋前,更是鸡犬相闻。贴着老屋的直根窗,能看到老屋里涂着朱红油漆的架子床。床身十分完好,床楣上和矮栏处还分别雕有不同的花纹。那些浮雕刀工十分出彩,图案也极为精致,花瓶、花瓣、叶柄、叶片子刀刀精细,非常具有观赏性和艺术性。可惜的是,进不到屋子里去,单反相机的镜头也不能探进窗户,只能拍到隐隐的一部分。木匠吊线一样,我一个窗户一个窗户地瞄过去。其他几间的房间里也分别摆放着劳动工具和老式的柜子、箱凳之类,那些家具,每一件都古香古色,因房门关着也只能远远观望。

围着房子转了半圈后,转到偏门。房门开着,房间里没有人,我径直走了进去。厨房里很干净,到处打理得井井有条,不禁感叹,到底是大户人家,连厨房也显得有几分规矩。

出了厨房我被门扇上方的雕花所吸引。那些门多为三扇门,门的中间部分采用的是步步锦窗棂格图案。这是由长短不同的横、竖棂条按照一定的规律组合排列而成的一种图形,长的棂条之间有工字、卧蚕,或有短的棂条连接、支撑。这种图案十分优美,又极富规律,因其寓有"步步高升,前程似锦"的美好寓意,所以深受人们喜爱。

门扇上面的木雕也很精致。雕刻独具匠心、内容丰富。上有梅、兰、竹、菊、牡丹等花卉植物,有狮、虎、马、鹿、禽鸟之飞禽走兽,还有各类宝瓶、宝剑、伞盖、丝带、画卷、书卷,以及人物、故事等,可谓五花八门,包罗万象。而且这些装饰不仅精细,空间设计得也特别合理,它们以不同的形态恰到好处地出现在每一扇门上,它们的出现不仅和谐,且彼此相得益彰。

　　众多的木雕图案当中,有一个图案给我的印象特别深刻。那幅图画面很简洁,几条漫不经心的飘带间展开了一本书,书内刻有文字,直排,形似草书,洋洋洒洒,十分流畅。我惊讶的不是一幅图,一本书,而是一个木雕制品所展现出来的艺术竟是如此明快、自然。看着这些丰富多彩的雕刻,看着它们流畅的线条和曲面,看着它们以柔美、粗犷的风格展现的艺术造型,不禁拍手叫绝!

　　门上图案采用的雕刻手法基本为浮雕,在梁与柱子间用于承重的雀替的雕刻手法采用的却是深浮雕和透雕,后者雕刻的图案更为立体、美观。尤其是组合式图案中所用的两处蓝亮光,在众多的原木中显得更是惊艳,开初没看仔细,还以为是两块蓝宝石镶嵌在木头中。待看清楚后,不禁哑笑,那只是两处宝石蓝的油漆而已。

　　走出庭院,回首看着由房屋、门厅、院落、门台组成的老房子,不禁对房主身份产生了好奇。以看到的细节分析,房主十有八九是位文雅的人物。打听之后,结果却出乎意料。

　　房主祖上朱孟相曾是一个拳师,其孙朱绍培,字铁民,自幼学拳,不仅有一手拳艺,还练就了一身百步穿杨、飞檐走壁的本领。朱绍培擅长用枪,民国时期,他曾携有四支手枪,且枪法奇准,亦传脚趾可打枪,因而闻名周边各地。

　　一个聪明的人应该把聪明用在该用的地方,然而,此人的聪明用在了哪儿呢?朱绍培曾参加地下党组织,后来又加入土匪,继而逃到台湾。1950年,曾潜入大陆,在文成一带发展土匪,破坏党组织。为此,解放军曾多次派人捉拿他,然而每次都被他狡猾逃脱。为了消除这个祸首,最后解放军在平阳晓坑埋伏,用机枪将其射死,才为地方除去一害。

　　一座老屋,让我们看到了雅与邪!"雅"与"邪"字体虽相近,但是,意思却相差甚远。

　　在稽垟,石头也被赋予了生命与灵性。如稽垟的牌坊。

稽垟原有两座石牌坊,而位于稽垟村城垟路的百岁石牌坊却又不同于一般牌坊的意义,它既不是表彰官宦人家的门第声望,也不是表彰富豪人家的乐善好施,而是百姓为长寿申请来的荣耀。据《朱氏宗谱》,百岁坊系清咸丰十年(1860)朱宗乾五代同堂时奉旨建造。朱宗乾,字逊元、号健庵,生于乾隆年间,卒于咸丰十一年(1861)。朱宗乾婆妻王氏,育有五子一女,寿登百岁,五世同堂,老人于百岁时为己长寿申请建立百岁石牌坊。

百岁坊坐南朝北,为单间石构建筑。方柱前后置抱鼓石,柱头各蹲石狮一尊,中间为通道,台基砌成须弥座式,内部用块石叠砌,外表铺以水磨花岗岩石。柱石上方刻有文字与图案,阳面刻着龙与凤,阴面刻着鹤与鹿,以及人物、故事和"百岁""圣旨""奉

千年古树

旨建坊,五代同堂""七叶衍祥为寿民朱宗乾亲枀拾咸丰十年岁次庚申"等字样,造型匀称和谐,美观大方。观察后发现,牌坊上的雕工为浮雕工艺,图案构思巧妙,动静有致,人物与兽类鸣禽也非常逼真,个个栩栩如生。传统的艺术无不体现着民族的智慧与光芒,这些经过雕刻的石头因被植入了文化,似乎也有了独特灵性。

百岁坊虽历经150余年,饱经风霜,仍光彩依旧。但是,站在牌坊下端,发现牌坊上端与柱石之间存有差异之处。原来百岁坊曾在"文革"时期遭到破坏,原长石柱已断,后经朱氏后代重新修复才得以保存。

站在牌坊下,感觉百岁坊让人们领略的不仅仅是一块被赋予了灵性的石头,不仅仅是为了褒奖长寿老人,提倡尊老之风,同时,它还蕴含着一定的文化内涵,传递了智慧之美,如今它的存在更成为稽垟村的一处历史遗迹。

古村,总是令人神往的地方。稽垟的古也体现在石屋上。一直喜欢那种层层叠叠、错落有致的古民居,尤其喜欢石头建成的房屋与房屋之间那一条条古老而有历史感的小巷子。每次想象着那些卵石砌成的狭窄、幽静的石巷都不禁神往,尤其在这南方的雨季,那些经过雨水冲刷后的小巷更显得幽深、安静,檐壁上的印记更像一篇篇令人流连忘返的日记在那儿窃窃私语。

直到那天来到了稽垟村城垟路对面的古民居的石屋前,竟又有刹那的恍惚。站在雨中,看着那些年代久远的老屋、石墙、石巷、石径与院中微弱的光芒,所有的记忆都跳了出来,连成一片,一时竟不知身在何处。站在岔路口时,因要选择一条路,更有着一份人生的迷惘!

稽垟的石墙屋与乐清黄檀硐的石屋如出一辙,均采用大小不一扁平的石块堆积垒成。极其相似的风格,不禁让人疑惑,两者之间是否存有一定的关联?黄檀硐的古村落有着800多年的历史,其古建筑距今也有600年至800年之久。那么,稽垟的石屋又有多少年历史呢?

稽垟有 600 多年的历史,元末时期,人们开始在此处定居,为了生存便用山上的石块建筑了石屋。最早的石屋距今已有 600 多年的历史,建筑较迟的也有 300 多年。早先的石屋建筑面积较大,最多时里面可居住 30 余人,随着时代变迁,住在石屋里的老一辈人一个一个地走了,后来,后辈们也逐渐搬离了石墙屋,如今住在石墙屋里的人已寥寥无几。

原本石头在山上并不起眼,一旦将它们建成房屋,处处将会变得精致起来,尤其是 600 多年的石头建筑更透出一层厚重来。看着眼前由石头砌成的建筑,除了惊叹石材建筑的古色古香之外,也惊叹古人的智慧与石头的俊美。

当时稽垟的天空下着雨,穿行在卵石砌成的石巷时,竟有着莫名的激动。向石巷幽深处走去的时候,两边的墙壁伸手可及。仰头看着那些形状各异、大小不同的石头堆砌而成的石墙、石窗、石屋,以及墙头的草、瓦片间的花和缠在墙上的老藤,这些落寞与沧桑的景致都不禁让人发呆、遥望。

石巷里的那些景致总是让人深思。一座房,一条巷,一扇门,一个窗,一个台阶,一根藤萝,一束野花,一根荒草,一只鸟,一只蝶,都会让人想要遥望它的过去。人生戏剧之处就在于有些东西,越是看不到尽头,越是一再追寻。

站在石巷深处那所古旧的老宅内,我仍处于发呆与恍惚的状态。忽然,在那工艺精美的瓦片间竟看到了一抹蓝亮光,一抹令人神往的光,一抹希冀的光。

大峃
看见与看不见的城市

　　"在路过而不进城的人眼里，城市是一种模样；在困守于城里而不出来的人眼里，她又是另一种模样；人们初次抵达的时候，城市是一种模样，而永远离别的时候，她又是另一种模样……城市不会泄露自己的过去，只会把它像手纹一样藏起来，它被写在街巷的角落、窗格的护栏，楼梯的扶手、避雷的天线和旗杆上……"这是卡尔维诺在《看不见的城市》中所描述的城市。由此想象，每一个城市都有自己的秘密与模样，都有自己独特的地理空间，社会和文化空间的不同价值。

　　文成这个小城虽没有大都市的繁华，却也历史悠久。如县城大峃，辖境在新石器时期就有人类活动。今知迁入最早的为林氏，唐代自泰顺徙居至此，迄今已有 1100 多年历史。后随人员增多，遂建制管辖。直至形成集政治、经济、文化中心于一体的文成县政府所在地。千百年来，域内可谓发生了天翻地覆的变化，即便建县后，小城的模样也一天天地在改变，随着时光流逝，那些曾经让人耳熟能详的街道、建筑、风物，在人们的视线里渐渐变得模糊，甚至消失。但在一些街巷里，仍能看到一些过往的遗迹与记忆。如远去的陈宅，新旧交错的老街，以及街边那些消失的与即将消失的建筑物。

　　在说大峃之前，让我们先来了解一下大峃镇的来历。大峃向来有大鹤之称。因地形似举翅待飞的白鹤，故名大鹤。后人又根据四周多岩石的特征，改名方言谐音"大峃"。但大鹤一名仍

苕湖街

在老一辈人中口口相传。大峃西晋太康元年（280）至唐乾元元年（758）属安固县。唐天复二年（902）起属瑞安县。明嘉靖时至民国十八年（1929）属瑞安县五十一都。民国十九年五十一都设仁让里、友助里。二十年（1931）始设大峃镇。1948 年 7 月划归文成县管辖。

　　大峃有人居住的记载始于唐代。唐元和十五年（820）建七甲寺，元、明后人口繁衍，渐成村庄，《瑞安县志》载，1931 年，大峃各村逐渐相接成街坊。1948 年 7 月，大峃镇辖 18 个保，即一保林店尾、排门，二保（今二新村），三保（今县前村），四保（今上房村），五保（今桥头井村），六保（今陈宅村），七保苕湖头、桥坑垄、树山垟、石坟垟，八保周村，九保徐村下村，十保徐村上村，十一保岭头、新亭，十二保吴垟岭脚、沙塆、大会岭脚、红沙，十三保珊门外、沙垟、苕湖山，十四保珊门底、坪头、坳岭头，十五保凤垟、三叉路口，十六保呈树、麦徐、大发垟、周徐，十七保岚岩、下垟山、陈地垟，十八保炉山底。

　　辖境四面环山。东有东岩尖、鸡笼山、寨山、金鱼山，南有蚂

苔湖街小巷

蚁岩、岭头山、天堂岗,西有樟山、百丈岩、牛头寨、梅谷山、猪娘山、馒头山,北有靛青山、螺丝尖、云峰山(岩庵)。大峃中心区为小盆地,占地约 3 平方千米。周边徐村、珊门、屿根、新庄垟、凤垟为较平坦谷地,其余均系山地。东北东岩尖最高点海拔 721 米,东南最低点兴福堂海拔 60 米。

大峃古为沙洲。唐前,泗溪与龙溪挟流左右,沙洲上荆棘遍地、芦苇丛生,每逢山洪暴发,遂成泽国。元明后人口繁衍,沙洲渐被开垦。清嘉庆初年建"孟潭埭",将龙溪水在苔湖头汇入泗溪,水患得以控制。猪娘山脚至苔湖头段筑堤改滩造田,逐渐形成苔湖垟、桥头垟、下冈垟、驮湖垟等农田。

大峃镇因地域小,街道并不多,中华人民共和国成立前仅有大峃街、周村街、筏头街三条街道,其中大峃街是主要街道。后来增加了县前街、西门街、苔湖街、二新街等。大峃街从苔湖头至林店尾,西北东南走向,宽约 2 米,长 1500 余米。旧时道路卵石路面,两旁为一、二层木屋,沿街设店铺,为大峃商业中心,过去较为繁华。大峃街于 20 世纪 70 年代拓宽,如今仍保留着商业功能,但已不如旧时热闹。

在大峃街新老房屋的交错中,有一处建筑比较特别。该建筑位于林店尾村大峃街 114 号,是文成公安局旧址。初建于 20 世纪 50 年代,由门台、正屋、厢房、瞭望所组成合院式砖木结构。天井右侧小门外原建有牢房,80 年代改建成公安局民警宿舍。门台单开间,中间设带小五角星的铁门,两侧与卵石加混凝土垒筑成的围墙连接两厢房。围墙上部分砖结构,中间灰塑五角星图案,左右块砖垒砌呈阶梯状,并有麻花状栏杆连接。正屋两层木结构,梢间前后与厢房连接呈"H"形,屋面悬山顶,铺小青瓦,二楼前后设栏杆,并用板壁隔成二十几个房间,作为警官宿舍。底楼为民警、士兵宿舍、厨房。

20 世纪 50 年代,文成县公安局与县中队在此共同办公,有民警 40 余人,当时门台两边设岗亭,县中队战士站岗,并看守牢房。现建筑已废弃。因其功能与结构,每次途经此处,我都要看上

陈宅

几眼,或许在某一天,它将淡出人们的视线。

　　上新巷位于大岙镇林店尾村,巷从大岙街起,至上新屋,长28米。一座古建筑便位于上新巷3号,俗称"上新屋",坐东北朝西南,为清代建筑。由前屋、厢房、正屋、照壁组成合院式两层木构建筑。正屋、前屋均面阔五开间带左右耳房,二层、屋面悬山顶、清水脊,铺小青瓦,中出腰檐。正屋建于块石垒砌的台基上,明间为过堂敞厅,前置踏步一级与块石铺砌的甬道同宽,进深五柱九檩,穿斗式结构,中柱前后双步梁带前后双步廊,下用青石质方础承托,次、梢间置直棂窗,上雕有花草图案,二楼为推拉板窗,正屋后设照壁,青砖砌筑。

　　如今古宅仍保存完整,里外透着古朴,置身其中,仿佛身临梦境。古宅作为古建筑，最能勾起人们对历史的记忆。

　　建设路是中华人民共和国成立后文成新建的一条街道。街从猪娘山脚至林店尾山脚。西北至东南走向，长 2060 米，为省道瑞东线过县城地段。20 世纪 80 年代为机关单位、国有企业、商业文化等公共设施建设区，街道较为繁华。原文成老车站便建于此街上。

　　老车站位于桥头井村西门街自然村与建设路交叉的路旁，原是文成县城通往外县及各乡镇的交通集散中心。车站建于 1958 年 8 月，占地面积 5681 平方米，设售票房、停车场、办公楼、保养车间、职工宿舍。售票房大门朝东北向，建筑为仿西洋式，底层设拱券形门窗，山花上灰塑五角星图案，下面灰塑"文成车站"四字。售票房、停车场、办公楼、职工宿舍均为两层青砖建筑，屋顶为传统的两坡顶，盖青瓦。西北侧、西南侧各建保养车间。中间为大型停车场。目前此建筑已被拆除，重新建造商业住房。提起此处，许多文成人仍很怀念，那座仿西洋式建筑总能勾起一些人的过往记忆。

　　如今走在苔湖街，看着一幢幢高楼拔地而起，总让人想起苔湖街改造时拆迁的一座老宅。

　　老宅便是许多当地人都熟悉的陈宅。陈宅坐东北朝西南，建于清嘉庆元年（1796），为三进两层木构合院式建筑。前院毛石铺地，照壁毛石砌筑，外灰塑。第二进中屋建于陡板石砌筑的台基上，上压阶条石，面阔十一间，明间进深五柱九檩，穿斗式结构，屋面悬山顶，中柱前后双步梁带前后双步梁，底层前后双步廊。一进与二进间厢房均两层三开间，天井甬道块石铺就，两旁设方形水池。第三进正屋建于陡板石砌筑的台基上，面阔十一间，明间进深六柱十檩，穿斗式结构，屋面歇山顶，中柱前后双步梁带前后双步梁，再带后单步廊。二进与三进间厢房均两层，面阔五开间，天井甬道用花岗岩条石铺就，两旁设方形水池。金柱、檐柱均为抹角方柱，下用青石方础承托，檐口均设勾头、滴水、雀替、檐檩、挑尖梁，直棂窗上雕刻花草、戏曲人物、如意等图案。

　　苔湖街改造前,为保留一些历史资料,我曾与同事前往苔湖街巷与建筑内拍摄照片,彼时,人去楼空的街巷、建筑留给人一片空茫,尤其是空无一人的陈宅,更让人有种空荡荡的失落感。当时所拍的照片,也成了追忆街巷与古宅的印迹。

苔湖街小景

周墩
枫香掩映下的古村落

　　在文成县城去往玉壶的路上,有这样一个村庄:春夏,村庄掩映在郁郁葱葱的林间;秋冬,村庄掩映在层林尽染的树中。走进村子,你会发现村庄的细微之处。村内有一溪穿村而过,有古朴的建筑、悠长的石阶、葱郁的古树、曲折的长廊、婉约的凉亭、优美的拱桥、宫画般的青苔、悠闲自得的村民,处处透露出一种令人向往的安静与祥和之气。这便是有着文化底蕴的周墩村。

　　周墩村位于文成县城西北,属周壤镇管辖。周壤境内风光秀美,历史文化底蕴丰厚。

　　胡氏宗谱记载,周墩胡姓在五代时期从福建铁岭迁居胡岙,至今已有千年之久。《瑞安县志》载,周墩过去称周川,隶属瑞安县五十都。清时属瑞安大峃管辖,民国后期隶属瑞安周阳乡。1948年划归文成县管辖,隶属玉壶区周南乡。1992年周南乡和大壤乡合并,称周壤乡。后几经撤并,现属周壤镇。周墩是温州市著名侨村,现分布在世界各地的华侨有1200余人。华侨出国赚钱,更是不忘家乡建设,周墩华侨回乡捐资迄今总计多达2850万元,村内处处可见华侨捐资建设的设施。

　　作为历史古村落,周墩是一个崇文重教的村子,村子的古建筑便是其缩影。

　　走进周墩水口处,一眼便看到掩映在古树丛中的文昌阁。该阁坐南朝北,始建于民国六年(1917),民国十四年(1925)重建。由胡克鹏、胡梓湘等人发起,集资筹建,主要为激励子孙后代奋发读书,让地方多出人才。文昌阁所处地理位置优越,前临小溪,背依山崖。为木构建筑,共四层。建筑飞檐翘角,精巧壮观,颇具特色。

清光绪年间,村人胡克谷在周墩老祠堂创办了周川书院。当时求学在村中蔚然成风,其间,村中曾出了两名贡生,一位是胡克鹏的父亲胡从备,一位是胡克敬。民国时期,受教育场所有限,族中子弟失学众多。民国元年(1912),胡梓湘创办秀山学校(秀山两等小学),学校的第一任校长由卢永授担任。当时学校所有器具皆由胡梓湘置办,教师薪金也由其资助。秀山学校原是周墩一个较有名气的学校,生源甚多,学生多以族人子弟为主,因教学条件与师资好,外地学生也前来就读。民国六年(1917),胡梓湘及胡克鹏等人又筹建文昌阁,用于村中子弟讲读。后秀山学校改成周墩小学。现学校已不再,原址上建有幼儿园一所;文昌阁仍保留,为县第一批文物保护单位。文昌阁因依山壁而建,阁高四层,只有四根柱子到顶,造型设计别具一格。1953年,被誉为文成十景之一。

文昌阁前有一溪,称周墩溪,溪中有一潭,唤昆桥潭,潭中溪水清澈,终年流水潺潺。潭上石缝天然生长5米多高的过山藤,似窗帘悬挂。潭口与亭相望,右侧是村民健身活动中心,左侧是圣母宫。潭的四周为周墩水口的枫香古树群,春夏绿树成荫,秋冬丹枫似火,景色十分怡人。常有游人在此驻足,村人也常聚集此处健身乘凉。

昆桥潭岸边有一夫妻树景观。村人介绍,夫妻树原是一粒苦槠与一粒枫树种子同落石缝中,发芽长成参天大树,被誉为爱情树。并有人写诗赞曰:"槠家小姐枫家郎,自由恋爱配成双。风霜雨雪皆经过,终身相伴乐逍遥。"树下还竖着华侨捐资的几块纪念碑与护志碑。

夫妻树后面的台阶上是圣母宫。圣母宫原名周墩宫,坐东南朝西北,建于清末年间,为木质结构。原有正房五间,两横轩座廊各六间,天井一个,戏台一个,后台楼房两间,四周围墙,东西两对大门与两排边门,建筑重檐高耸,雕梁画栋,颇具特色。

沿着台阶往上走,上首是参天古枫树群,树干高大粗壮,均有几百年树龄,有些树上还挂着古树信息标志牌,有些树牌因年久脱落。树与树之间的距离虽较远,但繁茂的枝头却相互交织在一起,遮天蔽日。枫树的中央还夹杂着两棵名贵古木罗汉松,两树相距不远,两相依偎,显得十分亲密。树群的地面因潮湿布满了苔藓,阳光透过树梢照下来,在青苔上形成斑驳的画面,有种油画之感。

走进圣母宫,殿内古树参天。现在的圣母宫比先前小了许多,20世纪70年代,周墩因建电影院需要,将原宫正中三间迁移此地。迁移后,由侨胞资助修理并保护。圣母宫因处于古树群中,四周环境优美,是人们观赏、乘凉、休闲的好去处,现被列为县级文物保护单位。

穿过周墩桥,沿着小溪往前走不多远,便是安定桥。

安定桥系单孔石拱木廊式平桥,位于周墩村水口,俗称湖吞桥。安定桥始建于清康熙五十八年(1719),道光二年(1823)重修。横跨周南溪(周川)上,为南北走向。桥全长19.4米,宽3.2米,拱石密缝砌筑。桥上建有木廊屋7间,穿斗榫卯梁架,廊柱与檐柱以小月梁枋串联,边设靠座供行人歇息,梁柱素彩古朴,构架美观牢固。文成至玉壶没修建公路前,此桥为大岽经周壤通向玉壶的必经之路。1980年,旅荷侨胞胡从库出资对桥做了小修。2007年春,其子胡克北回家探亲期间,见其倾倒,提出重建,得到胡元居等人赞同,并于当年按原样重建。安定桥造型美观、大方,由于具有历史价值,2002年被列为文成县第二批重点文物保护单位。

安定桥的独特之处在于不像别的拱桥拱形那么圆,而是呈"弓"形。1953年,因造型独特,安定桥被县文化馆列为县十景之一,曾与泗洲桥、岭脚木桥楼(均已拆除)齐名。

如今安定桥少有人走,在夏日的山间显得十分寥落。要走到桥上,得围着溪边的羊肠小路绕上一圈儿才能走过去。为近距

古树群

离观察桥的模样,我还是围着桥转了几圈,驻足桥上的时候,意外地在桥梁上看到一只会"写"英文的横纹蜘蛛,桥上的蜘蛛网上,那些酷似"W"或"M"的字母,似乎在诉说着一座桥的百年沧桑史。

放鹤禅寺位于湖岙桥岭头鹤山,鹤山又名鹅山,此山天然像大鹤展翅,引颈吸水而名,山的左侧建有寺,故名放鹤禅寺。该寺原建于咸丰七年(1857),分金刚殿、大雄宝殿、观音殿三进,由厢楼衔接,因年久失修,一度圮废。1994年,由华侨捐资按原貌维修翻建,为文成县第一批文物保护单位。

放鹤禅寺离周墩村不远,出了村,前行不多远便到了。寺建在公路边的一处斜坡上,因放鹤,我想近距离看看寺院的模样。沿着斜坡走上去,寺院在蓝天的映衬下愈显肃穆,未走近,便听到里面钟声阵阵,梵音流传。我没有宗教信仰,只是站在大殿外听了一会儿经声。经声和着木鱼,倒也有一种乐感!

安定桥

朱川
乔木生风　水绕山回下的古村落

朱川村由来已久。关于村子的故事,我曾多次听过,虽一次未去,恍惚中仍觉得十分熟悉。每次途经朱川的时候,我总对那个村子频频回望。村中水口的古树群,弯弯的拱桥,潺潺的溪流,以及掩映在群树后面的古民居,在我的脑海里总是无限斑斓,像一幅幅油画徐徐展开。

朱川村位于珊溪镇西南侧,文泰公路穿村而过。村名因村民全为朱姓,且两条溪河交汇于水口而取"朱川"两字。朱川在明景泰前属瑞安县义翔乡五十六都。明景泰三年(1452)置泰顺县,朱川划给泰顺,属泰顺县三都毛山、塘山村。清代及民国仍旧,直至1948年8月归文成管辖。

朱川境内群峰罗列,绝壑幽泉。由于此地山峦叠翠、环境清幽,明嘉靖元年(1522),朱姓族人由稽垟迁移至此,距今已近500年历史。朱姓族人在此繁衍生息,留下众多文物古迹,这些古迹即承载着一个村子的文化,也承载着一个家族凝聚的力量。朱川历经百年沧桑后,现村子仍保留着古树群、古建筑及传统手工艺等。村人将棋盘岩、酒缸潭、古树群、龙井自然景观等称为川上七景。

进入村子远远便看到水口处的参天古树群,走近,潺潺溪水在群树间叮咚流过。倘若询问,村民总能将水口与古树群讲得颇有来历。

水口即水流的入口和出口。古人认为水是生命之源,能生

朱川村居（朱靖摄影）

养万物。因此，古人总是择有水源的地方居住。而且古人认为水
主财，水流会影响气场，特别注重水口，把它看作保护神和生命
线。在有水口的地方，古人喜种树，唤作风水树，并认为风水树关
系到居所的风水命脉，便习惯在水口植种一些樟、松、柏、楠等常
青树，给自己与家庭营造一个良好的风水环境。南方的古村落常

以水口与风水树为象征，想要知道村子的历史，只要看看水口的风水树，便能大致了解村庄的年龄。

朱川水口所种的树种为枫树与红豆杉。这些古树高大挺拔，遮天蔽日，给人高耸入云的感觉。古树是朱氏先祖来此定居时种下的，约在明嘉靖年间，距今已有490余年的历史。对此，朱氏祖谱记载："本居前后、左右、水口、山场树木乃祖宗培植，以卫宅居风水，族众孙子理宜共相养录，不许登山乱砍以图己利，犯者罚钱一千五百文，入众公用。"虽然朱川历经多个朝代，有近500年历史，但这一训诫使得村中古木完整地保存了下来。

其中两棵红豆杉还被村民称为"神树"。红豆杉为世界公认的濒临灭绝的珍稀植物，是经过第四纪冰川遗留下来的古老树种，非常珍贵。朱川的红豆杉据说会下雨。天气炎热的清晨或傍晚，人立树下，一会儿工夫，头发便湿了，仿佛在细雨里散了一会儿步一般。如果角度站得好，有时还能看到彩虹。对此，村民的解释是，红豆杉生长在溪边，根系发达，吸水力强，天气炎热时，蒸发的水分多，就仿佛下了毛毛雨一般。究竟是否如此，尚待考证。

朱川虽是一个不大的村子，但村中保存较完整的古建筑还有20余处。由水口处往村中走，沿途古建筑众多，水口旁边古建筑中便有朱氏祠堂。

朱氏祠堂建于乾隆年间。朱氏族谱记载，迁往朱川的祖先为朱尚溢，字仲信，号迪甫。明嘉靖元年（1522），朱尚溢由稽垟迁居瑞安五十六都朱坑头（朱川）。族谱中关于祠堂的记载有："盖观邑师瑞安面江山而献翠，星分牛野，映海峤以，涵青，瓯江凤称海滨邹鲁之邦，而瑞邑亦属文学诗书之地，西行而上，越城百有余里，路转峰回，林坚尧美，望之蔚然深秀者，川头也。耕于斯，鉴于斯，老稚咸嬉游于斯者，朱氏族也屋之。比隅风株流丹、竹苞松茂者，朱氏宗祠也。古者迁地定居宗祠，是丞原为妥先灵，而酬祖德，计此胥宇必先，以作庙，楚室必后于楚宫也。朱川仲信公由稽垟而来迁，肇基创业，自明以及于清，几阅四百岁而宗祠未设，将何从展其孝思？时有寓贤朱君，念切先人，不忘祖德，慨然有志，建祠于乾隆之甲申，而落成于之乙酉。"

朱氏宗祠不仅是朱氏族人追思先祖之所，而且为本村子弟的教育起到了重要作用。村民介绍，朱氏祠堂曾是族中子弟读书场所，清朝时曾设有私塾，村内有教育田 20 亩，特供养教师，教育朱氏后人。朱川学校曾设于祠堂，中华人民共和国成立以后学生众多，校舍不够。1969 年朱川族众商议，在祠堂两廊加高楼，前廊加石墙。当时祠堂掩映在数百株古树中间，终年溪水潺潺，是一个环境优美、适宜读书的好地方。

百寿五代坊与"百岁太婆"的故事，也是朱川村民最为自豪与津津乐道的一件事情。

"百岁太婆"姓邹，嫁给朱氏第九代朱仁忠，人称朱邹氏。朱仁忠夫妻二人都长寿，朱仁忠 103 岁去世，邹氏 105 岁去世。同治二年（1863），因其年过百岁且一家五世同堂，皇帝下旨立牌坊予以纪念，村人称为"百岁坊"。

邹氏因百岁且五世同堂而奉旨立坊是非常荣耀的一件事，不仅是一个家族的骄傲，也是整个村子的骄傲。遗憾的是，"文革"时期，百岁坊和记载朱氏族人历程的宗谱和珍贵古物都被损毁。牌坊被破坏后，因埋在地下，还幸存了一些刻有字迹的牌坊石碑。

在朱川溪边的几株大树下,我们看到了几块长短不同且厚重的石碑,上刻着"熙朝""衍算""人瑞"等字样;还有一块长条石,一面刻着"萱茂兰芬",一面刻着"皇清旌表乡宾朱仁忠妻氏邹百寿五代坊",落款是"同治二年季冬月吉旦建"。原还有一块刻有"圣旨"二字的条石,在"文革"中被破坏了。

村民说,邹氏不仅长寿,且漂亮,还是一个颇会治家的人。她家之所以能五代同堂,和她治家严谨是分不开的。当年朱仁忠持外,邹氏主内,用心教导儿孙忠、孝、诚、信。一日,孙媳夏氏因儿子哭闹便骗其说,等你父亲回家就杀牛给你吃,顿时孩子不哭了。等其父回家,邹氏便命孙辈将家中黄牛杀了。对此夏氏不解。太婆解释道,做人要言而有信,言出必行,教育孩子更应如此,既然你答应他,就要做到。不然,就不要做此承诺。从此,村里人都以此为榜样,努力做到诚信。真正把"曾子杀猪明不欺"的故事用到了子孙的教育上。

朱川民风朴素,旧时朱川是一个典型的耕读村落,村民过

牌匾

着自给自足、崇文尚武的生活。村民说,村内曾出过多个文武贡生、秀才等。

从小在此长大的朱靖说,旧时村民好读书。乾隆二十八年（1763）,众乡亲捐资,首建朱氏宗祠,并在祠堂办私塾。民国二年（1913）族人为育翰苑良才,又在此设立学堂,命名为朱坑头群一小学,后为朱川小学。他小的时候就在祠堂内读过书。

村民的好读书,在其建筑上也能体现。朱川的民居均依山傍溪而建,沿溪而上,离朱氏宗祠不远的溪边有一座建筑,村民称之为"第三份"。该建筑建于明朝,为木质结构。房内已无人居住,明间敞厅上方的梁上还张贴着一张年代久远已破损的喜报,上面依稀能看到"三品御""相公""案元"等字样。因无法查找原始资料,无法了解喜报上的详细内容。从字面理解,"三品御"或许为御史官的一种;"相公"其中一种解释为旧时对读书人的敬称;"案元"则是案首。清代各省学政于考试后揭晓名次,称为出案。因此童生参加县试、府试、院试,凡名列第一者,称为案首。学政于取定新生后,将名单发交各府、州、县时,亦有红案之称。由此联系,"第三份"梁上所贴的大概是朱氏学子作为县学生员参加考试,中了案元之类的名次后由州、县所发的一个喜报。可见此宅为读书人家。

沿着溪流蜿蜒而上,在 1000 米之外的山坡上,有着一处不同于别处的建筑,该建筑结构呈"凹"字形,主体部分为木结构,两边厢房各延伸了两间房屋,延长部分为土石与木结构。屋主朱龙祥说,此民居是他的太公朱孔洞所建。朱孔洞为清时廪生,古时科举考试,成绩名列一等的秀才称为廪生,廪生可获官府廪米津贴。朱孔洞是一个读书人,为能安静读书,清嘉庆年间,便与几位同窗在离村子较远的山坡上建造了这座房屋。建成后,房屋呈"日"字形,门前有一半圆形,他们便将此喻为日月同辉。当年,他们居住在楼下,楼上为读书学习场所。因建筑背靠青山,门前是一条小溪,终年溪水叮咚之声不绝于耳,这几个读书人便将此处比作桃源之地。

　　因此地交通闭塞,常有匪徒出没,后朱孔泗与父亲朱仁厚斥资建了三十六条石板道路。道路宽了,行人多起来,这一带的劫匪就少了,从此村民都称他为积德贤士。

　　在村中来回走了几趟,发现村中的民房不像其他地方的建筑,或成合院,或有围墙,这里的建筑均曾开放式"凹"字形,村民在其院中做事,外人皆能看见,可见村民的纯朴与不设防。

　　随后,我们来到百岁坊主人朱仁忠的旧居。该建筑属南方清代建筑风格,为木质结构,占地约 160 平方米。目前无人居住,从建筑梁上的雕工仍能看出主人身份的不同。据其后人介绍,先祖朱仁忠是一个乐善好施的人。当年曾自置渡船助穹口横岩过渡往来的民众,并在穹口渡口建木亭一座,免费为所有过渡民众避风雨,连摆渡师傅的工资也由他支付。

　　除此之外,村中还有一座始建于明嘉靖后期的古建筑。此建筑为木质结构,分前后两堂,占地约 250 平方米。据说此老屋在明清两代曾出过 4 个武贡生和武举人,清代有人从军。详细情况无法考证。但朱川人自古有习武习俗,屋前为习武场,农闲村内青壮年均汇集于此习武,为的是强壮体魄、保家卫国。至今仍有此习俗流传。

　　一路走下来,映在山林竹丛之中的朱川倒有一份山乡小村难得的悠闲,数十户人家背山面水,终年树影婆娑,屋舍俨然,房前屋后晨炊暮烟。几百年来,村民靠着种几分薄田,闲读几句诗书,倒是朝也安然,暮也安然。

下石庄
现实版田园诗卷

　　多年前,我因采访曾去过下石庄两次,印象是山高路远,草木葱茏,一个民风古朴的地方。新路开通后,再去下石庄,有说不出的惊喜,村庄像养在深闺人未识的姑娘,突然由庭院里走了出来,亭亭玉立,美貌如花。走近,村内人文景观十分丰富,古桥、古树、古屋、古寺、古祠,古朴风雅的建筑与门前的梯田、荷塘、林间小径构成了美好的山水田园画卷。怡人的古村风貌,让人流连忘返。

　　下石庄坐落于百丈漈镇西南侧石钟山下。旧属青田县柔远乡八内都、瑞安县嘉屿乡、嘉义乡五十一都、五十二都。1948年划归文成县管辖。村子位于高山平地,村落背山面田临水,民居沿山麓而建,错落有致,田园风味十分浓郁。村庄最大的特色是古建筑保存完整,并与山、水融为一体,充满着古香古色的空间感。尤其是,村中多宗祠,原村中共有5个祠堂,现保存完整的祠堂仍有4个,分别是赵氏宗祠的子雷公祠、维坦公祠、维满公祠、朝溪公祠,宗祠各具特色。

　　由新路进入下石庄,犹如进入画卷般的村舍。下石庄位于石钟山群山高地之间,村中有一条小溪穿村而过,溪水绵延于田间地头。村内古民居众多,多为二层楼屋,材料选自当地石材或木材等,规模有大有小,大的院落既有单层厅也有楼厅,结构古朴婉约。

　　进入村子,第一个看到的古民居是武贡元赵鸿锵大宅。房屋坐落在下石钟新方丘,建于清同治年间,正房11间至今保存完好。房屋正堂挂着一块民国二十三年（1934）赵鸿锵八十寿辰时,其外孙徐国虞为其祝寿的匾额。匾额上题有"南山齐峙"字样,只是匾额不甚完整,边上原嵌有"赵府贡生鸿锵外祖公八秩荣庆",字样已脱落。现古宅掩映在一片玉米地后,倒有着难得的安静。

沿着村中的小溪往前走,走不多远,便看到一座正在修建的古建筑。

此建筑为传统浙南四合院,建于清宣统二年（1910）,建有门屋及楼厅,里面正屋9间,两轩5间,前进9间,窗户花板皆雕刻精致,两轩外侧为猪舍、坑侧大围墙及门台由块石垒砌。四面屋是由赵煜藏所建,旧时人称此屋为煜藏公四面屋,又因该建筑外墙及门台由块石建造,此屋又被称为石门台,称呼沿用至今。

四面屋小溪对面是一个由块石垒砌的建筑。建筑窗子不多,走进去,屋内豁然开朗。屋内有两层,上层为环绕式木质结构的区域,装有护栏,靠里墙的一侧有一木楼梯,梯口有一扇小门,可通往房后。此建筑原为牛栏,被一设计师看中,改建成一个颇具特色的牛栏咖啡馆。

下石庄较为独特的是,一村多宗祠,且多为赵姓,这在国内比较罕见。一个不大的村子,为什么会有那么多宗祠?总让人觉得好奇。

沿着村中的小溪向前走,绕过一片荷塘便来到赵氏宗祠的子雷公祠。该宗祠位于村中的大塘后,始建于清嘉庆十一年（1806）,由赵氏后裔赵子雷兴建。民国三十一年（1942）重建,宗祠坐东北朝西南,由头门、戏台、正厅及两厢房组成,周亘石墙。正厅建于石台基上,上压花岗岩质阶条石,面阔三开间带两坡,悬山式屋面,叠瓦平滑,夯土地面。明间进深五柱十檩,用五架抬梁,圆柱下为圆鼓形青石础及古镜式柱顶石,刻卷云纹饰。明间建筑用材粗大,随梁枋上写着"中华民国叁拾壹年岁次壬午年九月十一日卯时大吉"字样。明间前檐浮雕狮子戏球、凤凰

乌枝降粟园湾朝溪公祠

图案,内额枋浮雕草龙图案,下用替木承托,替木雕刻花卉图案。明、次间后廊砌有神龛,供奉赵氏牌位数十个。二翼廊轩两层各三开间,串联正厅与头门,中为块石铺设的天井。头门面阔五开间,明间屏壁后设方形戏台1座,制作简易雕饰从简。头门前院立清代贡生石旗杆夹2座。

子雷公祠宽敞高大,周边环境和谐,每年春节正月都有戏班在祠堂演出,村民轮流备办酒菜、果点、烧香点灯,祭祀拜祖。子雷公祠为赵氏的大宗祠,除此之外,村子还有几个小宗祠。

维满公祠,位于子雷公祠后面的祠堂山。沿着荷塘上去,走上几十个台阶便到了维满公祠前。该宗祠建于民国十五年(1926),由赵氏后裔赵维满兴建。祠堂虽没有子雷公祠规模大,里面的雕工却非常精细。梁间、斗拱、雀替上的雕饰丰富多彩,上刻有人物、植物、龙、禽之类的花纹,非常精彩。尤其值得一提的是,该祠堂内部分人物雕刻仍保存完整。

维坦公祠,位于一个叫祠堂坳的地方。该祠堂为石木结构,建于光绪壬寅年(1902),是由赵氏裔孙赵延树四兄弟所建。每逢节日,后

下石庄民居

辈均在祠堂里举行祭祀活动,至今仍按旧规习俗轮流祭祀。现祠堂位于一片青葱田地之间,由于房门紧闭,只能远远观看。

朝溪公祠,位于石庄乌枝降粟园湾,是一个颇具诗意的地方。去往朝溪公祠,要经过村中的水口。过小溪拾级而上,在一处

山坡的平地上便看到了该建筑。朝溪公祠为石木结构,建于民国十一年(1922),由赵氏后裔赵朝溪所建。该建筑最大特色为中西结构,门台为西洋式,其他结构为中式。该祠堂同维满公祠堂有个共同的特点,梁上均雕有丰富多彩的图案。朝溪公祠原门台上端雕有花鸟、虫兽及一些字样。遗憾的是,维护时不慎被工人破坏。

下石庄除保存完整的4个宗祠外,还有一个有仁公祠。该建筑位于石钟西山下,建于清光绪元年(1875),由林氏七世孙宋丹牵头为其祖父有仁公所建。该祠堂由于年久失修,已经倒塌,现仅余残墙遗址。

下石庄是个人杰地灵的地方,不仅风光好,祠堂多,村内古树名木众多,拥有多种珍贵树种楠木、红豆杉、檀树、苦槠、甜槠、柳杉、古松等。在村中水口处,就可见到多种珍贵名木。

下石庄的楠木位于村中水口处桥头,至今已有300多年的树龄。楠木扎根在小溪边的岩壁缝里,经受无数的雷电风雨,冰刀霜剑,依然挺立,根深叶茂。

在上石庄和下石庄之处各有一棵百余年的红豆杉。因知道树的珍贵,村民对此树爱护有加。

檀树也是一种名贵树种,为我国特有。由于自然植被遭到破坏,檀树常被大量砍伐,分布区逐渐缩小,已不易找到。下石庄三萧殿前和驮枫后山各有一棵檀树。

下石庄水口处还有几棵高耸入云的柳杉与枫香树。这些古树均高大粗壮,有着200多年树龄。

古树是见证一个村庄百年历史沧桑的活文物。作为一个地方的绿色瑰宝,下石庄的古树具有特殊的文化价值和纪念意义,在研究当地自然历史过程中也起着不可忽略的作用。

上石庄

钟灵毓秀　人杰地灵的古村落

　　上石庄原与下石庄同属石钟村。皆因水口东畔一山,满山多石形似铜钟而得名,后又演变为方言石庄,并被分为上下两村,上石庄因地处石庄上段故名。

　　上石庄村内出了不少名士。被称为石钟十景的塔下尖、羁马桩、石马槽、铜棋子、师姑院、太师岗名胜也都在此村。村内现存清、民国等时期建筑,共有 20 余处,民居内雕花牌匾等具有极高的研究价值。现村中还有清代林公书院。林氏宗祠由林氏后人管理祭祀,祠内古石雕、古戏台等保存完好。

　　石钟村虽一分为二,走近发现,两村仅一路之隔,无论格局、建筑、人文,仍有着整体的协调感。上石庄与下石庄不同之处是,一个以林姓为主,一个以赵姓为主,林姓出文人,赵姓出武士。共同之处在于,两村多宗祠。沿着上石庄村中的一条石径走,走不多远,便到了林氏宗祠。

　　林氏宗祠始建于清道光七年(1827),由头门、戏台、廊轩、正厅构成,属合院式木构古建筑,周砌围墙。头门通面阔五开间加两套间;明间影壁后置戏台,两侧轩楼对称五间,脊端串接头门套间和正厅耳房;中为天井。主体建筑正厅与头门对视,单檐歇山造,明间金柱抬梁,后壁设神龛,阑额雀替浮雕双狮戏珠,两边头刻朝对舞凤,雀替和檐桁俱雕饰缠枝花草;戏台飞檐翘角,台额花板镂雕,牛腿比翼倒凤。全祠雕工精湛,建筑严谨。宗祠四周又有古松遮阴,绿竹点缀,环境十分幽雅。

站在院中,从天井能看到祠堂外高耸的古松。古松与祠堂年龄相仿,有两百来年的树龄。仰看古松,大树在蓝天的映衬下愈显肃穆,它与祠堂中的匾额、楹联,与门前的一排旗杆石,均见证着宗族曾经的荣耀。该宗祠现为县级文物保护单位。

"石钟东行一里许,有象山焉,崇高横亘,雄擅一方,中有峰特起,形势旁崛名后楼,环山中有田数亩,山光水色风景幽然,某堪舆家曾借水立向断以甲卦,并以万山拱揖隐寓豹变龙飞之象,遂为鸣鹤公建祠于此。"此为林氏族谱内的《鸣鹤公后楼祠堂记》。

书院距林氏宗祠一里左右,建于清光绪十八年(1892),建筑坐东北朝西南,由台门、门厅、两侧看楼、正厅组成合院式。建筑为贴壁式台门。屋面为双落翼式,由木板枋承托屋面,叠瓦脊,阴阳合瓦。门厅三间,左右带有耳房,明间二柱四架抬梁,驼峰刻仰莲纹,扇形蝴蝶木。前檐枋素白无饰,后檐枋雕刻双凤、戏曲人物图案。两侧看楼两层各三间。该宗祠现为县级文物保护单位。

林公书院原为林氏宗祠,清朝时期祠内一直办私塾和林毓山书院,当地人至今称此祠为"林公书院"。民国后,林公书院内办初级小学,后曾为村小学使用。办学时,书院左边二楼住的是男教师,右边二楼住的是女教师。

庙后另有一林氏宗祠,又叫兆祥公祠,民国三年(1914)建立,坐北朝南,由门厅、两侧厢房、正厅组成合院式。门厅与正厅结构大体相同,悬山式面屋、面阔三开间带两坡,明间进深五柱九檩,五架梁上立短柱承托檩条,带前后双步廊。门厅前后各用双挑檐檩,明间设棋盘式大门,前廊用木板壁隔断,前檐圆柱下设鼓形青石础。次间穿斗式,梢间与两侧对称三开间的廊轩衔接。四周台基及中间甬道均为条形花岗岩石压边铺设。天井由花岗岩石铺设。

兆祥宗祠规模较大,柱头梁木雕刻花鸟、人物,极为精致。梁上悬有林多檠所写楹联。该宗祠现为县级文物保护单位。内设林多檠展览馆。

上石庄虽是一个小村庄,但村里曾出了不少名士。从乾隆

林氏大宗祠戏台

年间开始,村里先后出过2名修职郎、1名贡生、4名例贡生、7名国学生、1名国民政府官员、1名农学士、1名物理学家、2名经济学学士等。弹丸之地,能出如此多的名士,不禁让人感到惊讶!

据了解,修职郎为文阶官名,是正八品文官的散阶,散阶是授予官职时授予的虚衔。对于一个小山村出身的人,当年能获此头衔已是不小的荣誉。上石庄获此头衔的分别为林潘福、林鸣鹤。

上石庄众多名人中,最为著名的要数林杰与林多樑。

林杰,原名柔,字育三、毓山,光绪二十二年(1896)考取邑庠生,三十二年(1906)由安徽武备学堂毕业,历任黑龙江省将弁兼陆军小学堂教官、金矿局提调、巡防帮统、浙江内河水上警察厅第十二队督察长等职。曾为赴俄罗斯矿务谈判代表,后因积劳成疾,英年而逝,受大总统孙中山抚恤。林氏族谱记载:"林杰幼聪慧读书,过目成诵,年十二能文章,幼时有神童之目,光绪丙申入邑庠,人皆以公文章有奇气,掇巍科如拾芥惟公,夙负大志……自直鲁晋奉各省日事苦工,未受教育,其时俄势正盛,视华民如奴隶,若不振兴教育,将无对抗之能力,于是上书收当道敷陈利弊,提学赴俄罗斯调查依尔库矿务事竣……"

林杰去世后,友人曾为其撰写祭文,写道:"括山苍秀,钟毓聪明,经文纬武,为国干城,出关七载,与学治兵,冰天雪地,久著令名;乡邦服务,深得民情,畏威怀德,盗匪肃清,事亲称孝,交友以诚,赍志而没,悼惜同声。"

林多樑,字松涛,出生于 1929 年。1961 年获美国哲学博士学位。美国纽约州立大学教授,博士生导师。1978 年后每年应邀回国讲学,受聘为中国科技大学、复旦大学等国内 15 所高校顾问(客座)教授。主攻原子核物理,出版物理学专著 180 余本,在各种国际会议上发表论文 48 篇。

除上述两人外,上石庄还出过一位农学家林本。林本出生于光绪十五年(1889),毕业于浙江省立森林学校,民国十八年(1929)入日本东京农业大学,民国十九年(1930)转入日本仙台东北帝国大学,民国二十二年(1933)毕业获农学士学位。旋入东京日本帝国林野局研究,专攻农产制造及木炭车瓦斯研究,民国二十三年(1934)回国,入南京国民政府实业部农业研究所任技士、技正等职。抗战期间历任浙江省各林场主任,中华人民共和国成立后任农林部常山林场技正等职。

古村落众多的名人也为上石庄留下了许多遗迹。由庙后林氏宗祠出来,沿着曲折的石径走,沿途便看到许多保存完整且古朴的建筑。第一个看到的是林寿琪拔贡大宅院,也是林杰的故居。此宅掩映在一片绿色丛中,门前是荷塘,四周草木丛生,十分安静,俨然一处读书胜地。遗憾的是,宅院已拆,如今仅剩下一处门台,上挂有"林寿琪拔贡大宅院、林杰故居"等字样。

出贡生宅院,沿着荷塘边的小径往前走,绕过一堵石墙,便来到一排古朴的建筑前,建筑多为石木结构,其中一间便是林多樑旧居。该建筑旧为大宅院,因无人居住,年久失修,内部结构已毁,如今仅剩下部分围墙及一个偏房。

林多樑旧居往前走,是一座较为古朴的大宅,大宅围墙高耸,须绕一圈方能到得跟前。这便是新屋林宅。此建筑为林本旧居。

　　新屋林宅因位于上石庄新屋而得名。房屋坐东南朝西北，建于光绪年间。由两门台正屋和西北侧厢房组成四合院式两层木构建筑。外门台设于正屋西北侧围墙外，单间，设拱形门，由规整花岗岩砌筑。内门台与正屋明间相对，单间硬山顶，铺小青瓦。花岗岩石砌筑，中置木门，两边连接高约 3.7 米的围墙。天井中间甬道通正屋，由条形花岗岩石铺设。正屋两层悬山，面阔九开间，明间为敞厅，三合土地面，前设通廊。檐檩、门窗、月梁等雕饰众多，建筑保存完整。

　　村内保存完整的还有林桂芬宅院。林桂芬，名守榆，为例贡生。该宅院于上石庄村 56 省道边，俗称"第四份"，由门台、前屋、正屋及两厢房构成两层木构四合院式清中期建筑。门台落翼式，中置木门，两边与围墙相连，两侧花岗岩质门框楷书阴刻联语：

林公书院

"桐荫清闷云林阁,鸿雨苍红海岳庵。"前屋面阔五开间带两耳房,双落翼式屋面,明间额枋上方悬挂匾额"贡元",清咸丰九年(1859)为林桂芬所立。明间额枋上方置清咸丰十一年(1861)匾额,书"花萼流辉"四字。厢房左右对称各五开间。天井中间铺设块石甬道,两侧为水池,是一个十分古朴的宅院。

走完上石庄,仍未将小村的全貌看尽,但山乡小村的百年沧桑与丰富的人文景观已让人感慨万千!

新岳
山乡小村人物记

　　南田镇政府所在地不远处有一个村庄叫新岳村,该村由店岭、下满等村合并而成。村庄虽不起眼,走近却会发现,这是一个山环水抱、风景秀丽的地方。原店岭、下满两村的地名,也颇有些趣味。村民说,很早以前,店岭村左面有一条小岭通往九九亭,岭脚开设商店,故名店岭。下满村紧临店岭,是因地势低下,一下大雨就发大水,淹没田垟,故名下满。比起店岭村,下满村出了不少名人。带着对这个地方的好奇,我走进了由多村合并而成的新岳村。

　　新岳村属南田镇管辖。元代属浙江省处州府青田县,明清时归处州府青田县柔远乡九都。清雍正六年(1728),"都"下设"源",九都辖十个源。清宣统元年(1909)改九都为青田县南田乡。民国十九年(1930)置南田为青田县第二区,民国二十七年(1938)改第二区为南田区,以驻地南田得名。1948年划归文成县管辖。现新岳村是由店岭、下满、竹园底、源头、新坦等村合并而成。村内有七星落垟、水上龟、吾钱寺等名胜,出过名人张品纯、张璇、张玑、张学海等。

　　现新岳村村委会驻地店岭,村民以俞姓居多。俞氏先祖由福建铜山俞家庄徙居南田九都店岭。迁居店岭的俞氏祖上为俞琎瑄,当年他由福建来南田时,见此地田野旷阔树木茂盛,知此地必发其祥,遂开疆启宇,揭家而居。此后后代便一直在此定居。

　　店岭有七星落垟、水上龟等自然景点。村民描述,原店岭村

新岳民居之一

四面环山、中成平谷,村前是一片田垟,田垟中7个突兀的石岩如天上七星般排列着,人称七星落垟。水上龟则位于村前田间溪畔,因水边有一块巨石形状似龟,便被村人称为水上龟。

对此,俞氏族谱里亦有诗词记载:

《水上龟》:上水龟,生店岭,中天成秀骨,寿多余,胸含四气,千年在口吐元阳。万载居首向九星,神变化,心通六甲,识皇初羲同义世,河图出锡福,迥祥善跚跻。

《七星落垟》:叠叠山墩号七星,落垟到底是何年,平排一色连珠斗,上下参差接素天,夜裏韬光难指数,朝间出现走丹渊,俞家屋宅来龙异,奚必离乡更远迁。

村民介绍,先前俞家还有几处古建筑,可惜都已拆除。现村中保留下来的除了吾钱寺,以及几处古建筑遗址外,已别无他物。

吾钱寺坐落在新岳村店岭自然村,兴建于宋景定年间,至今已有700多年历史,建筑面积约600平方米。寺院曾于清道光二十年(1840)、光绪二十年(1894)重修。"文革"期间,这座古建筑遭遇浩劫,被人为破坏。多年风雨后,寺院破损殆尽。近年当地群众自发对寺院进行了重修。现寺院内仍保留着宋、清代时期的石柱、石碑等物。由于年代久远,石碑上的字已模糊,很难辨清上写的内容。

出店岭村,沿着田间的小路前行不多远,便到了下满村。下满初始叫鹤岸村,村民以张姓居多,张姓始祖于明朝年间由福建漳州迁徙此处,并在此繁衍生息。几百年来,下满村因出了张品纯三代名人而声名在外。

张品纯,字蕴光,生于1874年。张品纯自幼聪明,文笔非凡,16岁成为邑庠生,逾三年补廪生,补廪试题为《民可使由之,不可使知之》,张品纯反其意,改其句读而解之《民可,使由之;不可,使知之》,处于封建君主专制时代其议论已具有民主思想,难能可贵。

1905年浙江开办新学废除科举,为储备师资招考官费生

110 名,保送日本早稻田大学师范学院留学,青田被录取者 3 名,分别为张品纯、孙靖夫、林楷。留学期间,张品纯专修理科,成绩优异。后来其三子张玑在上海东吴大学读书时,一日在微积分题中偶遇有师生不能解答之题,将此题同答案寄请在丽水教书的父亲解答,数日即得复函,附题解五页,循理推算与答案相符,令学校师生敬佩不止。

光绪三十四年(1908),张品纯自日本归国,曾在省立台州中学任教一年,次年 10 月处州中学督监谭云龣因病出缺,由十县代表选林楷接充,孙寿之(丽水举人)为监督。是时林楷聘请张品纯回栝担任理化教员,此为张品纯任数理教席之开端。1911 年处州中学改为"浙江省立第十一中学",1912 年改学堂为学校,督监改为校长。1913 年改为"浙江省立第十一师范学校"。其间张品纯一直在该师范学校任教,时间达 24 年之久。

张品纯一生孜孜不倦于教育,为人笃实,教学认真,深得学生爱戴和同仁赞誉。

青田学生亲沐其教学 5 年者,有陈诚、叶以新、李琼、严端 4 人。叶以新又与其在附小兼主任时同事过 3 年,与其相处时间较长,食宿与共,朝夕相见,故认识与敬仰独深。叶在《青田会刊》上有《怀我师范老师张蕴光先生》一文,文内描述:"一、他的教授法是注入与启发兼施,定义或定理后必发问,使听者彻底了解后再作结语,然后在作例题示范。他带领我们到小学实习时事先要我们做成教案送阅,在听讲后即作口头之评后予以记分。二、他有准时上课既往不咎的习惯,听到下课铃声,因未尽其言,不忍下课,总要多讲几句,常讲到下节教师上课为止。全学期亦看不到他请假。三、他无时无地不在研究。在中师两校任教 20 余年未带家眷,都单身住校。课余学生进房间最受欢迎。四、他对国语之注音字母研究特别用功。他系科举出身,留日前一向未离开青田,对于国语国音无根底。1918 年教育部公布注音字母后不久,即派我至上海学习注音字母,回来后令我向本校同仁每晚讲习。五、他的俭约与诲人很值得纪念。他终年布衣布鞋,与同事共伙,

新岳民居之二

除及旱烟外，别无嗜好……"写出对他全面而又深刻的印象。

民国二十一年（1932），张品纯辞教家居，研习中医，熟谙陈修园医理，精妇科、儿科，邻里前来求诊，从不收诊费，人皆称颂。1952年，张品纯偶感小疾溘然长逝。

张品纯次子张璇，名智卿，字琢卿，生于1905年。张璇毕业于浙江省立第十一中学，后考入交通大学铁路管理系。1928年赴法国都鲁士大学攻读经济学，1931年获硕士学位后回国。先后任警官学校及筧桥航空学校教官、湖北陆军整理处中校秘书、中央训练委员会秘书、军委会战时工作训练团政治部少将副主任、海军总部法制委员会委员。

张璇一生娶了两个妻子，第一个妻子是他求学期间，在家乡娶的岭根铁沙漈的刘结花，与其育有一子一女。任职后续娶杭州孙镇坤。孙系杭州名门，尤擅文词，战乱时期，孙镇坤一直跟随张璇奔赴各地，直至抗战胜利。日本投降后，张璇曾受邀去台接收管理经济及生产事业等事，他以不谙日语而辞。1948年，应时浙江教育厅长李超英之聘，张璇返乡接任省立处州中学校长。1952年辞教归里。1960年，张璇患病在杭病逝，享年56岁。

张品纯三子张玑，原名清琪，号瑞卿，生于1909年，毕业于东吴大学化学系。后通过自学通晓日、俄、英、法四国语言。先后担任中学教师、大学助教和技术员，钻研化学，常有论文发表。曾任海军油漆厂厂长、上海开林油漆厂工程师、轻工业局试验室工程师主任、上海轻工业技术处长等职。1960年调上海工学院化学教研室任教。1982年由三级工程师晋升为高级工程师。

中华人民共和国成立前夕，张玑任海军油漆厂厂长时曾接到迁台命令，他目睹当时国民党的腐败，不愿赴台，故意采取应付拖延态度，并将油漆生产机器分散埋藏，保住了全部设备。

张玑长期从事应用化学研究，在海军油漆厂时，他研制了舰船外壳防污漆的配方，填补了我国油漆业的一项空白，直到20世纪90年代初我国船底污漆仍以此配方为基础。张玑在轻工业局试验室时，曾进行丙烯酸树脂的合成及其在皮革整饰剂上的应用研究，并获得成功，解决了《毛泽东选集》等书籍封面塑料薄膜烫金的配方生产技术工艺问题等。该试验室为上海轻工业研究所的前身，张玑是上海轻工业研究所的创办人，对轻工业从无到有开创发展做出了突出的贡献。由于精通多国语言，张玑曾翻译出版了《煤的低温蒸馏》《清漆熟油与油漆的生产》《化工大全》等书。

张家是一个出人才的家庭。张品纯的孙子张学海同样是一位名人——他是一位考古学家。张学海生于1934年，小学毕业后考进温州中学，后转到处州中学初中部就读，并于1951年3月考入华东人民革命大学，当年6月响应抗美援朝号召入伍，被分配到南京第三野战军后勤部卫生部文教训练队学习。结业后到上海第二军医大学任文化教员,曾立三等功。1954年由军委调到长春人民解放军兽医大学数理系任预科数学教员。1955年复员回丽水任囿山小学教师。1956年,张学海考入北京大学历史系选修考古专业。其间,他与同学参加了周口店猿人发掘考古工作。毕业后被分配到山东省博物馆工作,后担任了山东省博物馆文物组副组长,考古部副主任,山东省考古研究所副所长、所长,后获研究员职称。

从事考古30年,张学海先后主持参加了全国重点文保单位临淄齐国故城、曲阜鲁国故城、薛城遗址、泰安大汶口遗址、章丘城子崖遗址和山东省级文保单位朱檀墓等20余项重大考古钻探发掘项目,取得了一系列重要成果。由他主持和指导的章丘城子崖遗址、邹平丁公遗址、临淄田旺遗址、寿光边线王遗址等是山东和全国当时考古的突破性成果。其中城子崖龙山文化城址被《中国文物报》评为"七五"期间和1990年全国十大考古发现之一。他对山东地下文物保护和考古工作做出了突出贡献,是山东考古学界的学科领头人,全国知名的考古学家。

张家三代四人成绩斐然,他们的成就为下满村的人文历史添上浓重的一笔,现该村仍保留有张品纯故居及其他一些古建筑,这些古建筑虽有不同程度的破损,但仍具有传奇色彩与古香古色的韵味。

桂库
古鳌源头下的古村落

　　一座城市有一座城市的味道，一个村庄有一个村庄的味道，桂库就如此。桂库村位于桂山乡境内，地属文成高山，境内山峰陡峭，层峦叠翠。桂库原为乡，在明景泰前属瑞安县义翔乡五十七都。明景泰三年（1452）置泰顺县，而划归泰顺，属泰顺县三都。清代及民国初仍旧。1948年划归文成县。中华人民共和国成立后，桂库乡与山垟乡合并，取其两乡首字组成桂山乡。

　　桂库别名都铺。因四面环山，形似库而得名。村民以毛、黄两姓为主，毛为大姓。毛姓于宋末自泰顺桂阳迁此始居。为不忘祖地，取名桂库。自毛姓迁居桂库起，该村已有730余年的历史。现村内有古鳌源头、古廊桥、反腐败石碑、毛氏宗祠等名胜与古建筑。

　　鳌江干流发源于南雁荡山的吴地山南面，主峰海拔为1124米。关于鳌江的源头，历来有争议，有说发源于泰顺九峰，有说发源于瑞安大尖，有说发源于平阳狮子岩，还有说发源于文成桂库。到底发源于哪里？多年来，发源地一直令研究人员纠结。为找到结果，1987年，温州市、平阳县有关部门组织专家考察，专家组经过多日的实地勘察，最后认定桂库为鳌江发源地。

　　为一睹源头，我曾去山上探访。那天我们从桂库村中的一条石板路出发，沿着蜿蜒的山路向上走。沿途林木郁葱，野花遍地密布。因少有人走，山上的路被荒草覆盖着，走着走着，便迷失了方向。登山虽难，但不时会从草丛中发现惊喜，小路的两边不

古鳌源头石碑

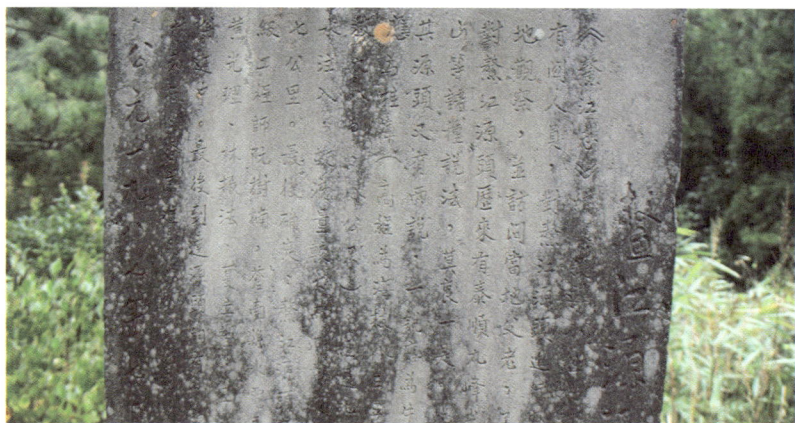

古鳌源头石碑背面

时会看到枸骨果、尾叶冬青、算盘子、山红枣、树莓、乌金子等。那些野果红的红，紫的紫，一串串，一簇簇，掩映在山间草丛，可爱诱人。在林深处，看到一股清泉，泉水清澈见底，静如明镜，仿佛一尘不染。沿着清泉走不多远，便看到隐在灌木丛中的古鳌源头石碑。源头四周，群山连绵，叠峦起伏，两山之间有一湾清溪潺潺而流，溪水也如先前看到的一样，澄清如碧，晶莹剔透。

　　我们围着石碑转了几圈,石碑上刻着《鳌江源头勘察记》。上载:《鳌江志》编纂领导小组于 1987 年 6 月 9 日组织有关人员对鳌江源头进行勘察,勘察组从鳌江口溯主流而上,经多日实地勘察后,最后到达文成县桂山乡桂库。桂库海拔为 835 米。此次勘察,勘察组从桂库水台源头应合处发现,中途有天井山五支水流注入,且水流较大,河床较宽,最后确定文成县桂库吴地山为鳌江源头,为分支干流,总长 92.47 千米,流域面积 1521.5 平方千米。

　　"涧流纵出廊桥下,高落鳌江是首源。"这是诗人陈志岁所写的诗句。此诗正是鳌江源流出山的形象写照。而诗中的廊桥,所指的就是桂库村桂库溪上面那座已有 300 多年历史的木廊桥。

　　对于廊桥的认识,缘于罗伯特·詹姆斯·沃勒的小说《廊桥遗梦》。书内有一张廊桥的图片,至今仍记忆犹新,那时我诧异于桥的独特,对这种有着屋檐的桥有着莫名的好感。

　　得见它,是在十年后。一个冬日的雪天,当我第一次在泰顺看到那向往已久的廊桥时,竟对这种古桥怀着一种难以言喻的伤感,看着它的古老及荒凉的模样,心情就莫名地忧伤。每每去,每每忧伤。

　　某天,得知文成桂库村也有一座廊桥,便很惊诧,总想一睹它的模样。廊桥位于桂库村村口。进入村子首先看到一条小溪,溪边有两棵粗壮挺拔的古树,两树均枝繁叶茂,笔直向上,似乎象征着一种崇高的境界,又似乎在向我们展示它们的理想。大树的旁边就是木廊桥,桥下有一股清溪哗哗流过,这条溪就是鳌江支流桂库溪。

　　桂库廊桥南北呈一字横跨鳌江支流桂库溪面上,系单孔木平梁廊桥,始建于清康熙五十六年(1717)。桥总长 23 米,宽 5.94 米,净跨 10 米,离水面高 4 米。桥台用花岗岩块石垒砌筑于两岸山崖之上,上建长廊式桥屋 7 间,悬山顶屋面,明间 5 架梁带前后单步梁,明间设神龛。桥面用木质桥板平铺,东西两侧设有木质鸭颈椅。桥上还立有两块石碑。该桥为古时通往泰顺、瑞安、平阳及福建的交通要道,也是鳌江源头第一座桥梁。

桂库的廊桥过去不仅是交通要道,还是平阳通往泰顺寿宁的古道口之一。建桥前,行人过此得拐弯,在桥底约50米处要涉水过溪。清康熙五十六年（1717）,村人毛应宋领头建造此桥。300余年来,经村人几次维修,廊桥仍保存完好。目前它是文成现存完好的两座木廊桥之一。另一座为坑口木廊桥,此桥位于文成大峃镇坑口村,建于清咸丰九年（1859）,比桂库木廊桥年轻140余岁。

我围着廊桥前前后后,上上下下走了几圈,此桥虽比不上泰顺廊桥的华丽,但桥面檐下,构造工艺同样精致古朴,同样利用三角力学原理建设,用两层拱架,通过贯穿、顶压、撑别,架成稳固的桥体。我不止一次地惊诧于廊桥不采用一根铆钉的工艺,惊诧于古人的智慧与廊桥结构的巧妙。为防止风雨侵蚀,桥身四周还置有全槛、栏杆,槛外还用直板封闭,用来避风雨。

我爬到廊桥后面的山坡上,站在那棵已有200多年树龄的甜槠树下,看着木廊桥,不禁想起一首古人描写廊桥的诗:"玉宇琼楼天上下,长虹飞渡水中央。上下影摇流底月,往来人渡境中梯。桥头看月亮如画,桃畔听溪流有声。桥廊风爽堪留客,波底星光可醒龙。"

桂库廊桥上两块石碑中有一块是告示。该石碑位于廊桥南侧桥首。石碑阳面向东北,青石质地,立于清道光十五年（1835）11月。碑额楷书阴刻横书"三都一志"四字,碑文记录时任泰顺知县陈殿阶的告示,内容为提醒村民,有不法胥役借官谷之名招摇撞骗,中饱私囊,为防止上当受骗和抵御"勒索",故立石刻于来往要冲的桥头,以之晓谕百姓,"倘有不法胥役借官谷为名,依势科派,籍端勒索,许即指名据实呈县,以凭案例严办"。

这块石碑或许就是那一时期一个官员履职的最好物证。村人说,之所以将安民告示碑立于村口廊桥桥头,是因为能更好地起到警诫作用。旧时廊桥是交通要道,不仅方便来往行人,还起到遮阳避雨,供人休憩、交流和聚会等作用。

从碑文上不难看出,立碑县官是为民众着想。

桂库安民告示碑是文成县在第三次全国文物普查时发现的,石刻碑文在文成也属首见,是研究清道光年间时政的重要历史资料。由于石碑无专人保管,如今石碑碑座已缺失,碑榫断裂,下方、左上角也已崩落,但它的存在,显示着历史上一段廉政文化的存在和当时对民众的影响。

离廊桥不远处,有一座古朴的毛氏宗祠。

桂库毛氏宗祠坐东北面西南,始建于清同治五年(1866),由门厅正厅、东西厢房组成合院式木构建筑。原宗祠正厅建于块石垒砌的台基上,面阔七开间,进深四柱九檩,抬梁穿斗混合式。带前后步廊,檐柱方形抹角,屋面悬山顶,盖阴阳合瓦。东西厢房各面阔两开间。门厅面阔三开间带两坡,重檐悬山顶,山面置木质悬鱼,明间后建有戏台,斗拱、替木保存着清代建筑风格。天井为长方形,条形青石铺就。因年久失修,破损严重,现宗祠已重建。每逢节日,村民便在此举行祭祀活动。宗祠虽然是封建社会遗留下来的产物,在当今,人们已把它作为寻根、缅怀先辈、激励后人的场所。

桂库廊桥

珊门
在水之湄的城中古村

  珊门村虽离县城很近，却很少去走它。冬日的一个午后，我端着相机，走进珊门村，走在暖暖的阳光里，感觉村庄像一缕徐徐的风，每走一步，风便缓缓地朝人吹来。珊门村位于县城中心区河对面，村名以驻地珊门而得名。清嘉庆《瑞安县志》载："嘉屿乡五十一都有山门庄。""山门庄"即指此村，以村出口处两山夹峙似门而得名，后雅化称"珊门"。珊门村自古环境优美，村子四面环山，三面绕水，东有东岩尖，西有四甲寨螺丝峰，南有象山、鹫峰山，北有云峰岩庵岭。水路更是贯龙潭，通象溪，汇鹤川。村中保存完好的古建筑有清初民宅一座，古宗祠一两处。村外有两处景点：寨山与岩庵岭。

  珊门村村子并不大，村内道路众多，每一条都弯弯曲曲，进入村子，如同进入八卦村，走着走着便迷失了方向。

  在村中一条不大的道路旁，我被一座颇具特色的古建筑所吸引。村人介绍，此屋唤为路廊。该建筑坐北朝南，清早期建筑，由门屋、厢房、正屋组成合院式木石结构建筑。房屋共有两层，建在块石垒砌的台基上，上压阶条石，门前设有踏步。正屋面阔五开间，两侧厢房面阔三开间，屋面悬山顶，铺小青瓦。檐下设通廊，牛腿、斗拱、月梁、替木、门窗等雕刻精美，花鸟人物皆栩栩如生，正屋的一侧围墙与一般的纯木构房屋颇有不同之处，下端由不规则块石垒砌，上端由块石与青红砖拼砌，墙头连着檐角，呈波浪形环绕，远看高大挺拔，颇有气势。

　　该建筑建于清朝早期,由于房屋年代久远,后辈曾做多次维修。此建筑内曾出过一位贡生,名叫金伯锐,房屋中堂处原有其身份匾额一块,早年被人偷走。珊门村小学门口原有其功名旗杆夹两对,也于战乱时期遭到破坏。虽历经 200 多年的历史,如今老屋仍保存完好,冬日的暖阳下,房屋却也静谧安好。

　　寨山位于珊门村村口泗溪边,系文成县城五大山(云峰山、金鱼山、栖云山、玉泉山、寨山)之一,也是唯一的城中之山。"山体不高,横亘百余米,顶部平坦。"据载,当年吴成七在金山立寨聚众抗元,曾在此处建分寨,有喽兵把守,便于通报消息,故取下"寨山"之名。

　　吴成七,黄坦人。早年从事家耕,兼贩私盐。元至正十三年(1353)春,他在瑞邑五十四都埠头(孔龙)售贩私盐,因当地盐霸横行,一怒之下,拳毙盐霸,被诬为"谋反"。吴成七逃回黄坦,相约各方穷苦弟兄,揭竿反元。先在黄羊毛弯围栅驿营议事,又分别在北向辟建两座通黄坦咽喉的大寨,在西南向构筑屏障寨,在东向建立前哨寨。寨山便是其前哨寨之一。

珊门民居之一

　　寨山前临泗溪河，后接村庄，山上四季常青，风景优美。1993年旅意侨胞胡奶荪女士出资5万美元，在山背上兴建千秋塔。塔高7层，总高37.8米，平面呈六角形，砖混钢筋混凝土结构。千秋塔虽然历史不久，但对年轻一辈来说，它是一座地标性建筑。

　　如今的千秋塔经过美化后，容光焕发。白天，寨山是市民休闲娱乐的好去处。夜晚，漫步在泗溪河边的人抬头看去，千秋塔上银光闪闪，好像悬浮在半空的神塔，衬托得整个县城如同梦幻一般，为夜景添色不少。

　　岩庵岭位于珊门村至里阳西山村漈头庵，南北走向，明清古道，全程约2千米，古道上通里阳，下达大峃镇、玉壶镇。古道路面主要以规整条形桃花石铺就，多拐，古道上人文景观众多，有云江亭、观音殿、三宫殿、大雄宝殿、青云亭、怡然亭、双枫亭、洞桥。周边还有青云梯、十八拐、跳仙岩、晴雨瀑、滴水岩、透天洞、仙人床、石门关诸景观。古道植被丰茂，树木遮天，庵前翠竹绿树，林中鸟语花香，幽静雅洁，俨然仙境。现岩庵岭为文成观赏性

珊门民居之二

红枫古道之一,共有枫香树80棵,是浙江省二级保护红枫群。

光于岩庵岭,《珊门村志》里记载,岩庵位于县城东北五华里的云峰山悬崖上,山上时有白云缭绕,故又名"白云庵",系文成县文物保护单位。现庵中遗留的十多块石碑中,年代最早的一块是明永乐十五年(1417)刻制的,碑文记载檀越主金霖(珊门金氏一世祖)献山作庵僧食用之事,及吕纯阳题诗残碑一块,上题《题岩庵》诗一首,诗曰:

> 山中楼阁倚云端,极目烟霞万里看。
> 法鼓应雷通世界,燃灯映月照蒲团。
> 风吹洞草三春暖,水溅岩花六月寒。
> 唯有紫微星一点,夜深长挂石栏杆。

岩庵的风景,以"险""奇"著称。

险:从云峰亭至十八拐共757级,全用条石铺成,又高又陡,名为青云梯,确实使人有步上青云之感。更险的是十八拐。十八拐修建在两座垂直的岩壁之间,相距不到十米,石级即在两石壁之间迂回折转,盘旋而上。总共18个拐弯,208级,而高达数十米。先行者正在头上,后行者又在脚下,令人胆战心惊,头晕目眩。原有石栏杆已毁,1982年由旅荷侨胞乐助,又添筑了钢筋栏杆。

奇:名胜如石柱、仙人桥、龙嘴、透天洞、仙人床、石门关、迎客僧。大雄宝殿修建在岩壁凹部,屋上悬岩数十丈,有清泉一股,直泻檐前,四季不断。水珠飞溅,似烟雾弥漫,阳光照射,时现彩虹,这就是晴雨潭和滴水岩。一路前行,路旁怪石累累,千姿百态。仙人桥即在此处,再往东走,便是大峃通往玉壶的大路。

登上岩庵岭,便可鸟瞰县城。站在山顶,但见泗溪如带,远山似黛,街道房屋宛在画中,令人赏心悦目。

珊门村除人文自然景观外,还有传统的戏班、马灯舞等民俗。据《珊门村志》,珊门有史以来,村里素有演戏调马灯等文体娱乐活动。于清光绪年间成立珊门戏班,民间曾有"珊门乱弹班,戏笼独自担"之称。

当时戏班内有 3 名出色演员,有演武戏的大花王郑兵,演花旦的王正曹和演包公的胡文元。王郑兵身手好,擅长武行;王正曹生来貌美,擅演花旦。当年戏班很是出名,曾到各地演戏,留下不少佳话。

马灯舞是浙江省流传甚广的一种传统舞蹈艺术。珊门马灯舞有 100 多年的历史。珊门马灯特别的地方是武功较突出。如侧手翻、双人前滚翻、倒立行走、前手翻、前空翻、叠罗汉等。特别是颈后挂杠倒悬坠、双脚尖挂杠倒悬坠,观众特别喜欢。珊门的马灯舞歌词通俗易懂,多为当地方言。歌词内容更是五花八门,各具特色,深受听众欢迎。当年,珊门马灯舞团除在本地演出外,还曾到温州、平阳、瑞安、景宁、泰顺等地公演,后来,随着电视、广播等媒体的出现,戏班与马灯舞团纷纷解散。如今,虽戏班已解散多年,但村内仍保留着当年戏班的一些道具。

峃口
远去的古城堡与鼓角争鸣

城墙

　　"处州十县九无城，温州五县六条城"，六条城中就有文成峃口城。峃口城即指峃口古城堡。峃口古称"鹤口"，意即大鹤之口,有龙山、凤山分峙左右,形势险要。域境旧属瑞安县嘉屿乡五十一都。民国二十八年（1939）始设岜口乡,属大岜区。1948年划归文成县管辖。旧时岜口是瑞安、平阳、泰顺三县水陆交通要道,一度商贾云集,市面繁荣。明朝时期,岜口曾报请筑城,防敌御水,故有半条城之建。如今辖内为珊溪水库一、二级水源地保护区,生态环境保护良好,是文成县首批温州市级生态乡,浙江省级生态乡。

　　岜口镇位于飞云江中游,为文成县东南门户。境内山水秀丽,具有丰富的自然景观、人文景观。

古城门

岜口镇境内径流较多,大部分属飞云江水系,主要径流为飞云江、泗溪和九溪。水流蜿蜒曲折,呈叶脉状分布。

　　岜口古城堡位于岜口镇岜口村泗溪河与飞云江交汇处。文成县文物普查资料记载,岜口古城堡俗称"半爿城墙",另半爿位于樟台樟岭村。古城堡主要用于防守。明时为防山寇侵扰,嘉靖二十五年（1546）开始建筑岜口古城堡,嘉靖二十八年（1549）十月完工。原城堡有五个城门,毁了两个,清时又加建一个。这些城堡分别依山弧形修建，拱券门均为花岗岩块石砌筑，样式各不相同，有的拱顶由数根条石并列砌筑，有的顶部外拱形、内平铺，踏步均由溪中卵石铺设。城堡中民居皆依山而建，成阶梯状分布。

村民介绍，峃口城墙建于明清时期，最早用于防御，防止外敌侵入，在河道运输方面也起一定作用。早期文成至瑞安方向的行船都会汇聚在此，热闹非凡。城墙最早有 6 个门洞口，现如今只剩下墙脚基础和 4 个洞口可见。

如今，走进峃口村，远远地就可看到村中残存的城墙与城门，虽历经 470 余年，这些古建筑仍可清晰看出原貌。古堡城门在村口依次排列，共有 4 个，城门一侧临水，一侧临房。所临之水是泗溪河，此河是文成除飞云江外，流域和集雨面积最广、流程最长、支流最多的径流。四季水流不断。与城门平行的是依山而建的民居，房屋多为水泥混凝土结构。城门与村内的道路由石阶连接，想到城门近处去，须得沿着台阶走上十到二十几个台阶。沿途的台阶与城门，皆由条石与不规则石块垒砌。这些石头历经数百年风吹雨打和历史变迁，仍保存完整。略有些遗憾的是，有些道路与城门的接缝处被村民浇灌水泥，破坏了古建筑原有的古朴与沧桑之美。在村中，还有两堵残缺不全的古城墙，这些城墙也由不规则块石垒砌，一处在泗溪河水边，一处在山边。城墙沿山而上，因为山间潮湿，上面布满了苔藓与青草，远远望去，像一堵绿篱，昔日城墙威严的风景只能在断壁残垣中想象，难以重现。

峃口作为文成县城东南门户，曾是瑞安、泰顺水陆交通要道。旧时，峃口码头、渡口密集，水上运输发达，交通繁忙。辖有吴垟岭根、百谷山、垟岙、龙车、九溪、峃口等渡口。当年两岸绝大多数村民都会拉排渡水。

其中峃口渡位于峃口村泗溪河与飞云江交叉口。渡口两岸是峃口村和新桥村。峃口渡建于清嘉庆年间，当时该渡置有木质人力船一只，专职渡工一名。渡工主要负责日常摆渡和管理工作。

当年，峃口渡秋冬干旱期，水面不宽，水位较浅，水流平稳，渡工就用两根粗麻绳和尼龙绳一端分别缚在渡船两头，另一端固定在两岸的石墩或木桩上,让行人自行拉绳过渡,无人来往时,渡船则处于"野渡无人舟自浮"的状态。但春夏雨水或雷阵雨频发,水位暴涨,水流湍急时,渡工便凭着熟练的技能和高度的责任感跟凶猛的溪水搏斗,确保来往人员安全。20世纪80年代,岱口学校的学生大部分来自隔溪的新桥和龙车两个行政村,每天有数百人经过此渡口。

当年曾在岱口学校任教的教师回忆,每当溪水暴涨时,急流两岸分别站满老师和学生家长,个个提心吊胆接送读书的孩子回家。但每次渡工都镇定自若,核定上船人数后,先沿溪边逆流而上,到了一定的距离,选择有利条件,迅猛有力地将船撑到溪中,趁着水势直流而下,并掌握好方向竭力向对岸划去,直达终点。这样多次往返,到全体学生都安全摆渡到达彼岸时,教师家长才卸下心中一块沉重的石头。

由于交通不便,长期以来,岱口渡两岸学生、老师都以渡船来回往返。为维护师生安全,建一座大桥,沟通两岸人民的生产、生活,特别是确保两岸学生上、下学的安全,是岱口两岸人民的梦想。

1965年,岱口大桥动工兴建,1966年建成,是文成县第一大桥,也是当时飞云江第二条跨江大桥。岱口桥,又名新桥,在岱口乡新桥村。桥长131米,宽8米,高12.2米,为五孔混凝土造土打沉箱浆砌U形面混凝土悬壁梁桥。为了保护行人安全,桥两边建有活动钢管栏杆。此桥建成后,是温州、瑞安、平阳、泰顺等地通往文成县城的主要交通要道。

1983年,在原岱口渡上面,又建成一座大桥。该桥桥长80米,宽3.5米,高10米,为二孔石墩钢筋混凝土双拱曲桥。因此桥东西两侧分别为龙山和凤山,龙凤护水口,寓意吉祥,故取名龙凤桥,是岱口村通往新桥村的大桥。龙凤桥的建成,实现了岱口两岸人民世世代代的夙愿,沟通了泗溪两岸,加快了两岸开发和建设。而今,不管泗溪河水流如何汹涌,行人过桥不再担惊受怕了。随着龙凤桥的建成,岱口渡也废去。

　　除此之外,峃口村还有炮台山碉堡。碉堡位于峃口学校后山。早期国民党某兵团进驻峃口时,为防御日寇进犯,在山上搭建了此碉堡,曾打过几个小仗。之后炮台山荒废,碉堡遗址难寻。

　　如今,随着岁月流逝,峃口,这个依山傍水,历经百年嬗变的山乡小镇,在洗尽铅华后仍风韵犹存。

飞云江峃口段

樟台
造城记与渐行渐远的乡村风物

  "处州十县九无城,温州五县六条城", 6 条城中就有文成峃口城。峃口古城堡为半城,因当年城堡仅建了一半,民间俗称峃口为"半爿城墙",另半爿位于樟台樟岭村。樟台位于文成县城东南,驻地樟岭。樟台原为乡,取樟岭、泉台两个自然村名各一字组成。旧属瑞安县嘉屿乡五十一都樟岭庄、泉台庄、山坑庄,1948 年归文成县管辖。境内主要溪流泗溪,从西部入境,经下门、泉台、樟岭、马渡等 4 个行政村,然后从东部出境,至峃口注入飞云江。樟台境内有樟岭城、樟岭、枫门寺、鹫峰禅寺、进士坊、泉台茶亭等。

  樟岭为樟台村委会驻地。此村原为象岭。《文成县地名志》记载,宋真宗时,陈恕者从福建迁此定居。因村前有一小丘,出门要走一段山岭,定名"上岭",后嫌俗,改名"象岭",之后一度和樟龙村合并,改为"樟岭",沿用至今。现村中保存有明嘉靖时建造的古城堡遗址。

  古堡遗址位于樟岭自然村新 56 省道公路边。《陈氏族谱》和《文成县志》载,为防山寇侵扰,明嘉靖十九年(1540)捐资筑城,二十五年(1546)始筑,长五百丈[1],高二丈一尺,厚一丈,建成后,设汛员坐镇,取名将领。民间俗称"半爿城墙"。

  对此城堡,樟台《陈氏族谱》里《将领建筑堡城记》亦有记载:

[1] 1 丈约等于 3.33 米。

"稽我祖宋卜居岜川将领，基址崎峨，日深岩岩之惧，泉源壅塞，时切泛泛之悲，历元至明，野寇扰攘，民无以宁，念君门万里，争无可告。兹当嘉靖庚子年，谋诸族众，

古堡城墙

捐资赴省欲部饬，筑斯堡城，以为一族之障也……再三恳切……始领部令，历数年间，不辞劳苦，不惜费资，始于丁未季春三月，竣于己酉孟冬之初旬，历数年之经营，庶几幸获无虞。"

　　樟台原城堡有东西南北四门，北门毁于 1976 年，西门于 1992 年因建村公路被拆。南门一段建于嘉靖二十六年（1547），城堡原长五百丈，高二丈，一尺[1]宽。现残存的堡墙长约 80 米，高 3.7 米，花岗岩块石砌筑，南城门宽 2 米，高 2.9 米，上方平铺 3 根条石。原城堡内居住七八十户人家，1000 多人，现堡内残留部分宅基和 3 口古井。

　　历时 470 余年，如今樟台古城堡余下的几十米城墙与南城门仍保留完整，由城门可进入城墙内部。走进去，通道内可容两人并排通行。城堡因废弃多年，城墙上生长着绿植，通道内则堆放着铁皮桶及杂物。因一条道不能走到头，也无法探到城墙内部有些什么设施。但它的存在，是明时村民抵抗山寇侵扰，殊死抵抗的历史见证。

　　樟岭地处泗溪河北岸。泗溪河发源于南田十源金竹垟山，流经十源、龙岙、南田、石庄、大岜镇、樟台、岜口等地，是文成除

---

[1] 1 尺约等于 0.33 米。

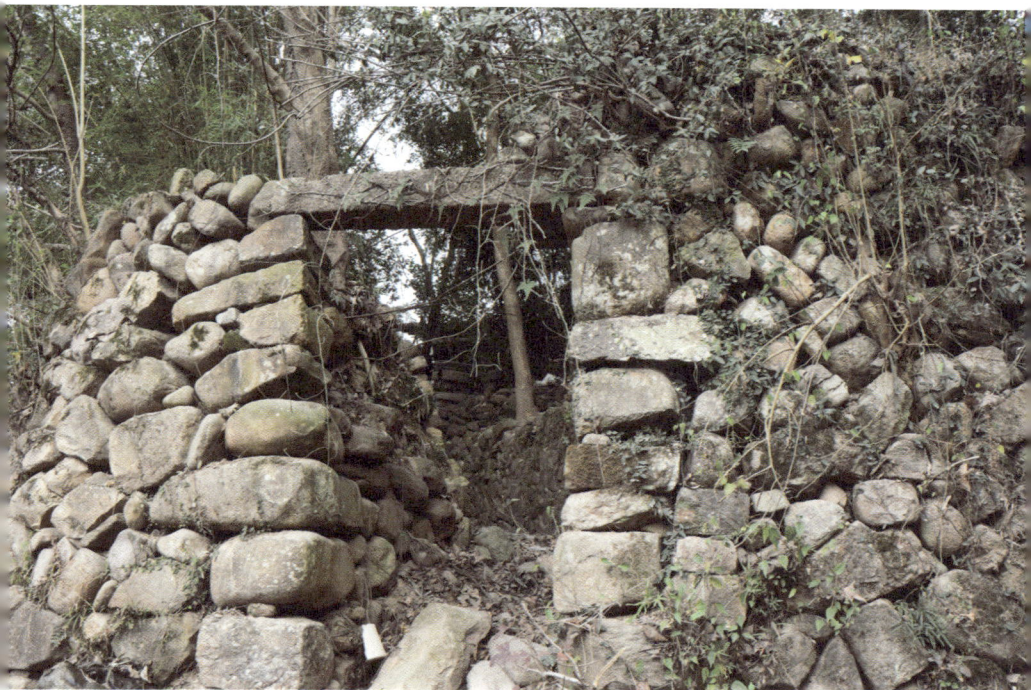

古堡城门

飞云江外，流域和集雨面积最广、流程最长、支流最多的溪流。四季水流不断。汛期，水势很大。旧时，樟台仅靠溪边小山丘阻挡洪水，遇特大洪水，仍不免受难。北山麓半条城建成后，数百年来，对防水防寇起到很大作用。

史料记载，1976年，樟台村民为建房屋，拆古城堡北门上下首城墙三百丈，留东西二门两百余丈。城西后垄坳有洗马池，后垄村尚保存喂马石槽，均为明代古迹古物。过去樟台家家栽杏，春季杏花满城，夏季果实累累，丰收的果实也成为当地特产，为当地村民增加收入。

樟台境内有两处古寺，一座为鹫峰禅寺，一座为枫门寺。

鹫峰禅寺位于樟台排门对面下岙后山。寺名因山有幽岩绝壁，形似黑雕得名。该寺始建于康熙五十一年(1712)，原名石峰庵。

1961年拆毁，一度被夷为山园。1989年，募资重建，易名鹫峰禅寺。构筑为单檐硬山式，面阔五开间，共约170平方米，总占地约1700平方米。环境幽雅，风景秀丽，是一个修身养性的好地方。

枫门寺又称宝崇禅寺，位于樟台樟岭村枫门山，始建于清同治四年（1865）秋，光绪年间重修，后倾圮。1987年，募资重建，现有大雄宝殿一间，观音殿一间，供释迦、观音塑像，僧房三间，斋房两间，占地约2000平方米。寺后为千仞峭壁，寺前古树参天，周围怪石嶙峋。左有巨岩，如金钟扑地，四壁如削。缘石级登岩巅，上有小庙，名"摩天阁"，凭窗俯瞰，下为万丈深壑，令人毛骨悚然，远眺峰峦似髻，泗溪如带。阁后有树，苍劲像虬龙，枝叶繁茂。此阁小巧玲珑，为读书、休养佳地。寺后数百丈外有仙人洞，高丈余，深数丈，冬暖夏凉，为避暑胜地。

进士坊位于樟台排门牌坊底。排门初名"宅前"，后改"泽前"。唐天佑元年（904）秋，陈久一、陈久二兄弟自福建漳州浦迁居泉潭，陈久二在宋建隆三年（962）复迁泽前。泽前背靠砚山，面对东岩尖，四周冈峦起伏，旗鼓相迎，泗水环流村旁，是个山清水秀、人杰地灵之处。宋、元以来，陈氏子孙簪缨相继，曾盛极一时。至明季氏族逐渐衰落，乃拆陈府木料迁建大岋土地坦、上房、桥头等地。今泽前府基尚在。

后"泽前"改为"牌门"。因明嘉靖年间，瑞安邑令曹浩为宋进士陈雷奋上表赐建进士牌坊。陈雷奋为陈久二后裔。牌坊建在隔溪旁山村，村名遂改"牌坊底""牌门"。进士坊在民国十四年（1925）被大水冲毁，石柱倒地，天长日久，被流沙埋没，而牌坊旧址，村人已无人知。后"牌门"演变为"排门"。

泉台村与樟台村一河之隔，俗称"圆潭"，为周氏族地。据《文成见闻录》，泉台地名由来有两种说法：一说周氏宗祠前有一圆形池塘，叫"圆潭"；一说村地形似船，泗溪环流村外有一长潭，船止潭边，故名"船潭"，后改"泉潭"。

泉潭地名初见于清乾隆四十一年（1776）庠生张梦瑶撰写的《泉潭地舆志》："泉潭地处山环水绕之间，风景秀丽，为唐末陈氏祖自福建迁此，披荆斩棘，开荒筑堤，与洪水猛兽搏斗数百载，始安居乐业。至宋元时迁来朱姓，明时移入周氏。陈氏于明季迁居大峃垟头村，朱氏衰落，惟周氏人丁兴旺，世传至今，已成大族。"

村名几经演变，后改为泉台。旧时泉台建有茶亭、地主殿、瑞宁宫等建筑。

泉台茶亭位于泉台村泗溪河边，俗称"新亭"。茶亭始建于清光绪十五年（1889），民国十四年（1925）民间集资重建。建筑坐东朝西，占地面积约为233平方米，面阔三开间带两坡，明间进深四柱十一檩，单檐悬山顶，小青瓦屋面，清水脊，脊吻作花卉状，围墙卵石垒筑。亭内设神龛，供奉观音菩萨。古时大峃通往瑞安，需经过此泗溪河和茶亭，现泗溪河内仍存着碇步和泉台桥遗址，泉台桥清光绪十五年（1859）始建，民国二十一年（1932）重建，现已残缺不全。

泉台地主殿位于樟台村，坐南朝北，清晚期单体建筑，面阔三开间，明间设藻井，梁架为四柱七檩，五架梁带前后单步廊，圆柱下用青石质柱础承托，明、次间后部置神龛，供奉当地陈氏祖先等塑像，屋面单檐歇山顶，盖阴阳合瓦，月梁、抬梁、斗拱、牛腿雕刻精美图案。外围墙由毛石垒砌而成，次间设有坐凳，殿前天井为卵石铺地。

地主殿边上，生长着一棵形状奇特的榕树。此树树形高大，枝叶茂盛，其根分别生长在路的两旁，形成一道"门"，自然景观奇特。住在附近的村民与行人都可自由地从此"门"通行，久而久之，此"门"就成为村里的通行道。榕树树围3.34米，高达15米，平均冠幅达20米，树龄有300多年。此树属国家二级保护树种，并被列为浙江省古树名木进行保护。因"榕树门"景观独特，常有游人慕名前来观赏。

如今，随着时代变迁，樟台这个曾经以防寇著称的古村，除了一座古堡遗址及散落的乡村风物，已很少有人知道它的过往历史了。

龙川

水绕一村　文澜不竭话龙川

"水绕一村,文澜不竭;山屏四面,秀气常钟。"这是清太仆寺卿孙衣言游龙川时题联。后人常用此联形容龙川。

龙川位于文成县县城西翼,面临四面峰,背靠眠牛岗,因村内有一条龙溪穿村而过,村前村后的山脉延伸似双龙盘旋,故得名"龙川"。龙川是一个历史悠久的地方,村内人文遗迹丰富。龙川旧属瑞安县嘉屿乡五十二都。至今仍有人称此地为五十二。赵氏为龙川大族,其先祖系宋太祖赵匡胤十二世孙赵允夫,于南宋理宗嘉熙二年(1238)自东瓯迁居龙川。700多年来,龙川文风蔚成,人才辈出;尤以当代中国新闻界泰斗赵超构最为著名。

龙川是一个底蕴深厚、风光秀丽的地方,境内有奇峰、怪岩、幽洞,红枫古道,桐坑大岭谷,宋代石刻、石鼓、古祠、古墓,明清古民居等自然景观与人文景观。

"名山自昔耸奇观,一面峰分四面看。峭拔忽如撑剑戟,端严旋似整衣冠。烟云栖泊无常态,苔藓青葱有几般。便使倪迂操妙笔,也难图写幻烟峦。"这是前人描写四面峰的诗句。大自然赋予龙川秀美山川,在龙川诸多奇观异景中,四面峰是当地人耳熟能详的一座山峰。

四面峰位于龙川季马村,是一座四面有坡、高耸状若"金字塔"的奇峰。古人曾撰文描述道:"龙川之地多山,而四面峰尤为一村之胜。形式上拱,四围周正,中居村前,间以长溪,堪舆家所谓玉帝金印,殆其似之。山麓延亘数里,亦一村之屏藩也。余馆舍适与之对,其岩石幽奇,草木葱茏,阴晴多态,风月异景,余固熟视之而心赏之,然未获一踞其巅也。"可见,四面峰风光之优美。如今登上四面峰,东望可看到县城苔湖等地,南望岚岩,西望奇峰,北望龙川,但见山间郁郁葱葱,负山环水,民居星罗棋布,尽收眼底。

龙川向来以奇山奇景著称,四面峰北面的山腰上,就有一个奇洞。村里的老人说,此洞洞口很窄,只容得一人爬进,每到早晨和傍晚,洞内都会飘出白色烟雾。尤其是梅雨季节,茫茫白雾萦绕在岩洞四周,久久不散,久而久之,村民便将它唤作白雾洞。夏日,洞内常吹出阵阵凉风,昔时常有村民去那里纳凉。

龙川昔有"七井八仙岩"之说。"八仙岩"中尤以奇异的将军岩、纱帽岩最为壮观。

将军岩位于四面峰东坡山腰上,高四丈许,大可六人合抱,岩柱由三岩叠成,岩脚比岩身略小,屹立平地上,庄严威武,俨似一将军,故叫"将军岩"。

过去岩顶上有李、桃、枣等果树,每到春天,岩顶上开满花,十分鲜艳;到了秋天,成熟的果子掉在地上,村里的人都会捡了吃。村民戏说,这是神仙果,吃了会长生不老。据说这些果树是清朝光绪年间种下的。当时将军岩边上有许多大树,乡里的人爬到大树上,将梯子一头架在大树的枝干上,另一头架在将军岩岩顶上,人沿着梯子爬到岩顶,用绑了绳子的畚箕将泥土拉到将军岩岩顶,再种上果树。如今,将军岩顶上仍有几棵树木,春夏时期,顶上郁郁葱葱,岩石周围爬满绿植,远望,犹如一位身着戎装的将军。关于此岩,古人也曾留下诗篇:

> 巍然独立此山巅,岳降嵩生问昔年。
> 何代英雄初化石,此时气势欲冲天。
> 倚来大树思冯异,流出飞泉想吕虔。
> 对面有山名猛虎,可能没羽射将穿。

纱帽岩位于四面峰北坡,为龙川胜景,远望略似纱帽,故称"纱帽岩"。因奇石耸立,古往今来,纱帽岩常引游人前往观之,

龙川民居

并留下不少佳作。前人诗曰：

隐士何年早挂冠，犹遗纱帽此间看。
风吹岂为重阳落，雨堕还留四角完。
笏插石床连嶂合，云横山带系腰宽。
三呼万岁朝天子，好戴巍峨拟大官。

关于纱帽岩的景观，古人描述可能更为直观，有文称："岩在山之巅，上锐下夷，中凹坳，仿佛纱帽，屹然而立，郁然而秀，见之者莫不奇之也。初有告余曰，此岩中分两折，危险异常，人多不敢近。而语焉未详，余亦未敢深信，及余偕门生攀陟而至其处，始得其实见。此岩之所以奇者，非一纱帽之名所得而尽其为物也。视之岩，分之三岩，高大俱不可以尺数计。石镇下，若龙之蟠，若虎之踞，两石参差，而排其上，高者若飞鹰振翮，低者若寒鸦戢翼，而两石相依然，又若雁排人字然。惟远见之，略似纱帽，故俗即以纱帽实其名。作势甚危，如崩如坠，余初见之，犹不敢近。既思此岩历时既久，虽危必有可安之道……"从文中可知，纱帽岩并非仅像纱帽而已，而是瑰奇特辟，景象万千。今人提起此岩，也是以奇称道,常叹自然鬼斧神工。

摩崖是利用天然石壁以刻文记事的石刻。龙川境内有两处摩崖景观,一为磻岩摩崖。该摩崖位于龙川横山村村头、龙溪溪畔一巨石上。摩崖阳面向西,文楷书阴刻直行"磻岩"两字,笔墨端庄,镌刻有力。落款二行,字径略小,文曰:"淳熙己酉岁,吴宏甫题,伯宗书。"字口较浅,略为模糊,较难辨认。淳熙己酉岁即南宋淳熙十六年(1189),距今已800多年历史。

清嘉庆拔贡生叶榛曾在参观磻岩后撰文道:"庆癸玄秋,余在龙川馆舍。永枢赵翁适以磻岩来告,余即与之往观焉。循溪岸而东行。越数百步至横山,见一石傍溪而处,郁然深秀,大可坐数十人。翁曰,此即磻岩也。余从而登其颠,四围熟视,于其左傍隐隐得见字迹,但不可以近观也。爰与翁下溪石而视之,见有'磻岩'二字大如斛口,笔画端庄,颇得古意。旁则小字行,半为苔莓侵蚀,模糊不可辨。余以手摩之,阅再三始得其详,盖为'淳熙己酉岁,吴宏甫题,伯宗书'十二字也。夫岩以磻名,其必有取乎尚父磻溪之义,而此为垂钓之所可知,拟或有别义焉,亦未可必。吴

樟山摩崖

宏甫、伯宗事迹,俱无可考,姓氏亦不见于他书,询之野老,鲜有知者,意其人大概皆石隐者流乎。然其刻字于岩者,必有深意存乎其中。自淳熙迄今五百余年矣,而此岩犹能于溪流汩汩间全其本真,未始不可以见古人之精神。"

龙川另一处摩崖景观位于过山村樟山自然村公路南首,壁像为石壁浮雕,共三尊,人物形象生动,姿态、衣褶线条自然,乡人称"三宝佛"。像旁铭有干支纪年,为元代摩尼教石刻,系县文物保护单位。

据文成文物部门1984年所立的碑文,樟山摩崖造像,为古代民间祭奠时的遗存,全像为阴线刻画,上刻屋檐,下刻三位全身赤脚行走像,前者右手持佛经,中间一位托佛钵,后者短衣露肚,双手执福禄寿喜长幡旗,其人物姿态生动,线条流畅,石刻无具体纪年,仅刻"吴十郎元年四十八岁,丙寅冬十月四日,祭奠天日打此石"等字样。

而这些前人留下的遗迹,不仅记录了龙川当地的社会变迁,同时也丰富了当地的文化内涵。

"七井"指的是直陇碓的"老井",赵氏第七房祠堂后的"浊井",下村宫底的"苦井",梅岙村的"清泉井",四面峰山脚的"温泉井",龙溪边的"垟溪井",龙溪板潭背的"豹泉井"。千百年来,这些古井养育了龙川世世代代的儿女,后随着时代的变迁,这些古井多已消失,有的被填,有的湮没于路基之下。

位于季宅村温泉堂后的温泉井是龙川保存下来的一口古井。原井呈长方形,由花岗岩长条石围砌而成。后因季宅村村民要引温泉井井水作为家用自来水,村民对井进行了改造,井口用水泥钢筋堆高,现井口呈六边形,颇有古意。温泉井水清味冽,四季雾气氤氲,经过古井时,常可看到一缕缕青烟般的水汽,袅娜多姿地从温泉井口升腾、弥漫,氤氲出宁静而温馨的画面。此井井水冬暖夏凉,水质甘甜,当年曾满足一个村子千余村民饮用。前人曾有诗曰:

一泓碧涨暖融融,井冽寒泉漫许同。

春气暗通千峰下,阳和深贮一潭中。

华清池上思恩泽,沂水城南共浴风。

莫道荒村无异境,澄波常带日光烘。

三官亭位于龙川季马村季宅路。建于民国十二年(1923),坐南朝北,系三层六角亭阁式木构建筑。三官亭平面呈正六边形,亭设六檐柱和六金柱,东西两侧檐柱之间用坐凳连接。屋面六坡相交成六条脊,顶部的攒尖处安装葫芦顶。各层柱向外出单挑,置瓜篮垂柱,两侧施花牙子,各层屋檐飞翘,上砌漏空花墙,并灰塑仙人像,脊头呈尖叶状。屋面阴阳合铺小青瓦,檐口施封口木,雀替、牛腿、斗拱等雕刻精美。

亭子与附近的榕树、桥相映成趣,是村民纳凉、交流的好去处,也是季马村别具一格的亭阁楼榭景观。平时,常可看到老人们闲坐在亭内聊天,看到有外乡人前来参观建筑,常热情地介绍建筑的由来。

龙川曾是丽水、瑞安、泰顺等市县交界处的商品货物集散中心地,境内有龙川、中堡两条主要古街。创建于明清时期的龙川老街,历史悠久,内涵丰富。街道横跨龙川上、中、下三村,街道两侧大多为江南传统商居两用木构楼房,一般下层前为商铺,后为灶间,上层做起居室。楼下商铺店堂板可上可卸;楼上临街木格窗棂可开可闭,一些讲究的商家还在店堂门面的柱头、雀替上雕刻花草鸟兽。老街中富商达官的古民居也不在少数,单从村民们随口叫的"旗杆邸""石门台""文元屋""三官邸",便可知道这些老屋身家不凡。

旧时龙川街主要有打银楼、灯笼店、弹棉店、南北货店、"益寿堂"老字号药店及清隆面馆、悦来酒店等。当时瑞安、泰顺、丽水与文成交界的一些乡镇商家都到龙川街进货,大峃、南田、黄坦的乡民生活用品也都到龙川街购买。

如今这条曾兴盛于明清的繁华老街,已变得冷清。原本长450余米,宽两三米的古朴街道为石铺路面,几年前路面表层铺上了水泥,由此街道失去了古韵。掺杂的新建筑,也让老街变得支离破碎,而那些建于明清的古建筑则像一位智者从过气的时尚中适时而退,显得十分凝重。走在老街上,只能从老人的嘴里听听老街的过去。

抗日战争期间,龙川也成为国民政府浙江省内各机构、学校的避难所。浙东第三临时中学及浙江省英士大学的财政、会计两专修科、省财政厅所办的教职员工子弟学校迁往龙川时,也给龙川村增加了历史色彩。

抗战中后期,国民政府的一些公务机关、军警迁到龙川,公务人员带家属到此避乱,因当年龙川小学不讲普通话,为使这些避乱的少年儿童能继续上学,浙江省教育厅在龙川开办了一所教职员工子弟小学。后来随着省政府的南撤,杭州英士大学各院、科也向南疏散。当年会计专修科随财政厅迁往龙川,财政专修科迁中堡,后又转到龙川三个相连的同春祠堂、娘娘宫和新祠堂。彼时龙川有大学、中学、小学。早、中、晚在街上、溪边、田间处处可见学生,生活尽管艰苦,学生学习十分勤奋,清晨在溪边、山上朗读古文、唐诗,夜晚家家户户有人在烛光下看书写字。

1942年,浙江省教育厅又在龙川设省立浙东第三临时中学,并于当年9月开课,共设初高中11个班,学生451人。次年起,优先招收敌占区后撤的学生,并以成绩高低招收本地公费和自费学生。这不仅使战乱而疏散的学生安全上学,也为本地青少年提供就近入学的机会。

直至抗战结束,各机构、学校才由龙川迁走。

红枫古道为文成的一大特色。五十二岭古道,又称龙川古道,为我县最具特色的红枫古道之一。古道位于龙川村头村至过山村56省道边。明清古道,南北走向,全程约3.5千米。古时上通百丈漈、南田,下达黄坦、大峃,路面早期用不规整毛石,晚期用条石铺就。

沿古道而上,两侧遍布枫香、松、楠、樟、榕等多种树木,途中还有五十二岭北、中、南三座单孔石梁桥。站在高处,回望龙川,一片片山林,一畦畦良田,一处处房屋,穿村而过的溪流,不禁使人想起清嘉庆时永嘉诗人叶蓁的《龙川晓望》诗："连林出近林,一水明半渡。漠漠白云深,人家何处住?"虽然古今景色存有差异,但远眺龙川,仍存诗意。

浙东第三临时中学师生宿舍旧址

　　龙川素有"钟灵毓秀、人才辈出"之誉。更是古有太守、进士,近有革命先烈、著名报人等。

　　太守赵若贞,为龙川赵姓开基三世祖。元成宗(1295—1307),初任浙江黄岩知县,再迁同知,擢升台州太守。平生敬慕先贤,为官清正,颇有政声。致仕后,性好山水,返里建龟鹤亭、望月亭、琴鹤堂,并撰题妙联于琴鹤堂:"千亩苍烟秋放鹤,一帘凉月夜横琴。"现如今琴鹤堂还在,建筑为后人翻建。

　　赵廷仪(1863—1894),字卫宸,又名仲藩,号鸿翔。晚清武举人。自少颖悟,喜练武技,臂力过人。清光绪十二年(1886),补为县学武生,戊子岁(1888)中乡试武举人。迨甲午岁(1894)应试兵部,值清廷腐败,中日甲午战争爆发,闻大清海陆军为朝鲜事受创于日军,义愤填膺,即纠集"义勇团"以赴前线。奈何未果,愤郁归里,疾笃不起,越三月而殁,年仅31岁。杭州马叙伦为之立传。

　　龙川古时名人,今人知道的不多,提起近现代,人们便会想起赵刚、赵超构。

　　赵刚,字友仁,1915 年毕业于浙江铁路学校,1925 年加入中国共产党,以"铁路局行李员"的身份为掩护,从事地下工作。1927 年任中共杭县县委书记,同年 11 月当选中共杭州市委委员。1928 年曾回故乡,在龙川、中堡、金山等地召开会议,宣传革命道理。1929 年因策动省会巡察大队第七中队兵变事泄被捕,1930 年 8 月与 19 位革命同志一起英勇就义。1956 年赵刚被追认为烈士。赵刚故居未被保留下来。但故居门前还留有两对旗杆夹,上写着:"清咸丰九年,贡生赵玉卿立。"赵玉卿即赵刚祖父。从此旗杆夹也可看到一个家族的过去。

　　赵超构(1910—1992),笔名林放,为著名报人。1934 年任南京《朝报》编辑。1938 年任重庆《新民报》主笔。1944 年参加中外记者团访问延安,发表系列通讯《延安一月》。1946 年任上海《新民晚报》总主笔,并为《人世间》杂志撰写专栏杂文。曾任中华全国新闻工作者协会副主席、上海市政协副主席等职。

　　自古龙川文化便底蕴深厚,并不是一两篇文章所能言尽的。用孙衣言的"文澜不竭"来形容龙川,再合适不过了。

桂竹
无端邂逅山深处

　　"无端邂逅山深处。红影撩诗，借帕题诗，总是当初一念痴。焦桐久挂余音寂。不是相思，更胜相思，心为侬空知不知？"这是一位当代作家看到红豆杉，觉其美艳无比，有感而发所写的一首词。红豆是相思之豆，红豆杉的果实也宛如南国的相思豆，总让人往美好的地方想。我去桂竹，多半也是为了去看那株古老的红豆杉。

　　桂竹村位于文成县城西北，与景宁交界之处。明、清时属青田县柔远乡八内都，清宣统元年（1909）属敖里乡。民国十九年（1930）属青田县西坑乡。1948年划归文成县，现属铜铃山镇管辖。桂竹村原名桂川，因该地景色优美，川边多竹，遂名桂竹。

　　去桂竹，可谓路途遥远。从文成县城出发，过西坑，经林场，山路一转，奔景宁方向而去。行近两个小时，在快到达景宁地界时，便到了桂竹。桂竹村位于下垟社区内深山间的一个盆地中，村内环境优美，山环水绕。进村后，让人颇感惬意的是，村中有一条清澈见底、潺潺而流的小溪。溪叫桂竹溪，发源于半坑后山，自南向北经半坑、外山、桂竹、后塘汇都铺溪流后，直奔景宁。溪上分跨着石板桥与拱桥，岸边是古朴的民居，及近千年的古树。一个有山有水的地方总让人感觉特别有灵气，走在村中，感觉空气里都弥漫着甜蜜的香气。

　　桂竹村人口不多，村民以李姓为主。桂竹始祖当年搬迁至此，也是因为此地山明水秀，风光旖旎。李姓族谱记载："始迁祖

桂竹溪

五五长史，讳康，字子鸿，乃瑞邑澳头居趾后托足芝田（青田）八都舅氏之乡。公性好静，一日畋猎游于是，处柔远乡，迤逦桂川是地也，泉甘而土沃，田肥而地广，长史遂肇基于此而家焉。"

李康迁居桂川，并在此生下二子。长子十一评事，讳赐，居桂川，次子十二评事讳锡，分徙判坑。判坑即现在的半坑，原名是以坑分水之意，因位于下垟至桂竹小坑半道，后改称半坑。此地也同桂竹相似，岗峰竦峙，涧谷澄泉。

李姓村民自始祖迁至桂竹，已传三十七代。几百年来，李氏族人便在此地繁衍生息。

现桂竹村仍保留着传统而又古朴的建筑，建筑年限虽不是很长，但多以石为墙木为顶的结构建成，十分古朴。因民居错落在半山腰上，地势偏于狭窄，所以整个村落的结构非常紧凑，浑厚质朴的石墙，曲折蜿蜒的小巷，构成了江南独有的色彩，也给小村平添了一份难得的神秘与恬静。走在块石垒砌的小巷中，既有着历史的庄严，又有种恍若隔世之感。桂竹因与景宁毗邻，老人会讲几种方言，文成话、景宁话等。村民们也很勤奋与纯朴，家家户户都打扫得一尘不染。

桂竹石头古民居

民居小景

　　古树是一个村庄的记忆,也是一个村庄历史的象征。它的
存在,不仅见证了一个村庄及一个地区的变化,而且寄托了当
地人深厚的感情。桂竹村村头溪畔便有一棵红豆杉,这是一棵
当地人情系家乡的古树,也是文成古树名木中年龄最大的一棵
红豆杉。

　　桂竹的红豆杉已有近千年历史,树木高大挺拔,气宇轩昂,
树身须有几个成年人才合抱得过来。走近观看,更是让人惊讶,
大树根基深厚,树根虬枝峥嵘;树身枝繁叶茂,呈伞状舒展,粗壮
的枝干像巨人之手,向四面延伸;树身主干上则缠绕着众多其他
植物的古藤,因是初春,古藤还没有冒出新叶。而处于底部的枝

干因常年见不到阳光，上面布满了苔藓，偶有阳光透过树叶的缝隙照进来，青苔显得斑驳陆离，十分耀眼。

红豆杉的树下有座小庙，唤作地主庙，逢年过节，村民们都来烧香敬拜，而庙旁的这棵红豆杉，便被村民们称为"佛树"。因红豆杉所处的地理位置环境优美，树下也成为村民农闲时休闲娱乐的好去处，时常能看到大人们在树下聊天，小孩儿在树下追逐打闹的场景。作为村子的一棵古树，千百年来，红豆杉不仅见证了桂竹的历史，也给当地村民留下许多美好的回忆。远在外乡的游子，无论走到哪儿，每每想家，总会想起这棵令他们魂牵梦萦的古树，那是他们童年及家乡的记忆。而红豆杉，也用近千年的年轮记录了一个村子的历史变迁。

桂竹村除溪边的这棵红豆杉外，还有众多的古树古迹，在村口另一棵红豆杉下，有一个古葬遗址罐葬群。该岩洞总长度约50米，由三洞组成，最大高约3.5米，进深约5米。里面摆着大大小小装有骨殖的陶罐，当地人将此称为"金瓶"。

罐葬是文成除悬棺葬、岩葬外又一奇特丧葬习俗。罐葬同悬棺葬、岩棺葬、崖葬、岩洞葬等有许多相似之处，都是在人去世后，将尸骨存于棺材之中，置于岩石之下。不同的是，罐葬是入殓棺中，停放野外荒郊，用稻草遮阳挡雨。经过三年，尸骸腐败殆尽。丧属择日（一般是冬至前后）请化枋师傅（专事开棺挟骨者）开棺，将尸骨从脚至头依次挟到特制的陶罐中。头骨放在罐顶部，盖严盖子，用砺灰浆粘固，再安厝于岩洞中。每年清明时，后人均到此依习俗祭拜先人。

我对这种丧葬习俗感到好奇。想要参观罐葬群，须得爬到高处,越过围墙才能看到。围墙内的岩洞并不大,岩石下依序摆放着十余个大大小小的陶罐。有的罐葬完整,有的罐口已开启,罐体倒在一边。

村民说,桂竹罐葬群已有 200 余年历史,最多时有 300 余罐。旧时罐葬多是因为贫困,是穷人无奈之举。近年来,随着生活水平的提高,村民纷纷认祖,将先人骨殖重新入土安葬,现岩石下陶罐所剩不多,剩下的也多是无主罐葬。罐葬群因处于村口路边,原来举头可见,孩子们经过此地时常觉恐惧,后村内经过商量,在罐葬岩洞外围砌了一堵墙。

桂竹村过去曾经是中共青景丽县委梅歧区所在地。当年浙江特委曾在村里住过,村子四周几个山洞也曾住过红军,当地村民曾送粮食到红军驻地。

桂竹村与景宁交界处有一山,唤作石柱山,海拔 900 多米,山上有一洞,叫石柱洞。村民说,此洞也叫红军洞,里面曾住过红军。当年地下革命者与红军战士都曾在里面住过,桂竹村村民中有人担任通讯员,常到山洞内送情报。粮食也由村民提供。先前有人进去,还能看到烧饭的遗址。

关于此洞,村里还有一个口口相传的借粮传说。据说此洞原为银洞,后来废弃。旧时穷人没饭吃,写个借条,便可从洞中借到稻谷,有时还能借耕牛,但稻谷和耕牛要及时归还,下次才能再借。村中有个太婆借了稻谷后,因没有按时归还,不久,人便莫名地失踪了,五个儿子找了一天一夜,最后才在山洞内找到。找到时,太婆身上满是泥污,精神也不大好。经问,才知是因借粮未还,遭到洞主惩罚。家人急忙将稻谷还回银洞,很快太婆就好了。这个传说故事虽然有些邪乎,但还是包含着一定的内涵。目的就是教育后人,做人要讲信用,不然会遭到惩罚。

桂竹村虽然四季风光无限,但因隐于深山之中,很少有人知道。近年来,随着美丽乡村的建设,桂竹村也引起人们关注。虽然不时有人前往参观游玩,但桂竹村始终保持着那份特有的悠然与古朴,村民也保持着山里人那份质朴与憨厚。

都铺
林荫深处的红色革命根据地

　　未去都铺之前,仅听说过它,说它山高路远,是红色革命根据地。不知为什么,一提到红,我的脑海里立刻就跳出土耳其作家帕穆克的那部小说《我的名字叫红》。在写另一个地方的时

都铺村

都铺花鼓戏（叶兴忠摄影）

门

候，我曾提到这本小说。都铺与这部小说最密切关联的地方，也是因为它的名字叫红。

都铺村位于文成县城西北下垟北山下，明、清时属青田县柔远乡八内都，清宣统元年（1909）属敖里乡。民国十九年（1930）属青田县西坑乡。1948年划归文成县，现属铜铃山镇管辖。

去都铺的路途有些远，从文成县城出发，车子在蜿蜒的山路上盘旋了一个多小时后才到达。进入村子，望一眼村口的建筑与红色招牌，便感觉出村子的特色来。建筑多为两层石木结构房屋，外形端庄稳固，风格粗犷古朴。走不多远，便看到一排绘有红十三军在文成的行动示意图、战争时期青景丽县党组织分布示意图及村内文化、风光、革命宣传画报墙，颇有特色。

村民说，都铺原叫"多铺"。明嘉靖四十三年（1564）叶氏在此创业，因田地分散，搭了许多田头铺，俗称多铺，移用作村名,后音变改称都铺。都铺建村已有 500 多年历史,叶氏 500 年前从郑坑乡迁徙都铺外寮定居,约 150 年前李氏从张山村迁徙到都铺底寮。民国时期,叶氏从西里搬来都铺,以种靛青为业。

都铺村坐落在文成最西端,与景宁交界。旧时,都铺村属青田县管辖,命名为八都六源,共有 8 个自然村。境内风景优美,山清水秀,周边分布着马头山、高尖、雉鸡岗、蜂桶岩 4 座山。更有溪坑美景铜钟帝、观音锤、张影潭、下景、苍斜滩、酒席潭等。还有胡山十二洞将军岩。优美的风光让地处深山的村子有着世外桃源之称。

都铺四面环山,房屋错落在梯田之间,村前山涧下有一溪,唤作都铺溪。溪水发源于龙井,自南向北经楒树根、石展、胡山、都铺至后塘汇流桂竹溪。溪水蜿蜒向北,流入炉西峡景区。境内山清水秀,四季分明,一派山村田野风光。

都铺是革命老区,因地理位置适合革命工作,红十三军军长胡公冕曾在这里工作,挺进师刘英四次驻扎都铺胡山芭蕉凹等地,龙跃、郑嘉顺在都铺发展革命队伍。都铺溪坑是当时革命同志的生活粮仓,溪坑中的鱼和石蛙是革命同志的生活粮食。当年,村民李达其曾把木头放到溪中,将其漂流到青田卖掉作为部队军饷。

站在都铺村可看到对面的自然村胡山。胡山地处深山,森林繁茂。全村分上龙、底龙、外龙三个地方,过去是三座草寮,形成三足鼎立之势,此外四无人烟,人迹罕至。当年,刘英、粟裕、龙跃等革命者都在此村住过。

村民说,这儿之所以有这么多"大人物"住过,是因为都铺虽地处偏僻,却视野开阔,山上有人员来往,在对面胡山均可看得一清二楚,是个易守易退的地方。从 20 世纪 30 年代初开始,这里就成了革命根据地,是浙南地区最早的红色区域。1930 年10 月胡公冕军长带领的红十三军军部机关便在都铺周边范围活动了五年,发展都铺的李达其和徐德崇为红军战士;1934 年至 1936 年刘英挺进师常在村里深山芭蕉凹休整部队做革命工作,龙跃、吴高谈、郑嘉顺等在村里工作长达十多年,都铺村对浙南地区革命起到重要作用,成为浙南区委重要活动红色区域。当年在此开展活动时,革命者常扮成村民,在田间劳作,看到有可疑人员进入都铺地界,就赶紧撤退。虽然此地偏僻,但国民党得知这里有红军与革命者活动,也常来这里扫荡,把草舍烧光、财物抢光,村民被折腾得苦不堪言。

都铺的老房子大部分都是红军和从事地下革命工作的同志住过的地方。1934 年冬,刘英率挺进师部队 100 余人进驻都铺时,刘英和张金发曾在红军战士李达其家住了 5 天。有时为躲避追捕,李达其在最偏僻的深山芭蕉坞搭下草棚,供刘英暂时居住,每天为其送饭送菜。1935 年,刘英部队曾四次和国民党部队发生冲突。由于形势紧张,1936 年刘英暂时离开都铺。

接着在此工作的有龙跃、郑嘉顺等。为保护地下工作人员的安全,夜间,村民往往要为他们安排几个地方休息。有时上半夜在上隆睡,下半夜在外寮睡,第二天又在山里睡,就这样坚持着地下工作。即使如此安排,有时国共两队人马也会狭路相逢。

1949 年,都铺外寮外田头叶氏民宅里就曾出现这样的事情。当时郑嘉顺在一楼东首第二间房子睡觉,子夜两时许,突然听见楼上有轻微的脚步声,从脚步声判断人员不多。郑嘉顺示意身边的战士做好战斗准备,然后向楼上喊话:"哪部分的?"听见喊话,楼上的人转身就跑,郑嘉顺马上向楼上开枪,战士们冲出房子围堵,因夜黑敌人逃之夭夭。事后了解是国民党刘志昌部队的暗探人员。至今该民宅的二楼西厢墙壁和屋顶还留有弹孔。村民们都称此弹孔为"西厢弹孔"。

红军挺进师在都铺开展工作时,当地曾涌现了一批革命者,其中较为突出的有李达其。李达其是都铺胡山自然村人。1935年,红军挺进师来下垟一带开辟游击根据地,李达其主动将红军迎接到都铺,还将家中的一头猪杀掉慰劳红军。不久加入党组织,奔波于青田(今文成)和景宁交界的渤海、梅歧、桂远、下垟等数十个山村,秘密发展党组织,被任命为中共梅歧区委委员,成为游击队根据地重要负责人之一。红军伤病员,亦多由其安排隐蔽治疗,当时伤病员营养滋补品奇缺,晚上他常带着火把独自冒险去丛林山坑捕捉石蛙。

1936年,红军干部张金发在石角负伤,李达其不辞艰辛把他抬到40多里外较安全的东家寮岩洞治疗,直至伤愈。1940年,青景丽县委隐蔽胡山活动,粮食接济不上,李达其将自家稻谷、薯丝尽数献出,还变卖两间房屋、三亩田地换回粮食,解决地下工作人员生活问题。随后,中共浙江省委机关在温州遭特务破坏,浙南特委移驻梅歧区委胡山、桂远、石展等地坚持领导浙南革命斗争,历时整整两年。李达其完成特委机关干部生活供给和隐蔽地点转移任务,并负责他们的安全保卫工作。1944年,原青景丽县委书记赵传彬、梅歧区委书记林希望叛变。大清乡期间,特委机关撤退,只留下了李达其和吴高谈、龙跃、郑嘉顺等。1946年因生活极度困难,三餐难度,李达其便砍伐木头放到都铺的溪坑顺流而下,运到青田卖,换了钱回来做经费。后来,这条溪就成了红军坑。为此,国民党地方当局发出捉拿李达其的通缉令,三番五次派兵到胡山追捕不成,便洗劫其家,烧毁其房屋。李达其只得带着妻子儿女隐蔽到深山搭草棚、住山洞,辗转达50多处。其间,李达其11岁大儿子因病夭折,小儿子送人,8岁的女儿也送人。1947年春,李达其放树木到达青田码头时被捕,先关在温州,后被转到文成绥靖办事处监狱。面对种种酷刑,他坚贞不屈,始终未吐一言。1947年12月12日,李达其被杀害于大岱林店尾原枫树坦,后被追为革命烈士。

除李达其外,都铺还有许多人为革命做出巨大贡献。有一家三口被杀害的通讯员李振升;有在西坑时被捕遭到杀害的李必学;还有遭受点天香、老虎凳、灌辣椒水、穿刺等各种酷刑,被折磨得死去活来,却始终问不出口供的共产党员叶传生等。

都铺村原有一古寺,建于清时。有山门、金刚殿,三宝殿三进两厢,佛像精美,为山中唯一大寺,有僧人住持。当年,国民党曾霸占寺院，把革命者抓到寺院进行严刑拷打。寺院在"文革"时被毁。

除革命老区外，都铺还是戏曲之村。当年村里有戏班子，主要戏曲为花鼓戏。该戏为中国汉族地方戏曲剧种。都铺的花鼓戏为"浙江花鼓戏"。花鼓戏原在河南、安徽等地流传，后经过发展繁衍，传到浙江，再经浙江各地艺人表演，演变成独具特色的浙江花鼓戏。

李辉森是都铺花鼓戏艺人。他介绍，都铺花鼓戏最早由景宁传入，一个戏班仅十余人，唱的多是折子戏。因为是挨家挨户唱小戏，当地人称此戏为讨饭戏。每户人家也就唱半个小时，表演后收取适当费用。唱此戏的人都是受生活所迫，才选择此路的。每逢农历新年，戏班子便有频繁的演出活动，从正月初一开始一直要演到正月三十，有时还更长。戏班子不仅在当地演出，还到景宁、泰顺、龙泉等地演出。20世纪七八十年代，入户唱戏，也就几元十几元钱，最多也就二十元。钱分到个人手里，就很有限了。倘若遇到谁家结婚、生子、过寿的喜事，戏班子也会前往去唱，唱完，送副祝福对联，这样收到的费用会比一般演出的要多。

"花鼓戏在文成并不是很盛行。主要流行在景宁、丽水一带。当地有唱花鼓戏的风俗，有时艺人们过去，热情的村子会将花鼓戏艺人接到村里去，吃住都会安排好，然后便可以一家家唱下去，唱完一个村子再换下一村。"李辉森老人说。

"文革"时期花鼓戏也遭到禁演，20世纪80年代后又恢复，并且一度繁荣。后随着电子产品的出现，花鼓戏再次遭到冷落。现在除逢年过节，艺人们应景演出外，已很少有人愿意表演下去了。

都铺，这个藏在深山里的革命老区，如今，随着美丽乡村建设，成为集生态文化与旅游文化于一体的红色文化村，逐渐引起大家的关注。

南坑垟

微醺的村庄酝酿着不一样的乡愁

　　春日的午后,走在乡村的路上,微风拂来,空气里弥漫着一种春日香甜的气味。这种香气像一壶陈年老酒,吹得人微醺。尤其在进入一个颇具特色的村子之时,那种香甜的气息更浓,像一抹烟,从身体里袅袅而生。那个村子便是有着"科学家之乡"之称的南坑垟村。

　　南坑垟位于西坑畲族镇西南部,由南坑底、派岩、南坑下、上岗头、严驮岙、前垟、麦垄 7 个自然村组成。南坑垟旧属青田,居八都八源,1948 年 7 月划归文成县管辖,属敖里乡。后几经撤并,现属西坑畲族镇敖里社区。村子位于群山怀抱间,中有一片较为开阔、肥沃的田垟,因有一条唤作南坑的溪流穿村而过,故名南坑垟村。南坑垟是一个民族风情浓郁、文化源远流长的地方。

　　南坑垟是一个山水田园风格的村庄,尤其在春天里走进它,那种感觉更甚。在村口先是看到一块白墙灰瓦的装饰墙,上写着"南坑垟科学家之乡"等字。白墙前春意盎然,绿的树,红的叶,将村庄衬托得一片生机。路边的水田里,鸭子在梳理羽毛,白鹭在腾飞,一转身,一只松鼠从身后奔驰而过。这样的生机,以及春日的阳光、青草的气息,让人未进村子便体验到它的诗意。

　　南坑垟之所以称为"科学家之乡",是因为村里出过 3 位非常有名的科学家。他们分别是周桢、周长信、周午纵。

　　在村口看到的第一所古建筑便是周午纵祖居。周午纵是世界著名的材料学家,获得英国剑桥大学博士学位,并留校工作,后任圣安德罗斯大学教授,主要研究固态材料中的微结构问题。他在固溶体精细结构表征,金属氧化物的表面电子显微象分析和中孔分子筛的合成机理、设计与结构等方面的研究,处于世界领先地位。

周午纵祖居的房屋为泥石混合结构,房屋为两层,墙体下为石块垒砌,上为泥墙,房屋掩映在一片竹林后,因无人居住,墙体摇摇欲坠,沧桑而破败。

离周午纵祖居不远处,便是林业科学家周桢的故居。

周桢是中国近代林业科学先驱、森林经理学主要奠基人之一。周桢,原名周长翰,字邦垣,曾留学德国,为中国出国深造森林经理学第一人。先后任国立北平大学农学院森林系主任、江西中正大学农学院院长、福建农学院院长、台湾大学农学院院长等职。周桢是中国森林经理学的主要奠基人与开拓者之一,在中国台湾还被称为林业学界的三大元老之首。

周桢故居位于村中水泥路边,原房屋因造路已拆除,现仅剩下一座门台。门台乌瓦灰墙,简朴含蓄,门额上方刻着“江山聚秀”四字,门台下方还留有猫狗洞一个。两侧则留着字体隽永,对仗工整的对联。如今仅能通过门台,怀念深宅大院的繁华。此宅也是周长信的故居。

周长信是周桢的八弟,为我国著名的水稻栽培学家和农业教育家。曾任江西农业大学教授、中国作物学会理事、江西省作物学会顾问,中国民盟成员。周长信所培养成才的学生中有著名水稻专家戚昌瀚、中国工程院院士颜龙安、中国作物学会作物栽培研究会副主任石庆华、江西农业大学校长刘宜柏等,为我国农业教育和科研事业做出了巨大的贡献。

南坑垟不仅是科学家之乡,还是革命之地。这里有向往光明、向往真理的革命烈士傅茂松。当年,他不怕敌人的严刑拷打,一直守口如瓶。为保守党的秘密,纵身跳下激流深潭,最终壮烈牺牲,为革命献出了年轻的生命。红色地下交通员王益琪 19 岁

周午纵祖居

开始冒死为共产党送信,前后送信百余次,虽然都是在敌占区,但从来没有发生过失误,为党的革命事业做出了贡献。村中还有一间为掩护地下工作者的革命泥间洞。

　　进泥间洞得从派岩村一间民居进去。民居为两层,石木结构,由于无人居住,房屋显得十分破败,院内荒草丛生。人要趟过

荒草，才能到洞前。泥间洞便隐藏在民居后面的路基下面。现此洞已成为当地一绝，不仅是缅怀英烈的神圣之地，还是外来人员到此村探险游览的佳选之处。洞是清末时，由傅氏祖先花费十年时间开凿的。洞内共有4间，一间套着一间，像密室一样。进入洞穴，首先看到的是一间六七平方米的洞穴，洞穴表面平整光洁。进去左转，便到了第二间洞穴，面积与第一间差不多。直行，便到了第三间洞穴，洞呈正方形，有八九平方米，洞壁上凿有窗样式的平台，用来置放油灯、烛台之类。此平台下面，有一个半椭圆形的洞穴，人可以猫腰从洞中爬进去，进去以后，里面是一个更大的洞穴，洞约有10平方米。看过的人都说，泥间洞设计独特，颇具匠心。

泥间洞是革命先烈们当年在南坑垟的秘密据点。战争时期，地下党就驻扎在洞中。因洞口比较隐蔽，外人很难发现。当年，敌人屡次搜查，均未发现此洞。此洞曾隐藏了不少革命者，形

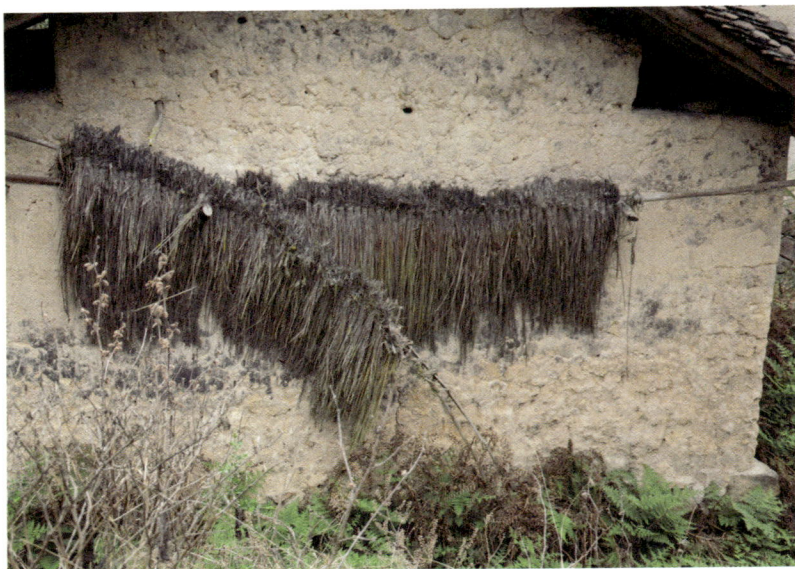

蓑衣草

势紧张时大家还会帮革命者掩护、送信。村民还常常为他们送粮送饭,做衣做鞋。

　　南坑垟下辖的前垟村还是一个畲乡风情浓郁的村子。前垟村原是一片小森林,蓝姓在此定居后,在屋前开垦了一片小田垟,故名前垟。现前垟村是一个畲族民族自然村,村民主要姓氏为雷、蓝两姓。

　　自明代万历年以来,前垟畲民世世代代固守着自己独特的语言、文化、风俗习惯,有着浓厚的畲族民俗风情和文化内涵。该村民俗风情极为淳厚,畲民善歌,以歌代言,以歌为乐;畲族服饰、工艺品、饮食、居住、婚嫁风俗、宗教图腾等均有鲜明的民族特色。

　　南坑垟下辖的另一个自然村叫严驮岙,村内颇具特色的是泥墙屋众多。

　　走在村中,绕泥墙,穿小巷,看着山上的杜鹃花,村中的老人,房屋上的烟火,墙上的蓑衣草,伸出墙外的梨花,跌落的花

瓣,屋檐下的磨盘,墙角的车前草、苔藓,以及移动的阳光。不禁让人想起一首《泥墙在反复斟酌阳光》的小诗。其中几句颇合心意:

> 野太阳,红山药,杜鹃花,
> 在怀旧的西风里,一个趔趄。
> 跌落一脸暮色,
> 泥墙一直站着,不弯腰不垂首。
> 黄昏也变成一只耐性的蜗牛,
> 沿顺一道深刻,从苔藓浓郁深处往上爬。

从诗中似乎能感受到浓浓的乡愁。我在村中的泥墙屋间来回穿梭了几次之后,感觉泥巴筑的房墙,在历经沧桑后,似乎在向世人讲述着往事。瞬间一种化不开的乡愁情结在心里慢慢涌动。

同去的光仲也说,泥墙屋对他们这代人来说具有里程碑意义。无论此处的泥墙屋,还是他处的泥土屋,都给村人带来很多难以忘怀的乐趣。在它的屋檐下,孩子们玩过跳绳,踢过皮球,打过弹子游戏。在泥墙上也画过画、写过字。虽然泥墙屋与他们一同承载过许多苦难,记忆里不尽是美好,但随着时代变迁,物换星移,它已成为历史的记忆,成为他们这一代人心中,永远抹不去的乡愁符号。

叶山
总有一些东西在大地上醒着

    不知从什么时候起,乡村的风、乡村的树、乡村的老屋及一些乡村的物件都成为一代人的乡愁。尤其是充满岁月气息、朴实无华的泥墙屋,更是勾起人们对乡愁的记忆。在各地见惯了钢筋混凝土结构的房屋,泥墙屋更显得弥足珍贵。那天走进叶山村,一进村便看到一排排、一座座敦实的泥墙屋,这些泥墙的房子,在错落有致、青红相间的瓦片下,像一位位风烛残年的老者立在那里,却依然顶天立地。阳光下,不时有燕子在路面与房檐下来回穿梭,即便走近它,这些春日的宠儿一点儿也不回避。春日里,这景象竟让人觉得愉悦。为了探索村子的故事,我开始一遍遍在泥墙屋间游荡。

    叶山村位于黄坦镇境内。明、清及民国初属泰顺县三都,民国二十七年(1938)建汇溪乡,叶山归汇溪乡管辖,属泰顺县第二区。1948年划归文成县管辖。叶山历属双溪乡、叶山乡、叶岭乡、双溪公社等,后几经撤并,现属黄坦镇管辖。

    叶山为一古村,村中有两大姓,一为叶姓,由公阳分出,迁入叶山已有近千年之久,村名始为叶山。彭姓居后,搬入叶山也有几百年。《彭氏宗谱》载,宋时彭姓人从瑞安彭家墺迁此定居,因山有“大林”,定名该地大叶山,后简称叶山。

    叶山因处于大山深处,交通不便,仍十分落后,村中众多的泥墙屋便是证明。这些由青瓦泥墙木窗门组成的房屋基本为两层结构,建筑年头短则几十年,长则上百年,均经历了几代人。上

村中水口湖

百年来,泥墙屋虽经受风雨的不断冲刷,仍安如磐石一般。一些斑驳的泥墙上还保留着时代烙印,上写着"农业学大寨""备战备荒为人民""千万不要忘记阶级斗争"等红色标语。破败的泥墙屋配上这些标语,倒有种说不出的历史沧桑感。

叶山虽是古村,但村子并不大,村中房屋相互交错,道路也弯弯曲曲。沿着村中的一条小路走不多远,会看到一个湖,湖虽不大,但湖水清澈,四季水流不断。此处便是叶山村的水口处。南方凡是水口的地方多植有大树,叶山也不例外,湖的一边是古朴的民宅,一边便是葱郁的大树,树下有一土地庙,四季香火不断。湖的左右两边则分布着叶、彭两姓宗祠。

村民介绍,叶山叶氏最早迁入。《叶氏族谱》记载,叶山叶氏于五代兵乱时从松阳迁徙瑞安郭公垟(公阳),其后代小一又从郭公垟迁居大叶山(叶山)。叶氏具体由哪一年迁入叶山,难以考稽。后人表示,从谱系计算,已有八九百年之久。

彭氏迁居于后。叶山彭氏始祖信五生于宋,原居瑞安彭家墺,科举时代曾登进士。当年瑞安海寇侵扰,其有心避世,便借游猎为名,由大溪而上入小溪至叶山界。对此,《彭氏族谱》有载:"信五公于瑞邑五十六都翔涉而登义翔碧峰路旁,逢一老人,以礼问之曰,此地有人居乎。老人对曰,此系大林猿啼,鸟噪豕鹿居游,俱无人烟。公喜而赴之,仰观俯寮,山环水绕,四面苍翠欲滴。公想此处田可耕,山可樵,逢兵不乱,逢荒不饥,即回彭家墺,偕家属移居,草创屋宇四五间,坐辰向戌,因号其地曰彭山,即今之秦邑帮都大叶山也。"彭氏族人什么时候迁入叶山,也仅记载为宋,具体时间无明确记载。后人表示,已有 700 余年历史,叶、彭两姓迁入应相差 200 年左右。

从彭氏族谱可以看出,旧时叶山便是一个山环水绕,风光无限的地方,并被村人称为石城桃源之地。对于叶山,古人也曾留下许多诗篇。有《咏叶山诗》《叶山风景咏》等诗赋。现摘录一二,便于读者了解叶山旧时风光。

咏叶山诗

双龙相会龙坳生,一水中分一字横。
底面邻居原是叶,外边宅第总归彭。
修竹几同云雾罩,良田永远子孙耕。
石龟首向宗祠顾,预卜钟灵秀气行。

叶山诸景咏

石城诸景耸云端,大叶山居两姓安。
水口程坳并里社,天湖石寨岗山看。

石城诸景咏

石柱天然笔架峰,不须大匠琢磨工。
擎天屹石招桂子,也向竿头步月宫。

咏石龟诗

奇哉龟石本天成,露伏水口现其形。

背负神祠频左顾,钟灵此地毓群英。

这些诗词,一写秀丽河山,一写奇景奇观。如今的叶山虽然并不大,但四周林木葱郁,群山环绕,依山而建的泥墙屋古朴典雅。村子晨炊暮烟,鸡犬相闻,一潭碧池与房屋更是相映成趣,景色可谓如诗如画,俨然一个安然恬静、质朴和谐的"桃花源"。难怪几百年来,两姓人家都能在此安居。

叶、彭两姓宗族观念也极强,几百年来,两姓宗祠仍保存完整。两宗祠仅一湖之隔。右侧为叶氏宗祠,左侧为彭氏宗祠,两宗祠掩映在一片葱郁的树木之间。远看,泥墙屋、树木、曲折的小路、澄清的湖水,景色互相映衬,像一幅优美的画。

这种优美从古流传至今。从《叶山祠堂记》中便能看到其旧影。《叶山祠堂记》中载:"叶山底外两坳中有一水分界底坳,灵龟把水口,有神坛立焉外坳,回龙绕水尾,故祠庙建焉是祠也,左右修竹映门楣,前后田园为屏障。占四园之坚固,欲比桃源;看上园之高耸,几望天台。对青山而歌豹,恋瞻绿水,而想龙飞钟祥,可卜荣荫,偏真今日彭氏之功名,富蔗非有明徵乎?其基坤向艮五直,四表重建于嘉庆己巳之秋,奉香灯于朔望,先灵有所凭依,设兰盆于中元……"。

叶山村不仅风景优美,还是一处红色革命老区。早年刘英等同志率领红军在叶山等地活动,并和敌人鏖战过。抗日战争时期,浙南特委也曾在这一带活动。村中曾出了一家"父子四英烈"。在叶山村口,便有一处英烈亭及英烈碑。

"父子四英烈"分别是彭必华、彭端木、彭端和、彭端廷四人。1930年和1935年,红十三军、红军挺进师分别到叶山村开展革命活动。其间,彭必华参加了革命,时任交通员,1942年3月,加入中国共产党。同时,长子彭端木、次子彭端和、三子彭端廷也分别于1938年2月、1943年10月、1942年7月加入中国共产党。

叶山民居之一

叶山民居之二

　　1942年7月，在开展反对国民党顽固派的斗争中，党组织确定由刘炳发负责，彭必华和叶宪紧配合，于7月16日将当地恶霸叶青干处决。同年8月，泰顺县国民党顽固派派兵包围叶山村，抓走彭端木、叶宪紧、叶学永三人，在泰顺县监狱严刑拷打逼供。不久，彭端木和叶宪紧被活活折磨致死。1942年，彭端和任民兵队长，带领民兵配合青景丽县大队进入文成。1950年5月，反革命武装"反共救国军"30余人突袭叶山村，将彭必华、彭端和、彭端廷父子三人捆绑至江山村郑坳，活埋于一泥窟。1985年，经浙江省人民政府批准，追认父子四人为革命烈士，人称"父子四英烈"。

　　叶山不仅人文底蕴深厚，景色也十分宜人，从古人诗词里便可看到叶山诸景风光。比如笔架峰，位于村子前方的山间，有天然石柱形似笔架，便被村人称为笔架峰。在未进入叶山村之前，远远便可看到此峰。人们对天然形成的石柱常常有种崇拜。关于此峰，村子里有着许多关于阴阳结合的传说。村人的传说总是带着几分神秘，今人听来，付之一笑即可。

　　古树是一个村庄的记忆,也是一个村庄历史的象征。凡是古老的村子,总有那么几株古树。古树的存在,不仅见证一个村庄及一个地区的变化,而且寄托了当地人深厚的感情。叶山村也不例外,村中也有几株名木古树,如红豆杉、苦槠、枫香等。其中红豆杉年龄最大,已有 500 余年的历史。这株红豆杉生长在村子后面山坡上的竹林间,此树与桂竹的红豆杉有的一比,也高大挺拔,气宇轩昂,树身需几个成年人才能合抱过来。树的边上有一溪,四季水声潺潺。沿溪可登高处,走个百来步,高处也有一株稍年轻一些的红豆杉,两树伫立高处,倒像是两个卫士,守护山村百姓一方平安。

　　当我沿着村中的小路一条一条走下去,看着村人房前屋后晾晒的笋片,细数乡间光阴,体验乡人返璞归真的生活时,陡然听到,这些令人忆起乡愁的泥墙屋将会遭到拆迁,不禁抬头望了望由那些泥墙屋上方升起的炊烟。在袅袅炊烟中,竟然渴望自己能够睡着,什么也听不见。

下河
文成打铁第一村与高温下的打铁匠

俗话说人生有三苦：打铁、撑船、磨豆腐。意思是说，打铁日夜在炼炉旁忍受炎热，活着如入地狱；撑船，船行风浪间，随时都有翻船丧命的危险；卖豆腐，三更睡五更起，做驴子的工作，得仅能糊口的小钱。三者中打铁居首不无道理，打铁需成天陪伴高温炼炉，忍受炎热，还要奋力抡锤，是常人难以坚持的沉重体力活。

位于平和乡的下河村是文成有名的打铁第一村。下河村村民祖辈以打铁为生，是文成传统的手工打铁村，距今已有百余年历史，20 世纪七八十年代，打铁在下河更是一份热门的职业。曾经飞溅的火花，是他们生命的光芒；落下的锤声，是他们人生的节拍。后来随着机械制造业的迅速发展，"叮叮当当"的打铁声渐渐在人们的生活中远去。但在下河，仍有这么一群人，像他们的先辈一样，守着炎热的火炉，敲打着各式各样的铁器，继承着祖辈们传下来的家庭打铁手艺。

在百余年的历史长河里，下河的打铁技术传承的是南北朝时期的"灌钢法"。灌钢法是綦毋怀文发明的。綦毋怀文是著名冶金家，宿铁刀的发明者。他总结了历代炼钢工匠的丰富经验，对新的炼钢方法做出了突破性完善，同时在制刀和热处理方面也有独特创造，为我国冶金技术的发展做出了划时代的贡献。

南北朝时期，綦毋怀文曾使用灌钢法冶炼钢刀。其炼钢方法是选用品质较高的铁矿石，冶炼出优质生铁，然后，把液态生铁浇注在熟铁上，经过几度熔炼，使铁渗碳成钢。由于是让生铁

炉中烧红

和熟铁"宿"在一起,所以炼出的钢被称为"宿铁"。后来,灌钢法又不断发展。宋代把生铁片嵌在盘绕的熟铁条中间,用泥巴把炼钢炉密封起来,进行烧炼,效果更好。明代灌钢法又有改进,把生铁片盖在捆紧的若干熟铁薄片上,使生铁液可以更均匀地渗入熟铁之中;不用泥封而用涂泥的草鞋遮盖炉口,使生铁可从空气中得到氧气而更易熔化,从而提高冶炼的效率。

下河村打铁传承的手艺就是这种炼钢方法。即在打铁的时候,将生铁片盖在熟铁薄片上,使生铁液可以更均匀地渗入熟铁之中,从而形成钢。下河打铁的独特之处是在传统方法的基础上采用单面"加生"技艺,使其生产的农具刃口极为锋利。由于其锻制的农具质量好,所以十分畅销,从而全村绝大多数的人均以打铁为业,形成了远近闻名的打铁村。许多人更是四五代打铁,产品销往温州、台州、金华、杭州,甚至福建一带。他们经营方式也各不相同,有的在自己家里开设打铁店,成为夫妻店、父子店、兄弟店;有的到外定点设摊,边加工边出售;有的自带工具走家串户为客户服务。

至今下河村仍流传着一首民谣:"打铁铁炉红一红,胜过做木二三工。祖祖辈辈靠打铁,富了下河一个村。"可见打铁业对村民的影响。中华人民共和国成立前,下河村的打铁就十分有名。当时大峃仅有两家打铁铺,而下河一个村就有十几家。20世纪60年代,全村近百户,仅有两户人家不打铁。80年代,下河的打铁业到了鼎盛时期,全村有130余户人家,家家都开有打铁铺。因此,下河村也成为文成远近驰名的打铁第一村。尽管随着时代的发展,铁匠铺的热闹渐渐退去,但如今村中仍有打铁铺十几家。

蔡永亮是村里所剩不多的一位打铁师傅。他介绍,打铁是下河村世代相传的手艺,从清朝开始已经有了成熟的加工技术,后来发展到全村家家户户都会打铁,并以打铁为生。他家打铁由爷爷辈开始,到他父亲,再到他们兄弟,一家三代打铁,从清朝一直打到现在。他从17岁那年开始真正接触打铁。当年,他还在读书,他父亲就叫他回来打铁,刚开始先是学手艺,由于从小耳濡目染,学了两年之后,他就能独自打制工具。从学艺到打铁,蔡永亮从事这项手工业也已有 30 多年。

"最早我们打铁没有固定场所,总是哪儿需要就到哪儿去打,主要打的也是一些锄头等农耕用具及刀具。那时候交通没有现在这么便利,出门全靠走,东西全靠挑,每到一处,我们就要挑着风箱、锤子、火钳、打铁炉、铁墩、铁剪等工具,这些工具都十分沉重,一挑就是几百斤,十分辛苦。"蔡永亮说,"后来乡村通了电,流动打铁少了,村民开始在村里建起了打铁作坊。20 世纪七八十年代,上河村村里到处布置了大大小小的作坊。因为下河打铁具有规模,所打的工具好用,便声名远播,订单源源不断地涌来。为了赶工期,当时村民们从早打到晚,每天'叮当叮当'打铁声不绝于耳。几代人就是这么靠双手与勤劳生存,创造财富。"

如蔡永亮所说,我们去下河村参观打铁作坊的时候,还未走近,远远就传来"叮当叮当"的打铁声,声音抑扬顿挫、铿锵有力。在时代发展与科技进步的今天,这声音仿佛一个领路人带你穿越时空,回到手工业盛行的年代,让人有着刹那的恍惚。

走近后,我们才看到,村中一片不大的空地上,密集分布着十来个大大小小的打铁棚,棚外堆积着松炭、钢材、半成品与成品的铁器。走进棚中,师傅们正在棚中忙碌着,他们不时将烧红的雏形铁块由炉中抽出放在铁墩上敲打,火红的铁块与四溅的火星将师傅们的脸映成火红色。由于棚中温度高,打铁的过程中,汗水顺着他们的脸颊不停地流下来。在他们不停地烧制、敲打、反复锻造中,铁器渐渐成形。

打铁不仅是一门力气活,也是一门技术活,从选材到烧制、锻造、淬火、修理都要有技术,不然打造一把工具也没那么容易。

在参观打铁作坊时,蔡永亮就向我们一个作坊一个作坊介绍打铁的流程。他说,一个成品铁器打制成至少需要五道工序。首先是选材,要选择适宜打制工具的低碳钢,低碳钢有韧性,易成形,经久耐磨。以前祖辈打铁选用的材料主要是纯铁块,现在

锻打

他们在选材时,首选材料是废弃的轮船与锅炉,这些钢材比纯铁块容易打造,厚度也非常适合农具,打制的过程会减少一些。选好材料后,将铁片按需切割下来,再将上等生铁敲成碎块,备好松炭就可以准备打铁了。

其次是"加生"。蔡永亮说,如今他们采用的"加生"方法仍是传统的灌钢法。先是使用松炭烧炉,将选好的料铁放入炉中烧红,再将其打成"L"形,根据需要将一定量的生铁均匀放在上面,然后回炉将生铁烧至液态,使生铁渗入料铁中,逐渐渗碳成钢,再取出锻打。这样,生铁就能更好地渗入料铁中,直至生铁和料铁完全结合为止。下河村的"加生"工艺独到之处是只在料铁的一面加生,使成品刃口的两面耐磨程度不一致,从而达到刃口始终保持锋利的效果。

接着要对灌好钢的铁块进行锻制。过程中,要将料铁放入炉火烧红,反复锻造,按需要锻打成形。"锻制的过程十分辛苦,过去全靠手工,要三四个一起打,打一天也打不了几个工具,后来村里有了电,村民引进技术,开始使用空气锤锻制,这样就节省了不少力气,效率也快了很多。"蔡永亮说。

下一个工序是淬火。淬火是将金属工件加热到一定温度并保持一段时间,随即浸入淬冷介质中快速冷却的金属热处理工艺。淬火可以提高金属工件的硬度和耐磨性。蔡永亮说,通过淬火与不同温度的回火配合,可以大幅度提高金属的强度、韧性,使工具经久耐用。随后他又说:"下河村打制铁器用的都是水淬,淬的时候师傅们全靠经验。过程是等铁器烧到一定的程度就下水淬火,太早下水铁器会不够硬,太迟下水会影响质量。因此淬火也是一个技术活,没有经验很难操作。"

最后一个工序是对成品细部进行修理,让铁器表面美观、整洁,富有光泽。由于使用的是传统方法锻制的钢材,下河村农具质地非常好,十分耐用。村民讲,他们一辈子也就用掉两三把锄头。由于其产品质地上乘,农具不仅深受当地百姓的喜爱,还销往温州、丽水、金华等地,深受好评。因技术传承久远,有其独特性传承规模和影响力。2014年,下河的灌钢法铁具制作技艺被列入第七批温州市非物质文化遗产名录。

如今,下河村的炉火已经延续了100多年,村人的打铁手艺也在千锤百炼中变得炉火纯青。但是打铁的确是一种艰苦、枯燥的生活。近千摄氏度的炼炉就在旁边,铁块出炉后必须趁热打,几轮下来,大汗淋漓。稍不留心,还会被火星烫伤。在铁匠的一年四季里,仿佛只有酷夏。由于长年手握铁锤使力,铁匠师傅们的手上都结满了厚厚的老茧。而那些常年被握在手中的铁锤手柄,也深深地印下了铁匠师傅们的十个手印,这些苦都不是常人能够忍受的。因此自改革开放以来,下河打铁传承也出现了青黄不接的现象,年轻人更愿意外出打工,而不愿意学这种又苦又累又脏的手艺。

近年来，时代的发展和技术的进步，更是让下河村的传统打铁手艺受到冲击，以往红火的小火炉失去了昔日风采。如何把祖辈流传下来的这门手艺传承下去，成为下河村打铁师傅们共同面对的一个难题。

蔡永亮说："目前下河村还在打铁的以中老年人为主，偶尔有年轻人尝试一下，不到一天就走了。尽管是上百年传承的手艺，但打铁吃的是青春饭，年龄一大体力不好就打不动了，我父亲已经不打铁了，再过些年，我也打不动了。"

60多岁的余贤取从16岁开始跟着父亲一起打铁，打铁在他们家也传承了三代。打铁的时候他的火炉上挂着两个水壶，他一边打铁，一边和我们说："打铁太苦了，不仅要起早摸黑，常年要在高温下作业，的确不是一般人受的苦，而且每天的汗水也不知道流了多少，我们就是边流边补。"他指着火炉上的壶说："温度高，水一会儿就开了。"接着，他将铁块放到火炉里又说，虽然打铁很苦，从十几岁开始打铁，打了几十年了，他对打铁也产生了深厚的感情，从心底里不愿放弃这个职业。他也想将手艺传承下去，可是现在没有人愿意学了，年轻人都受不了这个苦。

在下河村的铁匠中，20世纪70年代出生的蔡金彬算是最年轻的一位铁匠师傅了。他的打铁手艺也是从上一代传承下来的。由于打铁比较累，前几年，他也出去打了几年工。这两年由于父亲年龄大了，打铁时身体有些吃不消，加上孩子要读书，他又回来继续抢铁锤。他说，打铁是几代人传下来的手艺，如果丢了，觉得有些可惜，但他之后，就没有年轻人再愿意学习打铁了。

有人说，铁匠是个快要消失的行业。打铁的未来如何，下河村的铁匠师傅们说他们也不知道。尽管每个人对打铁工艺后继无人感到惋惜，他们表示自己也没有办法，也许他们会成为打铁这门传统手艺最后的守望者。

郭山
一人一台戏　一人一个团

　　布袋戏又称布袋木偶戏、手操傀儡戏、手袋傀儡戏、掌中戏、小笼、指花戏，主要在福建泉州、漳州，广东潮汕与台湾等地区流传，是起源于 17 世纪福建泉州、漳州的汉族地方戏剧，也是最常看到的汉族民间戏曲表演之一。文成平和乡郭山村就有这项传统戏种。

　　平和乡位于文成县城东南方向，文、瑞、平三县交界处。域境旧属瑞安县嘉屿乡五十一都。民国六年(1917)属瑞安县西区。1948 年 7 月划归文成县管辖，属革命老区乡。郭山是平和乡下辖的一个村子，村子地处高山，道路崎岖，车子在蜿蜒的山路行驶了近一个小时才到达。

　　走进村子，远远地就听到锣鼓声与艺人的鼓词声。原来是艺人们正在村中演戏，踏进村委会大门，便看到门内有一仅容一人的木雕建筑小戏台，戏台前端坐着一些村民，大家正全神贯注地看着台上的布袋戏。舞台上，那些戏剧人物虽小，在艺人的操纵与唱词的配合下，却也生动灵活、惟妙惟肖，看了让人不禁着迷。

　　布袋戏原是我国古代傀儡戏衍化的一种地方戏曲，明清时期由北方人带到南方。清朝时期，一群清兵驻防福建漳州，与当地人结识，退役后又娶本地女子为妻，后因生活艰难，便将从北方带来的布袋木偶戏发展了起来。他们原是在街头"变把戏"讨几个钱生活，但演唱时使用的是北方语言，当地人听不懂，于是他们便改用闽南语、闽南鼓词曲调演出。表演时又插科打诨，因而深受当地人欢迎。后来布袋戏表演规模扩大,剧目、舞台、布景、操作技术等也有所改进,渐渐地进入大户人家、大院、祠堂等地表演。此后,又增加了人们所喜欢的历史故事剧,如《薛丁山征东》《五虎平南》《乾隆下江南》等,演唱语言、曲调也固定了下来。

刘良放是平和布袋戏艺人,于2008年荣获县"第二届优秀农村乡土人才"称号,2009年荣获省"民间优秀人才"称号,2010年被温州市评为非物质文化遗产"平和布袋戏"代表性传承人。他说,当年村里就有人演布袋戏,他们看着非常羡慕,一是有个手艺,二是凭此可以养家。那时村民做一天工收入二到三元,而布袋戏就可以收入五到六元。为谋生起见,1974年,18岁的他便到平阳学了布袋戏。布袋戏看着简单,实际上非常复杂,没有几年的时间花下去,很难掌握其中技巧。

刘良放介绍,布袋戏是口、眼、心、手、足并用的一种民间特殊绝活。由于演布袋戏的场地与木偶小,收入与班子少,所以要求艺人吹、拉、弹、唱、说、打样样皆会。他说:"平和的布袋戏都是单档布袋戏,在舞台上,往往艺人一个人就是一台戏,一个人就是一个团。"

的确如此,布袋戏表演时,对艺人的要求很高:艺人要能说会道,还会唱,而且扮演剧中的生、旦、净、末、丑各行当,包括龙套、口技,如马嘶、鸟鸣、虎啸、犬吠、水流声等,还要会各种乐器;表演时,各角色的语气、情绪、节奏转换都要掌握好。同时还要会观察,不仅要观察舞台上各种布袋木偶的调度位置,搭配、行为、动作,还要观察观众的反应。由于演出时全靠记忆,舞台上,木偶的出场、入场、动作、台词、配乐等都不能出差错,如果忘记哪一项都难以继续表演下去。

"布袋戏的操作全在手上,表演时,左手主要负责布袋木偶的表演操作使用,右手则一手多用,敲鼓、打梆,以及其他乐器,操作时双手并用,互相配合。"刘良放说,"除了手,脚也不闲着,演出时,根据需要,右脚要踏架子打大锣,左脚则踏架子敲小锣。

做什么都要有条理，不然就会手忙脚乱。"

表演时除以上操作外，还要根据剧目人物需要及时地给木偶换上头、盔、服装道具等。演出时，艺人在后台可谓集吹、拉、弹、唱等表演于一身，一场戏演下来，绝非一日之功。

"艺人光会表演还不行，还要会道具制作、剧本修改等。"同是平和布袋戏艺人的刘赞成说。刘赞成于 2012 年被温州市评为非物质文化遗产"平和布袋戏"代表性传承人，2015 年荣获文成县"第四轮优秀农村乡土人才"称号。

刘赞成与刘良放是堂兄弟，同是十几岁便学习了布袋戏，目前两人接触这一行当已 40 余年。刘赞成说，一般的布袋戏班子为两人搭档，但他们平和的布袋戏均属于单档布袋戏，即一个人全套表演。演出时要携带小戏笼箱子两三只，内置布袋木偶（也称"戏儿"），以及舞台围布、锣鼓等。

布袋戏木偶的头、手掌与足部是用木头雕刻成的，布袋戏偶身躯与四肢都是用布料做出的。演出时，将手套入戏偶的服装中进行操偶表演。而正因为早期此类演出的戏偶偶身极像"用布料所做的袋子"，所以有了布袋戏之称。

刘赞成介绍，这些木偶通常由他们自己制作。雕头，刻五官，上色，制作头饰、衣服、鞋子等，一个木偶通常要花费很长时间。他们演的多是传统戏目，如《万花楼》《三月楼》《三合明珠》《罗通扫北》《粉妆楼》《乾隆下江南》等，共有 200 多本戏。这些常演剧目需要的木偶有七八十个。他们也去购道具，一个布袋木偶要 700 元左右，还不包括头饰，好的头饰也要 200 元一个。除木偶外，舞台上木偶所使用的其他道具及乐器架等都由他们自己制作，有时候根据需要还要适当修改剧本，便于演出。除在文成外，他们还到省内省外各地表演。每到一处，他们都要带着演出的所有家当。原来交通不便时，外出全靠手提肩挑，肩膀上往往一头挑一个大木箱，内置木偶、锣鼓及其他，还有一些生活用品。后来条件好些，才改用其他交通工具。

刘良亲也是平和的布袋戏艺人，他是跟兄长刘良放学习的

道具箱

布袋戏道具

布袋戏表演中

布袋戏,至今已接触布袋戏 20 余年。他说:"因为之前只会用闽南语表演,布袋戏在文成演出反倒没有在外地的多。为了能让这一传统戏剧受众更广,近年来,我在尝试将闽南方言改成普通话表演,让更多的人听懂这个戏,这样,知道这个剧种的人越多,就越便于它的传承。"

为了能让这一传统戏种传承下去,近几年,刘良放与刘赞成各自带了几个徒弟。但让他们担心的是,由于受网络浪潮的冲击,布袋戏的演出一年比一年少。随着时间的流逝,他们也担心这项传统戏种会慢慢消失。对于传统文化,我们又该拿什么来拯救它呢?

让川

百年老门台　见证一个时代

　　一处地标性建筑,不仅代表着一种文化,还见证了一个时代。不同时代,不同地区的建筑所见证的地域文化也不尽相同,就像南方人和北方人在性格、特点上存在差异一样,南方建筑风格就与北方的不同。北方建筑以平直、空间跨度大、稳重著称,南方建筑则以翘角、局部装饰多、生动活泼著称。比如南方的门台,虽不宏伟,却以装饰典雅,形态多样,生动活泼尤招人喜爱。

　　文成一带就分布着许多老门台,尤以西坑畲族镇居多,仅让川一个巴掌大的小山村就分布着六七处门台。门台的主要功能是什么?词语解释为犹门楼和门口的台阶。《左传·定公三年》也提到:"邾子的门台,临廷。"解释为:"门上有台","盖即今之门楼"。

　　门楼为城门上的楼,大门上牌楼等。古门楼多用于瞭望、射敌用;后门楼多为建筑的一个组成部分,是以顶部结构和筑法类似房屋,门框和门扇装在中间,门扇外面置铁或铜制门环的一种建筑,已失去瞭望功能。

　　虽然门台和门楼都属一个建筑院落入口的标志建筑,但两者还是有着一定区别的:门楼一般有大门楼的楼层结构,下面有一定的空间可以停歇,门台只是有挑檐式屋顶,两边墙柱,中间两扇大门的一个通道。用一位建筑老师傅的话讲,两者最简单的区别在于下雨时,门楼下能躲雨,门台下就会被雨淋到。

　　门台的规模有大有小,形式丰富多样,有石块结构的,有青

让川"竹苞松茂"门台

砖结构的,有木质结构的,有砖木结构的,还有混合结构的。门台和门楼一样,都是一家一户的总甬道,又是主人的"门面",直接反映主人的社会地位、职业和经济水平。其高低大小、砖瓦材质、彩绘文字还直接反映主人的社会地位、职业和经济水平。如大户人家的门台会建得高大一些,门楣上的雕刻也显得精致,用的是典型的雕梁画栋技法,两边的文字绘画也与主人的身份相符。小户人家的门台则相对简单得多,只体

让川门台

让川民居

节孝坊

现门台的端庄和秀美之风,绘画与文字都较简洁朴素。有些门台只有其形,没有装饰,或者因年代不同,构造上也略有区别。

在西坑畲族镇让川村,我们就看到了不同风格的门台。在让川村村尾,我们看到的第一座门台是叶氏小宗祠的门台。叶氏小宗祠坐东北朝西南,建于清道光年间,由门台、门厅、戏台、正厅、两侧组成合院式结构。该门台属岩石结构,三间砖砌仿木构,花岗岩石垒筑,双落翼式硬山顶屋面,两端塑卷草状脊头,位于门厅的左侧,门台一端与门厅前的围墙相连,另一端与门厅的外墙相连。该门台无论远观近瞅,都十分端庄大气。

叶氏小宗祠是由叶氏族人叶显春的妻子刘氏所建。刘氏为叶显春续弦,是西坑新屋底刘家之女,系刘基后人,育有一子。不幸的是,叶显春去世较早,其子不久也夭折,此后,刘氏一直没有再嫁。叶显春有四兄弟,遗孀刘氏看到其他三兄弟各有两子,而自己无嗣,心中不免悲凉。道光年间,刘氏用自己多年的积蓄建立了叶氏小宗祠,又将自家田地收的 300 石粮食作为祠堂租金,由 6 个侄子轮流祭祀。该处门台也是当年与叶氏小宗祠一起建设起来的。现门厅前立有清光绪元年(1875)的旗杆夹两座,是由其裔孙叶欣荣考取贡生时所立。可见后辈对小宗祠也极其尊重。

与叶氏小宗祠一溪之隔的斜对面是叶氏大宗祠。门前也曾有一座门台,比小宗祠建设得更早,建于清乾隆五十三年(1788)。该门台面阔三开间,双落翼式硬山造,块石构筑建筑,脊端饰龙头鱼尾吻,两边与块石垒筑的围墙衔接,风格古朴端庄。可惜的是,该门台未能保护下来,村里在建设时将其拆除了。

第二座门台是建于清朝宣统年间的四面屋门台。该门台属块石结构,中置木门,门楣上方有"文峰列秀"四字,字的上方与左右分别有花鸟、人物、故事绘画及雕刻,无论绘画与雕工都极其精致,两侧还分别刻有联语一副。特别的是,在门轴的两侧还分别写着两句话:"打倒日本帝国主义,坚决收回东北失地。"村里的老人介绍,当年刘英部队曾路过此处,住在院中的叶家四兄弟用豇豆、南瓜、菜心汤、一斗米和番薯丝招待过部队,部队走前在墙上留下这两句话。

住在里面的百岁老人富焕妹回忆,该房子是由叶家老太爷叶敷荣建起来的。叶敷荣的儿子叶廷芳是个极有个性的人,门台内侧上端所题的"义由人居"四字也能体现其个性。当年,叶廷芳参加科举考试,因将旧体"馬"字内的"灬"写成了"一"而未能中举,后来圣旨下来让他做官,他却抛弃功名利禄,隐居山林,并将皇榜贴在房梁上。我们在房梁上也看到一排张贴的纸张,由于年代久远,纸张破损残缺,很多文字已脱落,多数字迹模糊不清,难以考索具体内容。同行的徐世槐老师则说,房梁上张贴的并非皇榜,而是"报房",是过去读书人中秀才和举人时所发的一种喜报,可张贴于房梁与房间内供人阅读。还有一说是民国时期,学生毕业后,由老师抄写一份类似于毕业证书的报信,由炊事员敲打铜锣送到学生家中,报送毕业,因报信张贴于房间之内,亦称作"报房"。

第三座门台位于村中的小溪边,该门台也属块石建筑,门楣上方刻有"竹苞松茂"四字,寓意家门兴盛。此门台建于清乾隆年间,属叶敷荣家的老屋,后叶敷荣另建了"文峰列秀"的住处搬走了。此住宅因是大户所住,前后各有一个门台,前门台临路、临溪,视野比较开阔。环顾四周,我们发现此处门台有不同于别处的地方。门台前有一个平坦的大道,大道采用大小不同的石板铺就,一端通往溪边的道路,一端通往住户的庭院。道的两侧还分别用石块筑有数米长的石墙,石墙高低不同,一边高约2米,一边1米有余,块石堆建齐整,显得气势非凡。由于房屋荒废,走动的人少,石板间长满了荒草,那些草品种不同,形态各异,远远望去,倒也情趣盎然。

叶鸿禧家的门台是我们走访的第四座门台,也是看到的唯一有所不同的门台。该门台由木制建造,构造工艺虽谈不上精致,却也有几分古朴与讲究。门台整体框架设计采用的是类似于木廊桥所用的力学原理,木与木之间通过贯穿、顶压、撑别架成稳固的门台整体。妙就妙在所有结构不采用一根铆钉。门台一侧与石墙相连,一侧则架在现代房屋前的水泥台间,给人一种错乱之感,似乎这门台像折叠式木制品,曾被拆掉又装上一样。极具时代特色的是门台上刻有"毛主席万岁"五个大字,由于年代久远,字迹也已模糊,隐隐地只看到些痕迹。据村民介绍,该门台由叶鸿禧建于光绪初年,距今已有 140 余年的历史。

随后,我们还走访了村里另两个门台,这些门台也建于清朝,已遭受不同程度的损坏,并失去原古色古香的味道。叶宝球家的门台位于叶氏小宗祠旁边的半坡上,属石块结构,由于后来翻建房屋,已被拆除了一半,门台受损严重,但在门台门楣上还能看到"日新居"的字样,两侧的门联由于年代久远,字迹十分模糊,已分辨不清。

叶化盛家的门台属青砖结构,该门台立于一片断壁残垣中,虽保存较完整,却在修建时,外墙被工人不慎粉刷成白色,破坏了原有的古朴。

一座一座地走访过后,我们发现这些门台都造型端庄、结构严谨,融木、瓦、石等建筑艺术为一体。通过斑驳的墙壁、通过瓦上的苔藓与青草,我们能感受到年代久远的气息。通过门台的形态及变化,我们似乎又能感受到山乡小村的文化积淀。而且门台上的那些木雕、石雕、文字、绘画不仅显示着劳动人民的技艺精湛,而且显示了当时主人的身份尊贵,同时这些工艺也具有极高的欣赏价值。

让川老门台都有百年以上的历史。它们的存在不仅是让川历史的浓缩和写照,也是让川文化的重要组成部分,它们见证了当地的一种文化与时代变迁。

石门
一个千年古村的前世今生

随着时代的发展，当乡村变得"千村一面"的时候，那些各具特色的古村落，在人们的记忆里变得弥足珍贵，更成为远行游子的乡愁。随着发展，许多古村落也渐行渐远，尤其是一些历史古建筑，更是以惊人的方式在人们的视线里消失，提起让人不免心痛！在消失的古村落里，文成石门村便是其中的一个。

石门村位于铜铃山镇境内，元、明、清归青田县柔远乡管辖；民国时期，归青田县鳌里乡管辖；1948 年划归文成县。后几经撤并，现属铜铃山镇管辖。石门村是一个有着上千年历史的古村落，它的消失与一场灾难有关。带着对这个村子的好奇，近日，我也前往石门村探访。

由文成县城出发，车子在蜿蜒的山路上行驶了一个小时左右，便到达石门村。

石门村坐落在鹤息尖下，其地奇峰耸拔，鼓石凝前，上有龙湫巨瀑，下有跨涧岩门。"岩门"即指村前溪坑间的大石块，状似门，村以此得名。原村子处在深山之中，境内山峰突兀，泉水淙淙，林木葱郁，风光幽雅，曾是一个令人向往的养生胜地。2005年，一场台风引发的灾难，彻底改变了这个村子的命运，随后整村被迫搬迁。

站在石门村道班外面的公路边，能看到原石门村旧址，村子掩藏在一片风景优美、树木葱郁的山岙里。为了近距离了解村子的历史，我们一行人决定到原村子里去看看。一行人沿着乡间的古道往村中走去。古道为门前岭古道,昔时是青田八都通往景宁、泰顺方向的必经之路。古道早期由块石铺就,为便于行走,中后期村民用较规整的块石和条石修缮。全村搬迁后,古道走的人少了,路上杂草丛生。站在古道上,远远便能看到已消失的石门村全貌。层峦叠翠的山,潺潺而流的溪水,长虹卧波的古桥,奔流不息的瀑布,高大挺拔的古树,以及还能证明这里曾一度繁荣的一庙一屋一祠。脑海中不禁浮现出种种景象:悠扬动听的山歌、袅袅升起的炊烟、潺潺流淌的清溪、生机勃勃的田野、幽静曲折的小路、古朴的庙宇、庄严的祠堂,以及浓浓的乡音等。这一切对于一个外乡人来说,可能不算什么,但对于当地人,它融在从这里

宗祠

走出去的每个人的血液之中,成为无法忘却的伤痛与记忆。因为我能走出去的每一个人的血液之中,成为无法忘却的伤痛与记忆。因为我能从同行的叶凤新老师身上感受到,他向我介绍故乡历史渊源的那份自豪与伤感。

石门村始建于唐宪宗元和十五年(820)春,由叶氏始祖叶嘉携带家眷从丽水松阳徙居此地,距今已有一千多年历史。

叶嘉,字文美,号鹤峰道人。《南楚叶氏宗谱序》记载:"始

迁祖嘉公于元和年间斋宿于松阳旧市,见素真人祖庙,酣梦道人跨鹤腾空而来,赋诗为记。续嘉公遨游芝田,从鹤溪而上,诣八都七源玩,观望巨山峰顶,云鹤绕止于上,见有旗峰、石鼓、岩门,因名其地曰石门。名其山曰鹤息峰。"醒后,叶嘉对此梦念念不忘,后按梦中指引一路寻访,选择安身之所。并于元和九年(814),举家由松阳迁徙至西坑一带,始住东岸(后更名叶岸)。后于唐元和十五年(820)迁居石门。

当年叶嘉选择石门定居,还有一个美丽的传说。一年隆冬,天空连日下着鹅毛大雪,只见漫山遍野白茫茫的一片,路上积雪厚度没过膝盖,可谓"天空无飞禽,地面无走兽"。在此情景下,叶嘉在石门放养的牛群不能回叶岸。叶嘉踏着积雪在周围寻找能放牛的地方,寻到石门时,发现离石门水口坳门不远处,有一块空旷的草坪,竟然一点积雪都没有,一群黄牛在那儿歇息,竟安然无恙。见此情景,竟与先前梦境相似,叶嘉心中大喜,觉得此处才是安身之处,即于唐元和十五年迁居此地。

初到之时,还未想好叫什么村名。一天,叶嘉上山干活经过村前溪坑时,发现坑中心有两块巨石像两扇大门开着,也与梦中相似,因此就以这地形的形象取名为石门村。此后,叶家便在此地繁衍生息近1200年。至今已有四十二代。

石门老村地形坐西北向东南,是一个依山面水的村庄,古朴的村庄和山水景色相得益彰,美丽而淡雅。村子之东方坑中有对石门岩,南面山脚有个石鼓岩,西边山腰有座鸡冠岩,北向山峰有个石柱岩。相传昔时每日五更天,石门岩就响起开门声,石鼓岩便响起打鼓声,鸡冠岩即响起雄鸡报晓声,一条溪坑由西北向东南流淌,汩汩有声。山环水绕,环境优美。后来神奇的现象不再出现,说是龙脉遭到江西的风水先生破坏,石门岩、石鼓岩、鸡冠岩再也没有开门声、打鼓声、金鸡报晓声了。传说总是带着民间色彩,不免有些神奇。

从门前岭古道下来后,沿着一条曲折的乡村公路向前行,一路上可看到风景优美的石屏瀑布,水流并不大,一处处水流掠过巨岩,绕过石间的青草,在山间欢快地奔腾,颇也有些趣味。村人介绍,晴时,石屏瀑布水流不甚大,待到雨季,瀑如银河倒泻,气势恢宏,十分壮观。

石屏瀑上下均有一桥。上首的桥位于鸡冠岩杨府爷殿旁的上水碓坑中,东西走向,为单孔石拱桥,桥身、拱券皆由规整块石砌筑而成,两头有踏步。该桥始建于宋开宝二年(969)冬,重建于崇祯十六年(1643)秋。

20世纪80年代,为便于通行,石屏瀑下方建起新的硐桥,上方的石拱桥就鲜有人走了。尽管两桥看上去并不宏伟,但终年水流不断,瀑流如飞,两桥遥遥相望,颇有些声势与古意。

过桥往前走不多远,便看到昔日的村庄遗址,原古朴的民居被推倒未留下任何痕迹,如今变成梯田状,几台挖掘机正在梯田上作业,村内计划在此种植花卉,美化乡村。在旧村遗址的公路下方,有一座三层半的红砖楼房。这是老村留下来的唯一一座民房,由村委会争取下来,堆放村中杂物所用。特别的是,房屋的边上还留着一处古建筑的门台与石墙,在这新旧结合中,让人还能看到一丝丝的古意与对历史的回望。

民房门前的溪中有一圆形巨石,那便是石鼓岩。巨石立在溪中,柱圆面平,状似一鼓。鸡冠岩在上条通村公路水碓坑杨府爷殿后爿的田垄中,站在对面路上观看,巨岩顶峰酷似公鸡的红冠。石门岩则在山下,全村搬迁后,村人少有人去,如今已被树木掩盖,难以看到。

说起石门村的消失,时间还得回到十多年前。当年石门村虽然位于深山,但处于青山环抱、绿水环绕之中,村民们靠着勤劳,过着"倚杖柴门外,临风听暮蝉"的生活。但2005年台风"泰利"的到来,给这个千年古村带来了毁灭性的灾难。

2005年9月1日,第13号台风"泰利"挟带瓢泼大雨来袭。从那天清晨开始,大雨就无休止地倾盆而下,从暴雨、大暴雨到特大暴雨,不断升级,雨情、水情、险情频频告急。晚上8时许,暴雨导致石门村后半山发生坍塌,泥流裹着石块向村庄冲下。全溃

的特大泥石流灾害导致村内11间房屋被毁,造成两户5人遇难,
1人重伤,4人轻伤,受损的民房共有43间,掩埋县级文物保
护单位叶氏宗祠1座,卷走毛猪等牲畜,毁损水碓坑石拱桥1硐,
全村自来水毁损,并有90亩水田、105亩旱地的农作物和220
亩林地受到严重破坏,直接经济损失在350万元以上。

特大灾害引起了省委、中央的重视,当时国务院副总理回
良玉、时任浙江省委书记习近平等在第一时间赴灾区看望、慰问
灾民。之后石门村被定为地质灾害点,全村迁移。随着村民的迁
出,民居也渐渐被拆除,直到夷为平地。但回望过去,从这里走出
去的村民无不为古村的消失扼腕叹息。那里是生养他们的地方,
那里有他们太多的美好回忆,那里的一切都融进了他们的血液
里,当看到曾经十分繁荣的村庄消失时,他们的内心涌动着浓浓
的割舍不掉的乡愁。

整村搬迁后,村人为怀念故土,将受损的宗祠修复。如今那座
庄严与神圣的叶氏宗祠还巍然挺立在那里。村人觉得宗祠就像他
们的根,无论他们身在何处,他们的根还在,便感到非常欣慰。

石门村旧照（翻拍照片）

　　叶氏宗祠位于石门村溪边。始建于明代万历年间,清嘉庆十九年(1814)扩建,民国十六年(1927)重修,原属三进回廊合院式木构古建筑,周垣石墙,占地千余平方米,规模宏伟。前为院坦,旧兼瑞安通景宁行道,入口两侧立清代贡生旗杆夹4对。旗杆夹为叶氏裔孙叶欣荣、叶景清两位贡生分别于清光绪元年(1875)和清光绪十八年(1892)所立。先前头门和仪门二进曾改建成小学校舍,原仪门后仍存亭阁勾栏式戏台。虽经多次修缮,但仍保留着明代建筑风格。历史上,叶氏宗祠曾发挥了重要的作用,并于2003年被列为县级文物保护单位。

　　叶氏宗祠外墙的石碑上还刻着宗祠与《朱子家训》的碑文。上载宗祠来历、建筑风格等内容。

　　在宗祠前左侧路下幸存一株800年的古樟树,树木高大挺拔,枝繁叶茂,它像一块活化石,也见证着村子的百年沧桑。

　　叶氏宗祠前面有一湖,唤为鹤影湖。湖水由石屏瀑上首流下,经溪注入湖中,再经湖顺流而下,鹤景湖两岸山峰突兀,泉水淙淙,湖水清澈,风光幽雅,湖虽不大,倒也是一处清新的小景致。

　　湖前立有一碑,碑文记载鹤影湖的来历和背景,以及叶氏后人为传承始祖肇基之业绩,纪念先辈率后裔筚路蓝缕之精神在村前建成鹤影湖,为叶氏宗祠增光添彩等。

　　一个村庄虽然在人们的视野中消失了,但是它仍留在人们的心中,无论丰饶的田野、虚掩的柴门、袅袅的炊烟,还是乡间的小路、回荡的乡音,以及奔流的溪水,都深深地刻在他们的骨子里,那份乡愁也像一曲久远的歌,在他们的记忆里低吟、回荡!

金山
草王吴成七与金山寨传奇

　　金山位于县城西南。明、清及民国初属瑞安县嘉屿乡、嘉义乡五十一都、五十二都。民国二十年（1931），金山为乡。几经撤并后，现属大峃镇管辖。金山村处高山坡上，背靠金山寨，面临龙潭坑，坡陡岭峻，地势险要。

　　旧时金山是一个环境优美、林木环绕的地方，山间屋舍俨然，桑麻净植，往复之间，鸡犬相闻，犹如世外桃源。《谢氏族谱》记载，该地名金山，原为金氏故居。谢姓始祖于元朝年间由平阳迁居金山。现村中仍以谢姓村民居多。当提起地方文化时，村民口中称道的便是吴成七与金山寨的传奇。

　　黄坦旧时有"毛弯府，西前院，新凉堂，出草王"之说。这其中的草王指的便是元时抗元义军首领吴成七。吴成七为黄坦人，出生年代不详，1357年去世。幼居吴庄（今金炉乡），后入赘新凉堂毛家（今黄垟茶堂）。曾揭竿反元，并在金山立有"吴成七寨"一座，此寨又称"金山寨"。

　　当地村民介绍，当年吴成七从事家耕，兼贩私盐时，曾拜师水云寺和尚学艺，十八般兵器样样精通。吴成七为人刚勇仗义，好打抱不平，广交四方豪杰，在民间很有威望。元至正十三年（1353）春，他在五十四都埠头（今孔龙）售贩私盐，因当地盐霸横行，一怒之下，拳毙盐霸，被诬为"谋反"。吴成七逃回黄坦，即相约各方穷苦弟兄揭竿反元。先在黄垟毛弯围栅驿营议事，并于附近西前墩建起义军头领家室住院。紧接着分别在北向分建两座通黄坦之咽喉大寨,在西南向构筑天高、水牿、水盆等屏障寨,于东向建立白羊、牛头等前哨寨。受压百姓纷纷响应,起义队伍很快发展起来。

随着起义军人数的发展,起义军之后迁营黄坦龚宅,再辟金山指挥烽火寨(即今金山寨),建吴王府于龚宅石鼓楼。同年秋,起义军已具备相当军力,于是主动出击青田县城。元行省震恐,忙命总管官王某带兵剿伐。

《青田县志》载:"元至正十四年,山寇吴成七作乱,寇青田,总管官王某将兵抵南田,怯不敢进。义勇徐伯龙诣军门请以身先官军杀贼。总管官授以松阳县尉牒,明日大战,自旦至暮,数十合,兵势稍却。伯龙提刀大呼直前,斩首数十,终于贼众所杀。山民乘机剽掠,烧毁县治及官民庐舍。里人季珍率众御于县西船寮,亦因援兵不至战死。处州总路制孙炎、胡深以义勇叶良器领兵剿之始平。"

第二年,吴成七拜周一公为军师,宋茂四为大将,支云龙为王府谋臣,开科取士,选拔文官武将,分派头领驻兵各寨。并点封朱君达、李夹等数十名战将。其时元末暴政苛民,一时响应云集。义军达万数,势力影响至处(州)、温(州)、婺(金华),以及闽北建瓯一带,形成首尾,联络百余寨,致使官兵不敢深入。元至正十四年(1354),吴成七被推为首领,自号"吴王"。元统治者惶恐中,数次派官招安,均遭吴成七拒绝。直至吴成七兵败金山寨,被杀为止。

金山寨位于金山村后山,原叫吴成七寨,孤峰屹立,形势险要,因是吴成七立寨处而得名。

《刘伯温年谱》称:"元至正十三年(1353)吴成七作乱,寇青田……元至正十六年行状:'以都事起召,招安吴成七等,使归募义兵。贼拒命不服,辄擒诛之。'"

吴成七起义,《青田县志》《瑞安县志》《泰顺分疆录》均有记载。

金山,海拔759.2米,森林茂密,山寨周边有枸橘林,称"百

金山宅

金山旧时生活用品

丈林"。枸桔为落叶灌木或小乔木,枝条绿而多刺,有纵棱,刺长
达4厘米,刺尖干枯状,红褐色,基部扁平。枸桔因刺多且长,有
雀不站、铁篱寨之称。当年官兵攻打金山寨时,一度曾被此"铁

篱"难住,后用火攻才攻下此寨。

元至正十六年（1356）春,元行省派处州路总管府治中叶琛率师征讨黄坦。临冬,叶琛按刘基所授感兵计——灯笼计,即暗遣一支官兵,在遥对洞尖山寨的黄呈羊山岭,趁黑夜每人肩挑悬挂有二十多盏灯笼的长竹竿,从山岭头挑到龚宅,吹熄后再返回黄呈羊岭头,点燃灯笼向龚宅行进,如此往返,每夜以一二百名官兵轮流进行,造成官府增兵如蜂至的假象。由于吴成七军粮草日减,水源被切断,军心动摇。叶琛抓住战机,命大军从黄坦正面发起总攻。

攻打金山寨时,因漫山遍野的枸橘林挡道,官兵很难近身。最后元军下令火攻。火箭万弩齐发,林中枯草着火,百丈林顿成一片火海。吴成七下令突围,除吴成七和几位亲信逃出外,其余皆被杀、被俘、被烧殆尽。

金山寨至今已有 600 多年的历史,是县文物保护单位,游客们到此,都情不自禁地登上去看一看。因羊肠小道的山路实在太难走,甚至有些游客因山路难走摔倒受伤。2017 年,金山村村民谢光旭、谢光荣兄弟慷慨解囊,出资 30 余万元,将通往山顶的羊肠小道变成了石板路,共计 2066 步。石板路建成后,村民也纷纷出资,建起了吴王亭牌坊。金山寨登山路修通后,方便了行人前往寨顶参观。

因怀着好奇的心,我们一行人也登上了金山寨。沿途林木葱郁,野草纵生。金山寨下有龙潭坑,地势险要。另马北村有水连寨、庵基寨,东南岚岩有单田寨、洞坳头寨 4 座分寨。

金山寨山顶是块百丈方圆平地,峰下三面是悬崖峭壁,一面缓坡。顶上立有金山寨遗址石碑,碑文上记载着金山寨遗址资料。石碑是由县文物部门于 1984 年所立。村民说,山脊上还可找到石砌寨墙基遗址。挥锄还可挖出已碳化的火烧米或火烧谷及陶瓷片、瓦片等遗物。

如今站在山顶上,可眺望四面高山,县城、黄坦等地尽收眼底。通往金山寨寨顶仅有一条路,有人上山,便一览无余。的确是个易守难攻的地方。

金山寨南山有一个清水塘,此塘位于新垟村与金山村之间,是这一带唯一的天然水塘,站在寨顶可看到此处。相传当年山上林木葱郁,绿草遍地,吴成七及将士常在此洗马、牧马,因此称"洗马塘"。后洗马塘建为水库。清嘉庆时,村民利用它修建水田。到清道光年间,塘坝崩坏,同治十二年(1873)村民捐钱重新修葺,并有"洗马塘比记"碑刻记载村民捐资建造塘坝,积水灌田,免得荒旱无收等情况。据载,这是县境内清代唯一可使用的蓄水工程。1954年扩建,蓄水万余立方米。洗马塘碑记现存于县博物馆内。

临近洗马塘的地方,有一坑,唤作龙潭坑。此坑位于岚岩与麦徐之间的龙潭背下,汇集炉山底坑、金山坑、岚岩坑。有瀑高二丈,瀑如水帘,下为深渊,名"龙潭"。半瀑有岩凹,中有圆洼称"龙镬"。关于此潭,民间有一传说,有白象从此处为吴成七寨运水。当年金山寨缺乏水源,饮用水都要至山下挑运。吴成七择日祭旗起义后,用水日繁,因四方豪杰闻讯都率部来投,如罗阳朱均七、平阳周第六、青田刘溃、瑞安宋茂四等,人多水缺,吴成七甚是担忧。一天凌晨山下龙潭坑忽升起一朵白云向五十四方向而去,回来时变成黑云一片,至寨巅下阵大雨,兵士急挖井储水,雨过后,因临时仓促凿井,储水不多。此后每日凌晨都是如此,以为天赐,乃修井以储,称为"白象送水"。

当年吴成七被推为首领,自号吴王后,曾迁营黄坦龚宅。在黄坦镇龚宅村村口,原本还存有一对青石圆鼓,鼓身上分别凸雕着一道圆环,保存极为完好。

石鼓起初放在吴王府前面的门楼口,门楼因此被称为石鼓楼。传说,石鼓楼是吴成七在黄坦建立的第十个根据地。当年,吴成七在水云峰下择地建造府第,把牛山寺一对石鼓抬来,安置于前楼下,常坐楼上观看士兵练习石鼓。

起义失败后,吴王府被焚毁,石鼓楼也在清朝咸丰年间被烧毁。但石鼓留了下来,被列为县级文物,后被龚宅人视为镇村之宝,村民特地用钢筋做了保护架。后来这对石鼓被盗,至今下落不明。

位于稽垟双尖的"豺狗洞",是传说中吴成七身亡之处。金山寨失守,吴成七兵败后,单身逃往稽垟姐姐家。姐姐将其藏于后山的豺狗洞躲避,命其子暗送茶饭。

元军攻下金山寨后,未见吴成七下落,便悬赏缉捕吴成七,谓谁能斩其首级或生擒吴成七者,有官加官,无官封官,如有窝藏不报者同罪。

吴成七外甥原是个赌徒,见赏便萌发异心,想到与舅父同罪,不如杀舅父去报功。他为吴成七送饭时,便骗来他的剑,趁其不备,斩下吴成七首级送元军报功。刘基查其是外甥杀舅,认其是不孝不义之徒,遂杀之。自此,一代"草王"吴成七的传奇,也落下帷幕。

相传,豺狗洞深不可测。洞下有石凳石桌,还有吴成七宝藏。多年前,还有村民下去过,但都因其太深而心生恐惧,半途折返。现豺狗洞右前方不远处,尚留一方摩崖题记,落款有"龙凤二年"字样。几百年来,关于吴成七与金山寨的故事在当地广为流传。

铜铃山
峡谷壶穴之谜

提起铜铃山，许多未去过的人，便想一睹铜铃山万年古河床壶穴的风采。的确，铜铃山壶穴为国内罕见奇观。这些神态各异、大小不等、口小肚大的潭穴形似酒埕，共十二处，当地百姓称其为"十二埕"。北大谢凝高教授来文成实地考察后，曾称誉"壶穴奇观，华夏一绝"。

铜铃山公园位于文成县铜铃山镇岩门大峡谷上游的叶胜林场境内。境内拥有上万亩的原始次生林，为浙南保存最好的原始阔叶林。在茂密的原始森林深处，人们不禁要问，神奇的壶穴奇观是如何形成的呢？是什么将它们打磨得光滑如镜呢？又是什么样的自然环境将它们打造成姿态各异的造型呢？

铜铃山公园位于文成县城西北部，距县城50多千米，从县城出发，一小时后便可到达景区。进入园区，要沿着一条栈道走，栈道悠长纵深、曲折迂回，两边有名目繁多的树种，还有国家保护植物连香树、天竺桂、花榈木、鹅掌楸等。走在栈道上，林间鸟鸣啾啾，花草飘香，不时有松鼠在枝端欢快地穿梭。转过几道弯就来到了观景台，壶穴奇观随即映入眼帘，远远看去，那些壶穴穴连穴，潭连潭，在峡谷之间由高至低，由上至下，错落有致地排列，迤逦壮观，而碧玉般的清水则由上一潭流入下一潭，潭水奔流而下，气势恢宏。

壶穴位于铜铃山峡谷内，峡谷长达3千米，宽处有百余米，窄处四五米，趋势呈S形。沿着栈道，继续向峡谷探访。两侧群山险峻,奇峰耸翠,连环石壁,光滑如磨,鬼斧神工。来到了峡谷处,一条铁栈道如游龙般蜿蜒于悬崖峭壁间,远远望去,十分壮观。这是景区开发时,为方便游客观赏,在峡谷左侧的崖壁上建成的一条由钢条焊接而成的栈道。栈道为钢木结构悬空式,游客立于栈道上可俯视峡谷内的一切。

走在高高的栈道上,仰望,陡峭悬岩,天若飘带,神奇万千;俯视,瀑叠瀑,潭连潭,奇岩、秀滩目不暇接。壶穴有的像墨鱼,有的像卧狮,有的似巨龙,有的似水晶宫,尤其那一弯半月似的美女倩影更是惟妙惟肖、栩栩如生,恰如一位温婉妩媚、柔情万千的少女,令人浮想联翩。谷中碧潭、奇岩、秀滩,巧夺天工,不禁令人拍案叫绝。这神奇万千的壶穴奇观到底是如何形成的呢?

据了解,千百年来铜铃山壶穴奇观像一位养在深闺人未识的"美人",一直被掩藏在深山密林中。1996年7月,铜铃山森林公园在县叶胜林场的基础上建立,2001年11月被批准为国家森林公园。随着景区的开发,"美人"也被撩开迷人的面纱呈现在大众面前。但壶穴的形成,一直众说纷纭。

倘若问起铜铃山壶穴的形成,文成当地人定会告诉你是由水冲而成。壶穴是由于千万年来急流中挟带砂砾石磨蚀河床而产生的圆形凹穴。因急流中常有涡流产生,砾石便挖钻河床,河流中断层、岩性不同或是跌水的下方在水流的磨蚀作用下,形成坑穴。铜铃山的壶穴就是经过这种长期激流旋冲而形成的"奇观"。多年来,导游也是这么向游客介绍的。

是不是这么回事?

《叶胜林场志》中记载,叶胜林场年均降雨量1991毫米,境内溪流纵横,山涧流泉遍布千峰万壑间,长年瀑布飞泻,溪水淙淙。较大的溪流有两条,银坑溪(即高岭头坑)和胜坑溪。其中高岭头建有一级水电站,高岭头水库为文成境内第三大水库,大坝建在飞云江支流峃作口溪上游的高岭头溪的岗山村,1994年建成。最大坝高63.2米,坝顶弧长220米。集雨面积32.6平方千米,最大库容1778万立方米,正常库容1575万立方米,正常

铜铃山（邱珍钱摄影）

铜铃山壶穴

水位最高 792 米,海拔高度 795.2 米,水域面积 3.26 万平方米。看看这一组数据,可想而知在建电厂之前,铜铃山峡的过水流量有多大。

　　每年台风来时的水流量也对林场造成了严重的影响。1958 年至 2010 年,林场共遭受了 19 次台风袭击。其中以 2005 年 13 号台风"泰利"危害最大,造成的损失最为严重。持续大雨造成山洪暴发,林场场部房屋全部进水,职工宿舍楼水深达 1.9 米,公路、林道毁坏 40 千米,桥梁毁坏 5 座,塌方 50 多处,并造成林场职工 2 人失踪,2 人死亡,铜铃山景区基础设施损毁一半。

　　据介绍,铜岭山公园在开发建设后,每到台风暴雨,壶穴内就堆满砂石,下游较宽处或河流汇水处均堆积着光滑的砾石。由于水流中携带的砾石对坑穴的侧壁进行不断刮擦,使得潭坑穴壁光滑如镜。由此可见,千百年来,铜铃山壶穴一直在受水流和携带的砾石的摩擦。

铜铃山壶穴究竟是怎么形成的?铜铃山壶穴的形成一直有三种说法,第一种说法就是现在所说的由水冲而成。峡谷在挟带砂砾石的急流长期磨蚀下,河流中存在断层和不同的岩性,促成河床受损不一,逐步形成跌水,跌水又扩大对下方的冲刷。长此以往,河床松软部分被掏空,剩下坚韧部分的河床,形成坑穴,直到上游建造电厂水库截流,才展现出现在的铜铃山壶穴奇观。

第二种说法是冰臼而成。当大家都说铜铃山的壶穴是水冲时,就有人反驳:如果是水冲的,为什么逆水的地方也有壶穴?水又不会倒流,逆水的地方也有壶穴,说明不是水冲的,应该是冰臼的。冰臼是冰川的直接产物。冰川时期,由于冰川作用,在巨厚冰层覆盖的"封闭"和"半封闭"状态下,冰川溶化后的水沿着冰川缝隙向下流动,在冰层的巨大压力下,呈圆柱体水钻方式,向下强烈冲击、游动和研磨而形成深坑,于是形成冰臼。鉴于铜铃山的壶穴外形具有被砾石冲刷、研磨后的口小、肚大、底平、光滑等冰臼的特征,所以就有人说是冰臼的。

第三种说法是火臼而成。当人们都说铜铃山壶穴是水冲或冰臼时,又有人提出,铜铃山壶穴也有可能是火山臼的。据说,由于侏罗纪时期受基底断裂控制的火山活动强烈,造成地质学说上的"回春现象"——在壮年或老年期的地形上,使幼年期地形重新发育的作用。当河谷回春时,河流的侵蚀基准面降低,垂直方向的磨蚀作用增强而形成铜铃山峡谷壶穴奇观。

水冲、冰臼、火山臼,三种说法到底是哪一种?因没有权威地质专家来文成勘测及考证,也没有相关文献记载,壶穴的形成一直是个谜!

多年来,也曾有多位专家提出铜铃山公园壶穴属地质奇观,建议申报地质公园。

铜铃山壶穴是不是就是由千年水流旋冲而成的呢?那么,

全国其他地区也有峡谷奇观,峡谷内同样有着湍急的水流,为什么没有形成铜铃山一样的壶穴呢？铜铃山壶穴的形成原因,水冲、冰臼、火山臼,三种说法到底哪一种正确呢?为了破解这个谜,2014年,铜铃山国家森林公园管委会邀请相关地质专家对铜铃山壶穴进行考察、论证。

2014年5月,中央电视台科教频道《地理·中国》栏目邀请了中国地质科学院研究员邱小平对铜铃山壶穴的形成原因进行揭秘,并拍摄了纪录片《探秘铜铃壶穴》。此片主要以地质科考过程为线索,以普及地理学知识为宗旨,介绍铜铃山壶穴地质学的新发现、成果及探索,展示铜铃山地质地貌的新奇。而壶穴也确实是由历年激流旋冲而成。

岩庵岭
红枫古道之一

　　看到红叶，人们总会想到它是相思之物。唐宋传奇《流红记》记载的就是一个用红叶传情的爱情故事。讲的是一名宫女和一名书生通过红叶表达心曲，并最终成就姻缘的传奇巧合。这段红叶传情故事成为千古美谈。

　　《风流才女石评梅》中的男女主人公高君宇与石评梅也曾用红叶传情。书中写道：有一年秋天，石评梅收到一封信，信封里只有一片火红的枫叶，上面用毛笔写着几行字："满山秋色关不住，一片红叶寄相思。君宇。"这是高君宇对石评梅的爱情表白。当时石评梅正处于初恋受挫的阴影里，她想了很久，在红叶上也写了一行字："枯萎的花篮不敢承受这鲜红的叶儿。"虽然，他们的爱情最终以悲剧结束，但是，他们用红叶传情的这一段故事却又让人深有感触。

　　当有人第一次向我提起文成的红枫古道时，我对那古道虽充满陌生的向往，内心却又带着不屑一顾的清高劲儿。潜意识里觉得，它再好、再美，能比得过北京香山的红叶吗？

　　当我一次一次见识了文成的红枫古道后，不得不一次一次地对它的印象做了修正，也不得不一次一次地给它做了真实的评价。

　　文成红枫古道修建于元明时代，以多、长、奇、丽著称，古道经历代积累和不断修复，遍布文成，连通文成的大镇小乡。文成境内现今保存较为完好的红枫古道尚有 70 余条，古枫共计

红枫

岩庵岭

3000 多棵，几乎各个乡镇都有红枫古道，其中县城周边就分布着十来条，最为著名的要数大会岭、龙川岭（五十二岭）、松龙岭、岩庵岭。每当深秋，"万山红遍，层林尽染"，尤胜二月之花。

文成的红枫古道原是文成的交通要道。古道上的枫树夏天像一把巨伞，可给行人遮阴避暑；冬天，枫叶落尽，行人沐浴在阳光里，又可尽享暖意；同时，它还起着导向作用。一直以来，人们

岩庵岭古道

珍视古道上的枫树,谁也不能乱砍滥伐。因此,枫树虽历经岁月沧桑,改朝换代,却一直茁壮成长,即使在"大跃进"年月,为大炼钢铁而大砍树木,古道上的枫树亦安然无损。

文成众多的红枫古道中,岩庵岭是我多次走过的一条岭,常走常新。

岩庵岭位于文成县大峃镇珊门村至里阳西山村潦头庵,南北走向,明清古道,全程约 2000 米,古道上通里阳,下达大峃镇等地。古道路面主要以规整条形桃花石铺就,多拐,左道上人文景观众多,有岩庵寺、云江亭、观音殿、三宫殿、娘娘殿、大雄宝殿、韦驮殿、魁生殿、五仙大殿、青云亭、怡然亭、茶亭、地主庙、双枫亭、洞桥等,其中岩庵寺为县文物保护单位。古道植被丰茂,树木遮天,多处可远观奇石自然景观。

岩庵岭为文成观赏性红枫古道之一,共有枫香树 80 棵,是浙江省二级保护红枫群。至今行人仍络绎不绝。

第一次去岩庵岭的时候,不是红枫季节,并不觉得它奇特。待到枫树红时去,便有别样的风采。一次一次地去,便对它有了不同的评价。

每次去岩庵岭,我喜欢从坪头村出发。从村头,沿着古道的台阶走不多远,就看到几棵古枫树。因树木高大,给人高耸入云的感觉,便会不停地仰头观望。这些枫树树干粗壮,长得很有气势,经历几百年的风吹雨打后,虽模样奇特,却姿态各异。有的似长蛇,有的似龙爪。树大枝大,枫叶也十分浓密,每当深秋,鲜红的叶子布满树干,错落有致,大有遮天蔽日之感。

每每深秋,走在这元明时期的古道上,满目便是“霜叶红于二月花”般炽烈而艳丽的枫叶。尤其在午后的阳光下,枫叶在光影的照射下,更是艳丽。当阳光透过树叶在古道上投下斑驳陆离的阴影,古道显得温暖、柔和,踏在那些细碎的光影及五彩斑斓的枫叶上,内心也变得无限柔软!

沿着坪头村的古道走,沿途不仅有红枫,还有风光旖旎的田野、郁郁葱葱的树林。在阡陌纵横的田间,在林子里,不时会看到那些红的、紫的,一串串、一簇簇的野果子。野果诱人眼馋。温暖的午后,它们像根弦,拨动内心的柔软处,让人温暖美好起来。下首的路走到尽头,便来到通往玉壶的隧道口,此处,连接着岩庵岭上首的红枫古道。

上首古道上的古枫树因生在高处,早晚温差大,更是红得艳丽无比,一片片绮丽多彩、灿烂如锦,随着山道的弯曲盘旋,像一条赤色巨龙在山间滚动、腾飞,直跃山巅,蔚为壮观。在那条瀑布前,枫香树更是红得令人眼花缭乱、目不暇接。正呆愣间,微风吹来,枫叶随风而舞,像翩翩起舞的彩蝶,绕着人来往回旋,然后,"嚓"的一声落在脚下。随着风舞,脚下的枫叶越积越多,有红有黄,新旧交错。踩在上面,沙沙作响,入镜,竟觉惊艳!

站在古道上,看着火红的红叶,不禁想起一句成语:"前人栽树,后人乘凉。"这古道、枫树,是前人留给后人的一笔财富。那么,我们给古道、给后人又能留些什么呢?

后 记

　　《对照记》是张爱玲的一本散文集,她在这本书的引子里写道:"越是怕丢的东西越是要丢。幸存的老照片都被收入全集,借此保存。"从中,我们可以看到时光一去不复返的无奈,以及想要把一些时光保存下来的心理。

　　时光往往就是这样,越是想要留住,越是一去不返。这本书之所以叫《时光对照记》,也源于张爱玲的这本散文集。张爱玲有她的《对照记》,她的《对照记》对照的是她的人生与过往。我们也有我们的《时光对照记》,我们对照的又是什么呢?对照的或许是现在,也或许是过去;或许是内心,也或许是现实。在时光里,我们在不停地对照自我,对照人生,对照过去与未来,对照瞬间与永恒。

　　而《时光对照记》里对照的不是你我,也不是人生,是文成的前世与今生。文成位于浙江南部,属温州境内。文成 1946 年从瑞安、青田、泰顺三县边区析置而成,以明朝开国元勋刘基(刘伯温)的谥号"文成"命名。文成虽然建县时间不长,但境内山峦起伏,清溪环绕,田园交错,不仅有中华第一高瀑百丈漈,万年壶穴铜铃山,还有浙江八大水系之一的飞云江与 70 多条色彩斑斓的千年红枫古道。境内不仅自然风光旖旎,人文历史也十分丰富。文成是革命根据地,著名侨乡,历史的积淀,铸就了文成深厚的文化内涵。但随着时代的进步与发展,一些古村落与人文遗迹也在慢慢地远离人们的视线。人们在扼腕叹息的同时,又想保留些什么,尤其是文化遗迹。

为挖掘历史文化遗迹,2014 年,文成县作家协会在文成县文化局和文联的支持下发起了"走遍文成寻找村庄(乡村)古事"活动。活动通过实地走访,探寻文成境内的古人古物古风;以图文并茂的形式和自然细腻的笔触,从不同侧面和多个角度,描绘文成当地的地理历史、风土人情、传统习俗与乡土记忆;通过书写历史,刻画乡愁,进一步挖掘文成传统文化内涵;并在《今日文成》报开设了《地方记》专栏,定期刊出地方文化稿件。栏目开设后,主要由我负责采编组稿。

活动开展后,参与活动的成员为文成县作家协会的成员及文学爱好者。初始,大家都怀着一腔热血与激情,奔走在文成的各个乡镇与古村之间,通过实地走访、调查来书写文成,刻画乡愁。《地方记》专栏分期发表成员作品。

与一般文学作品不同的是,《地方记》栏目用稿侧重于文化与历史,作品要求少掺杂个人情感,用客观翔实准确的语言反映当地历史文化与民风民俗,写作起来颇耗时间与精力,对一般的写作者也是一种考验。起初有几位作协成员一起创作,一段时间之后,便难以坚持,即便是从事新闻的记者,也不愿尝试这种耗时耗力的创作。随着走访与写稿的人越来越少,栏目便难以做到定期发稿。

虽然我不是一个地道的文成人,作为一个文学爱好者,一个媒体人,我却喜欢以走访调查的形式来挖掘文化,记录乡愁。为保证专栏正常刊出,最后赶鸭子上架,我只好硬着头皮往上冲。

但做地方文化,对我来说,的确有一定的难度。窃以为,文成文化应由一个对当地文化较了解的当地人来做更为妥当些。即便这样,这份工作对当地人来说也是一种挑战,何况一个异乡人,更是一件吃力不讨巧的事。尤其在做文化之前,我对这片土地十分陌生,历史人文、风土人情都不熟悉,何况我也不懂当地方言。而做地方文化不是闭门造车,要实地走访,进行田野式调查,而且其间经常与村中的老人打交道。文成并不是一个发达的地方,许多老人一生未走出过大山,甚至许多老人不会说普通话。而我要接触的恰又是这些不会说普通话的老人。一个不懂方言的异乡人和不会说普通话的老人讲话十分热闹,鸡同鸭讲,谁也听不懂谁说话的意思,即便录了音,拿回来我也听不懂。多数时候要靠当地人来翻译,有时候翻译到我这里,原话就变了。困难可想而知。

为更客观真实地反映事实,每做一篇地方文化,我都要查阅大量文史资料,如《文成县志》《文成乡镇志》《文成乡土志》《文成地名志》《文成见闻录》,加上文成是由瑞安、青田、泰顺三地析置而成,有时候还要参考《瑞安县志》《泰顺县志》《青田县志》和其他一些地方文献,每写一篇稿子,各类文史资料经常摆满我的桌子。

因能力有限,成稿后,仍十分惶恐。这些文章带着文史性质,唯恐刊出后出现纰漏误导他人。为减少失误,每篇稿子在登报前,我都要向各个领域的老师请教、求证、核实,力求报道准确。即便刊出,我仍惶恐不安,每当电话铃声响起,惶恐更甚,总担心,那是向我反馈文章出错,以及对我书写文成的质疑。可以说,做文成地方文化,我要比当地人花的时间与精力更多。虽然困难重重,虽然一个异乡人长久地坚持做一个不熟悉的地方文化有些吃力,但我认为这是一项有意义的事,仍咬着牙坚持做下去。

在此期间,我接触过许多纯朴的当地村民,一些热爱当地文化的村干部,一些为我提供各类帮助的老师。还有一些热心人士,在得知我做文成地方文化时,他们会将自己平时收藏的有关文成的文史书籍贡献出来。在此还要感谢为此工作默默做出许多贡献的作协成员们,他们不仅多次陪我走访古村落,陪我寻找村内文化遗迹,还无偿给我提供了许多帮助,他们无私的行为让我感动。在感谢为我提供各类帮助的老师的同时,还要特别感谢各类文史读物的编著者,是他们的辛勤付出,才让我在创作过程中,有各类史料可以进行参照。文中许多较为专业的资料皆来自参照的史料。

　　"走遍文成"活动自 2014 年 3 月开展以来,已有 5 年时间,其间走访了 43 站,百余个村子。共在《今日文成》报刊登历史、地理、人物、民俗、古建筑、传统手工艺等方面的地方文化专版160 余期共 200 余篇文章。由我个人创作的文字已达 30 余万字,在栏目刊出文章 100 余篇。

　　一路走来,感慨颇多,古村落不仅在上千年的历史中发生着变化,在我们走访的过程中也在不停地变化着。尤其让人痛心的是,一些古村落、古建筑与古遗迹在不停地消失。走访的过程中,往往前一天还在走访的村落,第二天就遭到人为破坏;两个月前还保存完整的村落,两个月后竟悄无声息地消失了;还有一些古建筑与遗迹,因不能一一列入文保单位得到及时保护,而被拆除或遭到破坏。每听到一处遭到破坏的古村、古物,我都心痛不已。不仅仅为它们的消失心痛,也为不可还原的文化痛心,它们的消失,让我觉得自己无比渺小,对它们的书写与保护也显得苍白无力。

　　这个时候,我才深切地感受到张爱玲在《对照记》中所写的那句话的含义:"越是怕丢的东西越是要丢。"为能让读者集中看到融乡情、亲情、感悟、旅食、建筑、地理、人文和现实关注于一体的文成乡土文化,感受文成文化内涵之美,对照古今文化,我便有了将这些文字结集出版的想法。由于书写还在继续,图书将分册出版。第一部为《时光对照记》,以走遍文成、乡土记忆为主;第二部为《时光映象记》,以风土人情、民风民俗为主。两本图书除文字外,还收录了大量的古村落、古建筑、古文物等照片。让人伤感的是,许多照片中的古村、古建筑已经消失了,将这些幸存的照片收入集子,也是借此保存记忆。

　　此次出版的《时光对照记》一书,共收集了 44 篇文章。不仅包含文成各个乡镇,还涉及各个乡镇的古村落,其中包括大峃、南田、珊溪、西坑等镇,以及武阳、敖里、公阳、稽垟、朱川、下石庄、上石庄等古村落。希望通过此书,让更多的人对文成有更充分的了解,欣赏到文成独具特色的人文风貌和丰富多彩的风俗民情。也希望借此给文成留下一些关于乡愁与美好的记忆！

出书的想法也得到文成县委宣传部与县文化局的支持与帮助。我想，如果没有这两个部门的支持，此书也难以面世。在此特别感谢！

张嘉丽

2018 年 9 月 11 日

2018 年 12 月 7 日杭州党校修改

张嘉丽